Die
Spendensammlerin

Eva Pattum

Dieser Titel ist auch als E-Book erschienen.

Weitere Titel von Eva Pattum:

Madame Flavicaus zauberhafter Punsch

Than: Der Fluss

© 2017 Herstellung und Verlag:

BoD – Books on Demand, Norderstedt.

ISBN: 9783746034294

FSC

www.fsc.org

MIX

Papier aus ver-
antwortungsvollen
Quellen

Paper from
responsible sources

FSC® C105338

Der Marktplatz wirkte in der Dämmerung wie aus dem späten Mittelalter. In den historischen Gebäuden, die die freie Fläche auf drei Seiten umsäumten, brannte Licht. Nur die Leuchtreklame der Apotheke störte das friedliche Bild und natürlich der verglaste Bau im Westen des Platzes, gegen den es Anfang der sechziger Jahre bereits vor dem Bau massiven Widerstand bei den Bürgern gegeben hatte. Er passte so gar nicht in das verträumte Erscheinungsbild der Umgebung.

Touristenführer standen deswegen am liebsten auf den Treppenstufen, das neuere Gebäude im Rücken, den Blick der Menschen auf die historischen Attraktionen gelenkt. Alte Kaufmannshäuser, das Rathaus, Weltkulturerbe, der Dom und die Kirche mit ihrer jahrhundertealten Geschichte. Von diesem Standort konnte man, den Kopf in den Nacken gelegt, einen schrägen Blick in die Räume der Kanzlei *Nettelbeck & Partner* werfen.

Andreas Tewill nahm die letzte Akte, stand auf und hielt die Papiere gegen das Licht der Deckenlampe. Es war der Schwung. Der dynamische Beginn, der nach den ersten Buchstaben komplett ausgebremst wurde, der ihn zögern ließ.

„Ist sie echt?"

Mit zusammengekniffenen Augen fuhr er mit den Fingern langsam unter den Buchstaben lang. Er schaltete die kleine Stehleuchte neben dem Besprechungstisch an. Setzte sich noch einmal vor die Papiere und hielt sie dicht vor sein Gesicht. Blätterte vor und zurück und verglich die Unterschrift auf der letzten Seite immer wieder mit der auf den Seiten zuvor.

„Ja?", drängelte die Stimme in seinem Rücken.

Nettelbeck wurde ungeduldig. Er wollte eine klare Antwort. Ja oder Nein. Am liebsten ein Ja, dann hatte er keine weitere Arbeit und konnte die Unterlagen zu den Akten legen.

Andreas warf einen letzten Blick auf die Papiere. Er schluckte. „Ich …" Zögernd schaute er zu seinem Großonkel hoch, der neben ihm stand. „Es …" Er zog die Schultern etwas hoch und begann noch einmal. „Es ist nicht eindeutig."

Nettelbecks Körper versteifte sich. „Was?"

Andreas nickte.

„Das kann nicht sein."

Andreas starrte vor sich auf die Unterschriften.

Dann beugte Nettelbeck sich über die Papiere und blätterte die Seiten durch. „Echt", beschloss er dann in einem Ton, der keinen Widerspruch duldete, griff sich die Seiten und heftete sie in die Akte.

Andreas zuckte überrascht zusammen. Mit schweren Schritten ging sein Großonkel zum Schreibtisch und holte ein Formular aus der Schublade. Andreas folgte ihm mit den Augen. Der dunkelblaue Anzug, natürlich aus feinster Wolle, lag eng an. Nettelbeck war etwas kleiner als Andreas und hatte schon immer eine kräftige Statur, aber langsam wurde er dick. Als er zurückkam, lächelte er. Dann schob er ihm einen Vordruck zu. Andreas zögerte, aber er unterschrieb.

„Mehr hab ich nicht."

Er blieb sitzen.

„Hedi kommt gleich."

Andreas verstand, schob den schweren Sessel zurück und stand auf.

„Morgen?", fragte er noch im Rausgehen.

„Vielleicht." Nettelbeck machte eine kleine Pause. „Ich melde mich."

Der Empfang war dunkel. Nettelbecks Sekretärin, Frau Mitt, hatte schon Feierabend gemacht. Die Tür zur Kanzlei fiel hinter ihm schwer ins Schloss. Durch die Fenster drang nur wenig Licht, aber es reichte. Schnell lief er die drei Etagen nach unten.

Jemand stieß die Haustür auf, die dumpf gegen den Türstopper schlug. *Klack.* Erschrocken kniff er die Augen zusammen und hielt sich den Arm schützend vor sein Gesicht. Eine der wattstarken Lampen ging mit einem leisen Klicken genau neben ihm an, gerade als er daran vorbeiging. Andreas blinzelte, und nach einem Augenblick hatten sich seine Augen an die Helligkeit gewöhnt. Gerade rechtzeitig, um Hedi direkt anzuschauen. Ihre Mine versteinerte sich, als sie ihn sah.

„Hallo, Hedi!" Andreas versuchte, locker zu bleiben.

„Was hast du hier zu suchen?", zischte sie ihm entgegen. Dann schüttelte sie empört den Kopf. „Dass du es wagst ..." Auf seine Begrüßung ging sie nicht ein, stemmte lieber beide Hände in die rundlichen Hüften und starrte ihn an.

Andreas schwieg. Er wäre am liebsten stehen geblieben, um sich zu rechtfertigen. Aber das brachte nichts. Er hatte es schon zu oft versucht. Also zwängte er sich in einen kleinen Bogen auf der engen Treppe um sie herum. Wortlos. Im Vorbeigehen packte sie ihn noch am Wintermantel, aber er blieb nicht stehen, so dass sie loslassen musste. Hinter der Eingangstür blieb er einen Moment stehen, bis ihre Schritte immer leiser wurden.

Draußen schlug ihm ein scharfer Wind entgegen. Andreas atmete ein paar Mal tief durch und schlang instinktiv die Arme um den Oberkörper. Er hatte sich noch immer nicht an das Wetter hier gewöhnt. Es überraschte ihn immer wieder aufs Neue. Seine Narbe an der Stirn schmerzte, als sich die Haut durch die kalte Luft zusammenzog. Er massierte sie leicht mit den Fingern. Die Begegnung hatte seine Stimmung nicht gerade aufgehellt. Er versuchte, nicht weiter daran zu denken.

Drei der Glocken am Dom schlugen eine Melodie an und zogen die Aufmerksamkeit auf den beeindruckenden gotischen Bau mit seinen zwei Türmen. Das Café am Marktplatz war gut besucht. Ein warmer Lichtschein fiel durch die Dämmerung auf das Kopfsteinpflaster und zog durchgefrorene Passanten an. Die großgewachsene Inhaberin stand wie eine Statue im Hintergrund und beobachtete dezent ihre Angestellten. Sie schien zu spüren, dass jemand sie beobachtete, hob das Gesicht und schien ihn direkt anzusehen. Er riss seinen Blick los und ging hastig weiter.

Petra saß zu Hause an ihrem Schreibtisch und ging die Abrechnungen durch. Es fehlte nicht mehr viel, bis sie das Geld zusammen hatten und verschwinden konnten. Es wurde auch langsam Zeit. Nicht nur, weil die Leiche inzwischen so stank, dass sie befürchten musste, jemand könne es riechen. Sie fühlte sich auch alleine. Er fehlte ihr. Für eine Weile war es gut auszuhalten gewesen. Schließlich hatten sie beide ein höheres Ziel, eine gemeinsame Zukunft. Dafür lohnte es sich zu warten.

Sie hatten ausgemacht, sich nicht in der Öffentlichkeit zu treffen, sich nicht als Paar erkennen zu geben. Falls doch einer von ihnen aufflog. Denn die Stadt war zu klein, um sie nicht miteinander in Verbindung zu bringen, wenn sie sich als Paar zeigten. Es war für Petra in Ordnung. Sie wusste auch, dass sie nicht die Einzige war. Es störte sie nicht. Denn sie wusste, dass er und sie durch etwas viel Intensiveres verbunden waren. Von Anfang an hatte sie geahnt, dass sie aus dem gleichen Holz geschnitzt waren. Beide Schlitzohre, auf der Suche nach einem unbeschwerten Leben in der Sonne. Aber nach dem Unfall, wie sie es gerne nannte, dem Streit, bei dem die blöde Kuh starb, waren sie noch enger zusammengerückt. Er war ihr Verbündeter, ihr Vertrauter, und sie hoffte, dass ihr kleines Geheimnis sie zusammenschweißen würde.

Ganz sicher war sie sich, als er dann ihren gemeinsamen Plan umsetzte und dafür sorgte, dass einer ihrer Klienten schneller unter die Erde kam, als die Natur es vorgesehen hatte. Und das, ohne dass man irgendeine Verbindung zu ihr hätte herstellen können. Dem einen waren noch weitere gefolgt. Aber es tat ihr nicht leid. Das Leben war endlich, und diese Menschen waren alt.

Petra riss sich aus ihren Gedanken und rechnete die bisherigen Einnahmen auf den Nummernkonten zusammen, auf die sie die Gelder transferiert hatte. Bald war ihr gemeinsames Ziel erreicht. Der Betrag hoch genug, so dass sie für immer verschwinden konnten.

Sie holte sich aus der Küche eine Flasche Champagner und goss sich ein Glas ein. Ohne ihn würde der Abend lang werden. Zu lang, ohne Alkohol.

Im Hausflur galt Andreas' erster Blick, wie immer in den letzten Wochen, dem Briefkasten. Er hatte Glück. Ein großer brauner Umschlag, leicht zerknittert von dem langen Transport, steckte halb in dem Schlitz. Endlich war er da. Andreas hatte keinen Blick für die zahlreichen runden Briefmarken, die in ordentlichen Reihen auf den Umschlag geklebt waren. Sie zeigten die Erde von oben und hätten das Herz einiger Sammler höher schlagen lassen. Sie waren unter dem Namen *Forever* bekannt. Die ersten US-amerikanischen Marken für den internationalen Versand, die nie ihren Wert verloren, auch wenn das Porto stieg.

Der Briefkasten neben seinem quoll langsam über. Aus ihm ragten diverse bunte Werbezettel der zahlreichen Pizza-Bringdienste und ein paar der Anzeigenblätter, die zwei Mal die Woche alle Briefkästen füllten. Er gehörte der Mieterin unter ihm. Frau Merz. Eine merkwürdige Person, die irgendwie mit Nettelbeck verwandt sein musste.

Seine Wohnung war ausgekühlt. Die Heizanlage im Haus war alt. Ihre Funktion folgte scheinbar einer ganz eigenen Logik. Er behielt seinen dicken Wintermantel an und drehte langsam an dem Thermostat im Wohnzimmer. Die Heizkörper in der Wohnung begannen zu gluckern und rauschen. Ein Geräusch, das hereinströmende Wärme versprach. Dabei suchte sein Blick automatisch die wenigen freien Fächer im Bücherregal ab, das eine ganze Wand einnahm. In ihm standen die Klassiker der Psychologie und Psychiatrie dicht nebeneinander, wie der *MLK*, einem zweitausendfünfhundert Seiten umfassenden Werk, das Psychologen und Ärzte zur Vorbereitung auf die Facharztprüfung gelesen haben mussten. Daneben ungewöhnliche Titel wie *Durchbruch zum Wesen* oder *Münchhausens Zopf.*

Seine Augen blieben an dem gerahmten Schreiben hängen. Für einen Außenstehenden sah der Brief aus wie eine Urkunde, ein Diplom vielleicht. Nur wer genauer hinsah, erkannte, dass es genau das Gegenteil war. Es war die schriftliche Bestätigung des kassenärztlichen Ausschusses über den dauerhaften Entzug seiner Zulassung. Es tat immer wieder weh, das Schreiben zu sehen.

Gleich daneben stand ein Foto. Seine Ex-Frau lächelte ihn darauf an. Ein Bild aus besseren Zeiten. Er griff danach und legte es mit dem Gesicht nach unten auf den Regalboden.

Es wurde schnell warm. Er legte den Mantel über einem Stuhl in der Essecke ab. Bevor er die schweren Gardinen zuzog, konnte er sein Spiegelbild in der dunklen Scheibe erkennen. Im letzten Jahr hatte er sicher zehn Kilo abgenommen. Die ersten fünf nach dem Prozess. Der hatte ihm auch den gehetzten Blick verschafft. Um diese Kilos tat es ihm nicht leid. Die anderen fünf hatte er danach verloren. Während der Scheidung, während er gleichzeitig versuchte, für seine kranke Schwester da zu sein, sie zu pflegen. Seitdem hatte er nicht mehr diese selbstsichere Haltung, diese offene Ausstrahlung, mit der er bis dahin vertrauensvoll durch die Welt gegangen war. Die Augen lagen tiefer in den Augenhöhlen, und sein Gesicht wirkte leicht angespannt und müde, nicht wie das eines Fünfundvierzigjährigen. Er fuhr sich mit den Fingern durch seine dunklen Locken. Er trug die Haare jetzt länger als damals. Auch um die Narbe zu verdecken. Andreas war bewusst, dass er immer noch als gutaussehend galt.

Er trug einen grauen Anzug, ein klassischer Schnitt, zu dem er ein sattblaues Hemd angezogen hatte. Eines von denen, die er früher gewählt hatte, wenn er als Gutachter vor Gericht geladen war. Trotz seines Gewichtsverlustes hatte er seine Form behalten und durch den neuen Gürtel, den er jetzt benötigte, brauchte er an seiner Kleidung nichts umnähen zu lassen, um einen guten Eindruck zu machen. Für die Qualität seiner Arbeit machte es keinen Unterschied, ob er die Schriftprüfungen so oder in seiner Lieblingsjeans vornahm. Aber er wusste, an welche Regeln er sich zu halten hatte, wenn er bei Nettelbeck arbeiten wollte. Selbstverständlich hielt er sich daran.

Andreas nahm den Umschlag. Sie hatten ihm das ganze Magazin geschickt, in dem der Artikel erschienen war. Vielleicht würde er hier einen Hinweis finden. Einen Anhaltspunkt. Der Aufsatz war in Englisch. *Dissoziale und antisoziale Persönlichkeiten – Strategien und Methoden zum Verbergen ihrer Störungen.* Er ging davon aus, dass er ihn ohne Weiteres übersetzen konnte. Andreas ließ sich in den Sessel fallen, ein ausgemustertes Stück aus dem Keller seines Großonkels. Wie so vieles in der Wohnung.

Der alte Heizkörper im Wohnzimmer begann laut zu pfeifen. Von unten hörte er ein dumpfes Klopfen gegen seinen Fußboden. Ihre Art, den Unmut über die Störung zum Ausdruck zu bringen. Nettelbeck sagte immer, die Merz würde langsam ihre gute Erziehung vergessen und irgendwann nackt über die Straße rennen. Sie war auch über drei Ecken mit Andreas verwandt, auch wenn er sich wünschte, dass es nicht so wäre.

Andreas regulierte den Thermostat nach, bis das Pfeifen der Heizung langsam wieder in ein kräftiges Rauschen überging. Energisch wurde noch einmal geklopft. Viel näher dran. An seiner Wohnungstür.

„Ich weiß, dass du da bist", kam es jetzt gedämpft von draußen. „Du hast wieder das Dings ..." Andreas hörte nur Wortfetzen aus dem immer lauteren Keifen heraus. „... scheiß Dings aufgedreht!" Dann ein Rumpeln. Nach einer kurzen Pause „... es ab!"

Er ignorierte die Stimme und schloss die Verbindungstür zwischen Flur und Wohnzimmer. Ihre Spucke hatte sicher seine ganze Eingangstür befeuchtet. So klang es wenigstens. Der Geruch ihres ungewaschenen Körpers schien zu ihm gedrungen zu sein und ließ ihn automatisch den Atem anhalten. Und seit wann duzte sie ihn eigentlich?

Dann nahm er wieder das Magazin zur Hand. Der eigentliche Artikel, wegen dem er sich die Fachzeitschrift umständlich in den USA bestellen musste, umfasste nur die letzten elf Seiten der Ausgabe. Wie vermutet, brauchte er *seinen kleinen Haas*, wie er das schwere Wörterbuch für psychologische Begriffe gerne nannte, nicht einmal aus dem Regal zu holen. Sein Fachenglisch war ganz passabel. Hatte auch bei internationalen Kongressen immer für eine reibungslose Verständigung gesorgt. Lange waren seine letzten Gastvorträge nicht her. Nicht einmal zwei Jahre. Da hatte er Anfang Juli bei dem Royal Congress of Psychiatry in Liverpool referiert. Zehn Tage später gab es für ihn in Kapstadt Standing Ovations für seinen Vortrag über die Unterschiede psychisch auffälligen Verhaltens bei Männern und Frauen bei einer internationalen Psychologentagung. Genau neunzehn Monate. Da hatte er noch sein altes Leben.

Er las schnell. Voller Spannung, ob der Inhalt ihm Anhaltspunkte liefern könnte. Schon vor Wochen, als sie ihm im Verzeichnis über Aufsätze für forensische Psychologie und Psychiatrie der Universitätsbibliothek entgegengesprungen war, hatte er sich neugierig Titel und Verlag notiert und sich daran gemacht, den Artikel zu bestellen.

Nettelbeck blieb nicht lange alleine, nachdem Andreas gegangen war. Hedi trat ein, ohne anzuklopfen. Wie üblich. Es schien auch ihr Reich zu sein, das sie durch die Heirat mit ihm erworben hatte. Sie sah gut aus. Streng, aber gut. Die Haare hatte sie sich nach der Operation etwas länger wachsen lassen und blond getönt. Die sanften Locken schmeichelten ihren strengen Gesichtszügen und gaben ihr etwas überraschend Mildes. Viel milder, als sie in den vierzig Jahren vor ihrer Herzoperation je ausgesehen hatte, die Nettelbeck und sie sich schon kannten.

Mit einem Seufzen ließ sie sich in einen der Sessel fallen, der ihr am nächsten stand. „Er war hier."

Die Begrüßung ließ sie aus und warf ihm einen kühlen Blick zu. Sie beobachtete ungeduldig, wie er einige Papiere hinter seinem großen Schreibtisch hin- und herschob.

Nettelbeck lächelte vor sich hin und nickte freundlich.

„Du weißt, dass es nicht geht?"

Er reagierte nicht.

„Lass ihn nicht für dich arbeiten. Es schadet deinem Ruf", setzte sie mit schärferer Stimme nach.

Sein Ruf. Den hatte er schon in frühen Jahren erlangt. Gleich zu Beginn seiner Karriere in den siebziger Jahren als junger Rechtsanwalt und Notar zog er einen dicken Auftrag an Land. Als juristischer Berater wandelte er ein krisengeschütteltes Familienunternehmen, das der beginnenden Werftenkrise zum Opfer zu fallen drohte, rechtlich einwandfrei in eine erfolgreiche Aktiengesellschaft um und umschiffte lauernde juristische Fehler und Gefahren wie ein Profi. Die Aktien verzehnfachten sich beim Börsenstart, und der internationale Handel, gerade der internationale, florierte. Aus Analystensicht eine kleine Überraschung, für Nettelbeck ein Glücksfall. Der finanzielle Erfolg war zwar der Verdienst der vorausschauenden Unternehmensleitung und des findigen Finanzbereichs der Firma, aber über Nacht hatte Nettelbeck den Stempel verliehen bekommen, ein Rechtsexperte für erfolgreiche Firmenumwandlungen zu sein. Im Erb- und Familienrecht war er lange nur zur reinen Entspannung tätig. Als Ausgleich zu den komplexen und manchmal kaum zu entwirrenden Firmenkonsortien, die er auf ihrem Weg in eine zukunftsfähige Struktur begleitete. Aus Verbundenheit, wenn die Klienten, die er bei ihren Unternehmensentwicklungen juristisch beriet, Unterstützung bei Eheverträgen, im Erb- oder auch Unterhaltsrecht benötigten. Denn bei seiner Klientel ging es immer um viel Geld. Inzwischen waren seine Mandanten mit ihm gereift, älter geworden. Und seit einigen Jahren hatte er sich komplett aus dem Gesellschaftsrecht zurückgezogen. Er lebte sehr gut von dem, was ihm die Grundstücksübertragungen, Testamente, Beglaubigungen und Beurkundungen seines großen Bekanntenkreises einbrachten. Sein Leben spiegelte sich in seinen Gesichtszügen wieder. Er war ein aufrichtiger Mann, der sich nie merkbar auf die Seite einer Partei ziehen ließ. Auch jetzt schien er standhaft und unbestechlich.

Nettelbeck schaute sie endlich an und behielt das Lächeln bei. Diese Engelslocken waren eine Täuschung. Sie war noch immer dieselbe. Er wusste, was jetzt kommen würde. Vorwürfe. Die Ungerechtigkeit, die sie aus tiefsten Herzen empfand, weil er sich nach ihrer Operation so gleichgültig benommen hatte. Wie sie meinte. Obwohl ihr Leben an einem seidenen Faden hing. Um sich dann Monate später voller Begeisterung seines Großneffens anzunehmen. Einem Mann, für den sie nur Verachtung übrig hatte.

„Lass uns gehen, die Geschäfte schließen bald." Er stand auf.

„Hedi, meine Beste!", hörte er eine lauttönende Stimme von draußen. Sie gehörte zu seinem jüngeren Kanzleipartner, Lars von Schelderberg, der augenblicklich in der noch geöffneten Tür erschien. Seine Frau wurde enthusiastisch begrüßt.

Nettelbeck nahm seinen Mantel aus der Garderobe und zog ihn über. „Du entschuldigst, Lars. Wir wollten los." Mit einem Nicken zu Hedi ging er nach draußen.

Andreas' Enttäuschung wuchs von Minute zu Minute. Von Wort zu Wort, das er übersetzte. Es war nicht das, was er suchte. Nicht einmal ansatzweise. Dabei war es so naheliegend. Der Artikel war in einer international anerkannten Zeitschrift für Psychotherapie und Kriminologie erschienen. Die Überschrift war vielversprechend. So vielversprechend, dass er dreißig Dollar an den Verlag überwiesen hatte, um sie zu erhalten. Die erste Hürde. Umständlich war es gewesen, vielleicht setzte er deswegen so große Hoffnung in den Inhalt. Die zweite, eine Zwischennachricht, dass das Geld zwar eingegangen sei, aber der Artikel nicht per Mail gesendet werden könne, sondern nur per Post. Der Verlag schien Befürchtungen zu haben, dass er eine Datei weiterverbreiten könnte und ihm so die Verkaufseinnahmen entgehen würden. Zeitgemäß war dieses Vorgehen nach Andreas' Ansicht zwar nicht, aber die Versandkosten waren zum Glück in dem überwiesenen Betrag schon enthalten. Seine Erwartungen an den Inhalt stiegen mit jedem Tag, den er auf die Zustellung warten musste.

Frustriert schlug er die Zeitschrift zu und sah auf die Uhr. Er musste sich beeilen, seine Schicht begann gleich.

„Vorsicht!" Vor sich mehrere leere Bierkästen, die ihm die Sicht fast versperrten, drängte Andreas sich an den Gästen vorbei. *Sky and Sands* dröhnte aus den Boxen. Die ersten hatten bereits angefangen, zwischen den Barhockern zu tanzen. Der Hit war auch nach sechs Jahren noch wie ein Signal für die Leute. Ab jetzt war ausgelassene Stimmung angesagt. Ed hatte die Lautstärke so hochgeregelt, dass sowieso keine tiefschürfende Unterhaltung mehr zustande kommen konnte. Man konnte sich nur noch laut rufend verständigen.

„Halt!" Als er mit zwei vollen Kisten aus dem Lager zurückkam, versperrte ihm eine dunkelhaarige Frau den Weg. Sie war mindestens zehn Jahre jünger als er, und das Sektglas in der Hand war nicht ihr erstes. Andreas erinnerte sich, dass sie heute schon mehrere Drinks bei ihm bestellt hatte. Sie saß den ganzen Abend mit einer Freundin am Tresen und versuchte, mit ihm zu flirten. Jetzt, wo sie vor ihm stand, sah er, wie groß sie war. Ihre Augen waren dunkel geschminkt, die Lippen rot, nach seinem Geschmack viel zu stark für einen Donnerstag.

„Eine Frage …" Ihre Stimme klang selbstbewusst. „Mister Unnahbar?"

Überrascht stützte Andreas die schweren Kästen auf seinem linken Knie ab.

„Wann bist du hier fertig, und was machen wir dann?"

Sofort spürte er, wie sich ein berauschendes Gefühl in ihm ausbreitete. Aus den Augenwinkeln sah er, wie Ed hinter dem Tresen eindeutige Zeichen in seine Richtung machte. Er schob die Hüften vor und zurück und grinste anzüglich. Andreas schüttelte den Kopf. Je später der Abend, desto mehr trank Ed. Seine Leber war jahrzehntelang trainiert, wie er Andreas schon mehrmals stolz berichtet hatte.

Andreas drehte sich wieder zu der Frau. „Danke, nein."

„Arrogantes Arschloch", hörte er sie noch im Weggehen zischen.

Fünf Minuten später saß sie wieder am Tresen und beobachtete ihn, wie er die Gäste bediente. Als er wieder in ihre Nähe kam, beugte sie sich zu ihm, so dass er ihr direkt durch das weite Top bis zum gepiercten Bauchnabel gucken konnte.

„Vodka Red Bull", flüsterte sie ihm leicht lallend ins Ohr. Ihre Freundin schien gegangen zu sein.

Kommentarlos goss Andreas Vodka in ein Longdrinkglas, schaufelte ein paar Eiswürfel aus dem großen Kühlbehälter darauf und stellte es mit einer Dose Energydrink vor sie hin.

„Warum seid ihr älteren Typen alle so scheiß überheblich?"

Andreas drehte sich um und machte sich an die nächste Bestellung eines Pärchens, das neben der dunkelhaarigen Frau saß.

„Redest du jetzt nicht mal mehr mit mir?" Sie machte eine kleine Pause. Schien angestrengt nachzudenken. „Oder bin ich dir etwa zu jung?"

Hinter sich hörte er ein hysterisches Kichern.

„Eher zu alt, meine Liebe." Das war Ed. Sein Kichern steigerte sich zu einem prustenden Lachen, weil er ihre Frage so komisch fand. Er nahm Andreas in den

Schwitzkasten.

Sie sah Andreas an und zog übertrieben fragend die Augenbrauen hoch. „Zu … alt?"

„Zu alt", wiederholte Ed und machte eine kleine Pause zwischen den beiden Worten, so als ob er mit einem begrenzt aufnahmefähigen Menschen sprach.

Jetzt zog sie die Augenbrauen zusammen und guckte verständnislos.

„Er steht auf Jün-ge-re." Diesmal betonte Ed nur jede Silbe des letzten Wortes und zog es in die Länge.

„Aber …" Sie versuchte das Gesagte zu begreifen, was ihr nach den ganzen Drinks sichtlich schwerfiel.

„Aber …", setzte sie noch einmal an. „Ich bin doch erst fünfunddreißig!" In ihren Augen wurde kurz ein kleiner Hauch Hoffnung sichtbar.

„E-ben!" Ed nahm Andreas jetzt überschwänglich in den Arm und drückte ihm einen freundschaftlichen Kuss auf die Wange.

Die Frau zückte schneller, als Andreas ihr in ihrem Zustand noch zugetraut hätte, dreißig Euro, knallte sie auf den Tresen und verschwand.

Andreas schüttelte den Kopf. „Sag mal, Ed, musste das sein?"

„Wieso?" Ed schaute ihn treuherzig an. Er war sich keiner Schuld bewusst. „Ich habe ihr nur die Wahrheit gesagt. Was soll sie lange leiden?"

Zwei Uhr nachts. Andreas ließ sich in den alten Sessel fallen und griff zur Fernbedienung. Ob Nettelbeck sich am Morgen melden würde, war ungewiss. Er zappte ziellos durch das Nachtprogramm. Die üblichen Wiederholungen. Serien. Im Öffentlich-Rechtlichen das Interview mit einer Journalistin, die für mehr Transparenz bei Hilfsorganisationen kämpfte. Er hatte das Gesicht schon irgendwo gesehen. Andreas schaltete weiter. Mehr Soap, mehr Kochshows, merkwürdige Werbeunterbrechungen und eine Nachrichtensendung eines privaten Senders, die eher einem Boulevardformat als einer seriösen Informationsquelle ähnelte.

Also doch das Interview. „Wissen Sie, wie wenig selbst bei einer vorbildlich arbeitenden Hilfsorganisation von Ihrer Spende ankommt? Von jedem Euro?", fragte die Frau gerade den Moderator. „Wenn es gut läuft, fünfundzwanzig Cent." Die Kamera fing die erstaunten Gesichter der Studiogäste ein. Jetzt meldete sich ein anderer Gast der Talkrunde. „Das sind die Guten, von denen Sie reden. Das Problem liegt doch ganz klar woanders. Bei denen, die undurchschaubare Firmengeflechte aufgebaut haben. International. Denen, die korrupte Politiker unterstützen, oder bei denen nur Gläubiger das Geld kriegen, weil sie so hohe Verluste erwirtschaften …" „Darüber haben wir bereits gesprochen", wurde der Redner vom Moderator sanft, aber entschlossen gestoppt. Dann folgten wieder Zahlen der Journalistin. Sie rechnete noch einmal vor, dass die Deutschen pro Jahr zwischen vier und sieben Milliarden

Euro spendeten. Die offiziellen Zahlen, Spenden, die den Finanzbehörden bekannt waren. Damit kamen mindestens drei Milliarden Euro nach ihrer Schätzung nicht dort an, wo sie gebraucht wurden. Sie versandeten in den Kanälen der Hilfsorganisationen.

Weitere neue Kenntnisse brachte die Sendung Andreas nicht. Später fiel ihm ein, warum ihm die Journalistin bekannt vorkam. Nach der Veröffentlichung ihres ersten Buches, in dem sie die Machenschaften der Mitleidsmafia aufgedeckt hatte, wurde sie massiv anonym bedroht und verleumdet. Ihr Gesicht ging damals durch die Medien. Den gehetzten Blick von den Fotos hatte sie nicht mehr. Aber ein Funken an Skepsis gegenüber der Welt hatte sich unwiderruflich in ihre Augen gebrannt. Ein Anblick, der ihn schmerzlich an sich selbst erinnerte.

Am nächsten Mittag wachte er verkatert auf. Im Laufe der Nacht hatte er sich die letzten Biere gegönnt, die er noch im Kühlschrank hatte. Jetzt waren die Fächer leer. Im Hängeschrank über der Spüle fand er noch eine angebrochene Cornflakes-Packung. Ihm fehlte nur die Milch, die auch beim zweiten prüfenden Blick nicht auftauchte.

Unwillig zog er sich an und öffnete die Tür zum Flur. Es roch nach Urin und alter Frau. Hatte seine Nachbarin vor seiner Tür übernachtet? Vor der Wohnung war der Geruch fast unerträglich. Aber das Treppenhaus war menschenleer. Auf seiner grauen Fußmatte vor dem Eingang sprang ihm ein großer dunkler Fleck entgegen. Er konnte bei seinem Schritt nach draußen gerade noch ausweichen und auf das Linoleum treten. Sie hatte ihm tatsächlich vor die Tür gemacht. „Auch eine Art der Kommunikation", sagte er leise und schüttelte sich. Er riss die Matte vom Boden und hielt sie weit von sich gestreckt, als er die Treppe runterging. Mit spitzen Fingern ließ er sie draußen vor dem Haus in die Mülltonne fallen. In die, auf der ihr Name stand. Merz.

Nach einem schnellen Einkauf, er hatte nur Geld für Milch mitgenommen, ging er wieder in die Wohnung. Es war früh, und vielleicht würde Nettelbeck sich noch melden. Aber er rief nicht an. Andreas überlegte, was er zum Abschied gesagt hatte. Nettelbeck wollte sich melden. Wenn er etwas für ihn hatte. Dann würde er es auch tun.

Er hoffte, bei seinem nächsten Besuch in der Kanzlei noch einmal auf die Unterschriften seiner letzten Begutachtung gucken zu können. Nettelbeck mochte es nicht, wenn er unsicher war. Aber so überrumpelt wie gestern hatte er ihn noch nie. Sollte er noch einmal nachgucken? Nur, um sich ganz sicher zu sein, dass die Unterschrift echt war? Für sich? Seine Gedanken spielten ihm schon länger einen Streich, und ihm war manchmal nicht mehr klar, ob er das, was er sah, auch wirklich richtig beurteilte. Eine Unsicherheit, die er früher nicht hatte. Ein zweiter Blick könnte ihm helfen, sein Vertrauen in sich ein winzig kleines Stück zurückzuerlangen.

Es war mehr als ein Freundschaftsdienst, dass Nettelbeck ihn immer wieder beauftragte. Ja sogar auf die Idee gebracht hatte, für ihn Schriftgutachten zu erstellen. Auch für eine Bleibe hatte er gesorgt. Es war klar, dass Hedi es nicht toleriert hätte, wenn er zu ihnen gezogen wäre. Eine gemütliche Wohnung in guter Lage. Nettelbeck gehörte das Haus, in dem sie lag. „Die Miete kannst du abstottern." Es war nicht viel zu tun in der Kanzlei. Aber mit dem Stundenlohn und dem einträglichen Trinkgeld aus der Kneipe kam er gut über die Runden und hatte genügend Zeit, um seinen persönlichen Recherchen nachzugehen.

Ihm fielen die drei Schlüssel ein, die ihm Nettelbeck vor einigen Wochen gegeben hatte. Sie gehörten zur Kanzlei. Er beschloss, abends noch einmal in die Akten zu schauen. Es war Freitag. Länger als bis fünf Uhr nachmittags würde niemand mehr dort arbeiten.

Andreas bemühte sich, die ausgetretenen Stufen zur Kanzlei leise zu nehmen. Dabei versuchte er am Rand, direkt am Geländer, zu gehen. Da, wo die Holzbalken an der Wand lagen.

Das Treppenhaus strömte jahrhundertelange Betriebsamkeit aus. Gerade jetzt, wo alle Menschen, die tagsüber ein- und ausgingen und ihre persönliche Note verströmten, gegangen waren. Es roch nach Geschichte und Leben. Mit dem Blick auf den Marktplatz, den er an den Absätzen durch die Fenster mit den weißen Holzstreben werfen konnte, verband Andreas noch mehr. Die grausamen und unangemessenen drakonischen Strafen, die auf der kopfsteingepflasterten Fläche vollstreckt worden waren. Die letzte öffentliche Hinrichtung hatte es dort unten vor knapp zweihundert Jahren gegeben. Im Zweifel für den Angeklagten. Das galt nicht für diejenigen, die dort am Pranger standen oder Schlimmeres über sich ergehen lassen mussten. Er fand, dass sich an dem modernen Rechtssystem bis heute nicht grundlegend etwas geändert hatte. Bei ihm hatte es Zweifel gegeben. Aber in den Köpfen der anderen war das Urteil längst gesprochen.

Der starre Türgriff zur Kanzlei klickte leise und ließ sich öffnen, als er den Schlüssel nur halb im Schloss drehte. Sein Großonkel wurde langsam vergesslich. Andreas war sich sicher, dass der Kanzleipartner und Mitti abgeschlossen hätten, wenn sie als Letztes gegangen wären. Er drückte die Klinke zur nächsten Tür, Nettelbecks persönlichem Büro. Auch die Tür war unverschlossen. Zum Glück ließen sich wenigstens die Aktenschränke hinter dem gewaltigen, massiven Schreibtisch nur mit dem dritten Schlüssel von seinem Bund öffnen.

Andreas war nur als Schriftgutachter für Nettelbeck tätig. Der einzige Teil seiner Ausbildung, den er noch guten Gewissens ausüben konnte. Als solcher gab es an den Unterschriften, die er am Tag zuvor beurteilen sollte, Zweifel. Es war besonders ein Merkmal, das ihn irritierte. Es ging ihm nicht unbedingt um die Echtheit. Er hatte aus der Unterschrift mehr über den Verfasser gesehen, und sein Wissen konnte er nicht ausblenden. Auch wenn er wohl nie mehr die Chance haben würde, es in seiner ganzen Breite einzusetzen.

Während seines Psychologiestudiums war er tief in sein Lieblingsfach, psychologische Diagnostik und Intervention, eingetaucht. Hatte gelernt, mit unterschiedlichen Methoden Informationen über Personen zu sammeln, um sie dann zu beurteilen. Die Deutung von Schriftbildern hatte einen nicht unbeträchtlichen Raum der Vorlesungen eingenommen. Später, bei seiner Tätigkeit als Psychologe, hatte ihn dieses Wissen immer wieder unterstützt, sich ein ganzheitliches Bild seiner Klienten und Fälle zu machen.

Genau diese Erfahrung war es, was ihn zögern ließ. In der

Tasche seines Mantels hatte er eines seiner Bücher zur Schriftanalyse. Vielleicht würde ja der direkte Vergleich mit der Literatur Klarheit schaffen.

Er schloss die Schränke auf. Etwas Kleines fiel mit einem dumpfen Geräusch auf den dicken Teppich direkt vor seine Füße und blieb aufgeschlagen liegen. Als ob es vor dem Abschließen hastig in den Schrank geworfen worden war. Andreas hob es auf. Ein Notizheft, das er bei Nettelbeck noch nie gesehen hatte. *Moleskin*, sicher aus dem feinen Papierhaus, mit dessen Inhaber Nettelbeck schon seit Urzeiten befreundet war. Einer aus seiner Herrenrunde, mit der er sich regelmäßig zum Zigarrenabend traf.

Neugierig überflog er die Seite, die aufgeschlagen war. Zahlen, Buchstaben, Kritzeleien. Etwas unordentlich und verworren. Was so gar nicht zu Nettelbeck passte. Immer wieder Buchstaben- und Zahlenkombinationen, dahinter Fragezeichen. Er legte es auf den Schreibtisch.

Die Akten waren alphabetisch sortiert. Der Fall vom Vortag war schnell gefunden. Hinter dem Deckblatt fand er auf der ersten Seite gleich das Formular, auf dem er die Echtheit der Unterschrift bestätigt hatte. Dahinter war das Testament abgeheftet. Drei Seiten, mit der Schreibmaschine getippt und jede einzeln unterschrieben.

Es kam immer wieder vor, dass Nettelbecks Klienten nicht in seinem Beisein ihren letzten Willen bekundeten. Auch in solchen Fällen beauftragte er Andreas. Der, bevor es später zu irgendwelchen Streitigkeiten über die Echtheit der Testamente vor Gericht kam, in diesem Punkt Klarheit schaffen konnte. Nicht umsonst zählte Nettelbeck zu den Besten der Stadt.

Andreas knipste das Licht am Schreibtisch an und blätterte das Testament durch. Da war sie. Die Unterschrift, die ihn stutzen ließ. Auf der letzten Seite blieb er hängen. Der Schriftzug wirkte im Vergleich zu den vorigen Seiten merkwürdig. So als hätte der Unterzeichner überzeugt begonnen, seinen Willen zu dokumentieren, und ihm dann, ganz plötzlich, Zweifel gekommen waren. Druckstärke des Füllers, der Verbundenheitsgrad der Buchstaben, deren abnehmende Größe und die Zeilenführung, die auf die momentane Stimmung des Schreibers hindeutete, waren anders. Außerdem schien dem Unterzeichner das Schreibgerät mehrmals fast weggerutscht zu sein. Andreas fiel wieder ein Merkmal besonders auf. Die Unterschrift bestand nur aus einem Vor- und Nachnamen. Trotzdem stiegen die beiden Worte ganz klar dachziegelartig auf. Er verglich die Unterschiede der Unterschriften mit Beispielen aus dem Buch. Sie bewegten sich im äußeren Rahmen der Toleranz.

Unruhig wippte er mit dem Fuß unter dem massiven Schreibtisch. Die Putzfrauen waren heute noch nicht gekommen. Der Papierkorb war bis zum Rand voll. Es raschelte leise, als die kleinen Papierschächtelchen und Folien aneinanderstießen. Andreas zog den Eimer ein kleines Stück nach vorne und schaute rein. Er war voll von Schokoladenpapier. Aber nicht irgendeins, sondern von der teuren Sorte. Bei der die Schokolade noch in einem kleinen Karton verpackt wurde. Das passte ganz und gar nicht zu Nettelbeck. Er war bekannt dafür, auf Hausmannskost und besonders deftige Braten zu stehen.

Andreas las in dem Buch einige Seiten nach und kam dann zu dem Schluss: Die Unterschrift war echt. Trotzdem suchte er im Stichwortverzeichnis des Buches noch einmal nach der genauen Bedeutung der Zeilenführung und las sich leise vor, was dort stand: „Die Zeilenführung der Schrift gibt Ausdruck über die momentane Stimmungslage des Verfassers. Eine steigende Tendenz deutet auf Optimismus, eine fallende auf Pessimismus hin. Steigt die Schrift dachziegelartig an, so ist dies ein klarer Hinweis auf einen inneren Widerstreit zwischen Impuls und zügelnder Vernunft. Es kann ein Merkmal für Menschen sein, die während des Schreibens unter Druck gesetzt wurden."

Andreas klappte das Buch zu. In der Akte konnte er vielleicht Anhaltspunkte zur privaten Situation des Mandanten finden. Er blätterte sie langsam durch. Der Mann wurde von Nettelbeck schon über Jahrzehnte betreut. Aber außer ein paar Nachbarschaftsstreitigkeiten, er wohnte in der teuersten Gegend der Stadt, gab es nichts. Keine ungewöhnlichen Klagen oder Verteidigungen. Weiter hinten fand er einen handgeschriebenen Zettel, eine ergänzende Notiz des Akteninhabers an Nettelbeck. Der Inhalt war nicht von Belang. Ein paar Daten zu einer Auseinandersetzung. Die Schrift war raumgreifend und stabil und passte zu den Unterschriften auf den ersten beiden Seiten des Testaments. Er nahm sich den Inhalt noch einmal genauer vor. Aber ihm fielen keine Ungereimtheiten auf. Trotzdem notierte er sich Namen und Adresse des Mandanten auf einem Zettel, machte sich noch ein paar kleine Notizen dazu und faltete ihn zusammen, bevor er ihn in sein Portemonnaie zwischen ein paar Geldscheine steckte.

Gerade als er die Akte zurückstellen wollte, hörte er einen Laut. Leise Schritte auf dem Flur. Ein Schlüssel drehte sich in der Bürotür seines Onkels.

Natalia parkte, wie üblich, mit ihrem BMW Cabriolet ein paar Straßen entfernt. Trotz der Kälte war sie offen gefahren. Der Wagen war neu, hatte ein gut funktionierendes Windschott, so dass sie die kalten Luftströme nicht trafen. Außerdem hatte sie sich für genau solche Fahrten, bei diesem Wetter, eine schicke Lederjacke und ein überdimensionales Tuch gekauft, das sie locker um den Hals geschlungen hatte.

Die ungeschützt nach außen schallende Musik wurde gedämpft, als sie auf den Knopf in der Mittelkonsole drückte. Das Dach schloss sich langsam über ihrem Kopf. Sie wusste, dass die Leute guckten, wenn sie mit lauter Techno-Musik und wehenden Haaren durch die Stadt fuhr. Es war ihre Art zu sagen: *Seht her, ich habe es zu etwas gebracht*, und ihr gefielen die Blicke, die ihr folgten. Er versuchte ihr immer wieder zu erklären, dass es in dieser Stadt, in seinen Kreisen, eher als Zeichen mangelnder Bildung und eines beschränkten Horizontes gesehen wurde, sich so zu verhalten. Aber das war ihr egal. Sie verstand es, das Leben zu genießen, und das durfte, bitte schön, jeder sehen.

Was nicht jeder sehen durfte, war, dass es ihr Auto war, das sie fuhr. Wenigstens lief der Leasingvertrag auf ihren Namen. Aber der Wagen passte nicht zu dem Job, den sie ausübte. Und der es ihr nie erlauben würde, solch ein neues Modell von ihrem Gehalt zu mieten. Deswegen hielt sie sich von den neugierigen Augen der Kollegen und ihres Chefs entfernt, holte schüchtern lächelnd und wortkarg ihren Einsatzplan ab, stieg dann in einen der Smarts, die die Firma für Angestellte wie sie vorgesehen hatte, und machte ihre Tour.

Sie hätte auch mit dem Bus kommen können, aber den Luxus der Cabrio-Fahrten wollte sie sich nicht nehmen lassen. Auch wenn eine klitzekleine Gefahr bestand, dass sie entdeckt wurde oder mit ihrem auffälligen Fahrverhalten auf sich aufmerksam machte. Ein bisschen Nervenkitzel musste schließlich sein. Fand sie.

Das war auch der Grund, warum sie sich auf ihn eingelassen hatte. Warum sie eines Abends in der edlen Club-Disko, deren Getränkepreise sie sich damals kaum leisten konnte, die Augen nach einem spendierfreudigen Verehrer offenhielt. Dabei blieb ihr Blick an ihm hängen, und sie setzte sich ganz unverfroren auf seinen Schoß. Sehr zur Erheiterung der Männerrunde, die ihn umgab. Mit großem Hallo wurde sie begrüßt. Man stellte sich vor. Nach ihrem Getränkewunsch gefragt, pokerte sie hoch und bestellte den teuersten Champagnercocktail von der Karte. Ohne mit der Wimper zu zucken, gab er diese Bestellung weiter, auch die nächste, die übernächste und die danach. Um die Rechnung am Ende des Abends kümmerte er sich selbstverständlich. Das hatte ihr gefallen.

Natalia war fest davon überzeugt, dass er sich in sie verliebt hatte. Ihre spontane Art, ihren Mut, ihren Witz. Er ließ sie in dem Glauben. Obwohl er bis zum letzten Augenblick des Abends fest davon ausging, dass er es mit einer Edelprostituierten zu tun hatte. Es hätte ihn nicht gestört. Ganz im Gegenteil. Es war ein klares Geschäft zwischen zwei Parteien. Jemand bot Ware an, der andere zahlte. Keine Komplikationen, keine verletzten Gefühle, keine drängelnden Anrufe am nächsten Morgen, wenn er früh verschwand, kein bitterer Nachgeschmack.

Als das Taxi, das sie sich gemeinsam genommen hatten, vor ihrem Haus hielt, überraschte ihn trotz des Nebels des Alkohols ein kurzer, klarer Moment. „Was machst du eigentlich so?" Dabei drehte er sich auf dem Rücksitz zu ihr und nahm eine Strähne ihres gelockten Haars. „Beruflich, meine ich." Er versuchte, die Haare locker durch seine Finger gleiten zu lassen. Dies misslang aufgrund der im Laufe des Abends immer wieder über ihrem Kopf entleerten Dose Haarsprays aus ihrer Handtasche, die die Locken in Form halten sollten. Die Wellen waren hart wie ein Brett. Vermutlich härter, als er in dieser Nacht noch hätte werden können.

Seine Zunge lag schwer im Mund, und er sprach schleppend. Bei ihr hatten die edlen Getränke genau das Gegenteil bewirkt. Sie plapperte aufgedreht und begeistert los. Geschmeichelt, dass er scheinbar, ganz Gentleman, ein echtes Interesse an ihr hatte. Sie erklärte ihm in allen Einzelheiten, wo und als was sie arbeitete. Machte es ihm leicht, sie später zu kontaktieren, falls er den Zettel mit ihrer Telefonnummer verlieren würde, dem sie ihm zeitgleich zuschob. Das war ihr bei einigen Männern schon passiert.

Im ersten Augenblick war er geschockt und enttäuscht. Er erkannte, dass ihm wohl gerade unkomplizierter Wochenendsex ohne weitere Verpflichtungen entgangen war. Seine eigentliche Beziehung lief auf Sparflamme. Schon so lange, dass er einfach Ablenkung brauchte. Er sah das Leuchten ihrer Augen. Es war der Prinz-auf-dem-weißen-Schimmel-Glanz, den gerade einige der einfacheren Frauen schnell bekamen, deren Bekanntschaft er ab und zu schloss. Diese Hoffnung in ihrem Blick, durch ihn nicht nur einen sozialen Aufstieg, sondern auch eine solide Absicherung für die Zukunft zu bekommen.

Sie hatte Glück. Denn er hatte gerade ein massives Problem, das er an diesem Abend versuchte, bei einer Männerrunde mit viel Alkohol zu ertränken. Noch im Taxi, vor der Verabschiedung, wusste er, dass sie die Lösung war. Deswegen versuchte er auch nicht, mit in ihre Wohnung zu gehen. Er hatte längerfristige Pläne.

Für sie war seine Zurückhaltung ein weiterer Beweis seiner tiefen Gefühle. Dass er Lust hatte, das hatte sie deutlich spüren können. Bei seinen heißen Küssen, während sie in der Disko auf seinem Schoß saß.

Jetzt gerade wieder, auf dem Weg zu dem ersten Besuch in ihrer Schicht, dachte sie an ihn. Nicht mit einem Gefühl der Liebe, sondern mit dem Stolz, einen solchen Mann an sich gebunden zu haben. Und dem Stolz, durch ihn diese lukrativen Nebeneinkünfte zu haben, um sich selbst das teure Auto leisten zu können. Sie fühlte sich stark. Das war ihre Zeit, und sie genoss sie. Obwohl ihr gerade die erste Station ihrer Runde ständig anstrengender wurde. Vielleicht musste hier bald etwas getan werden. Sie zögerte noch, es ihm zu sagen. Wartete von Besuch zu Besuch und versuchte, der Frau die Zweifel und Bedenken auszureden. Wenn sie eine ehrliche Einschätzung abgab, dann würde es den sicheren Tod der Frau bedeuten. Auch wenn es nur ein Bauchgefühl war, das sie hatte.

Ein schlechtes Gewissen bei dem, was sie tat, hatte sie trotzdem nicht. Sie hatte einen großen Teil ihrer Kindheit und Jugend in bitterer Armut gelebt. Besonders die Winter mit ihren Temperaturen, oft unter minus dreißig Grad, ohne eigene Schuhe, knappe Brennholzvorräte und zu wenige, oft schon verdorbene Lebensmittel. Den andauernden nagenden Hunger, die Schwäche und die Sorge, dass auch ihr die Füße abfrieren könnten, so wie ihren Eltern. Der Verlust ihrer jüngeren Schwestern, die nicht so stark waren wie sie. Diese schmerzhaften Erfahrungen hatten sich bei ihr eingebrannt.

Und sie hatte zu viel Unrecht gesehen, zu viel Gewalt, hatte zu oft von einem besseren Leben geträumt. Der erste Teil ihres Traumes war mit dem Umzug nach Deutschland wahr geworden. Der zweite Teil war gerade dabei, sich zu erfüllen. Wenn das hieß, die vielleicht sogar berechtigten Zweifel und Sorgen einer Hand voll Menschen aus diesen herauszukitzeln, um sie dann davon zu überzeugen, dass ihre Sorgen unbegründet waren, dann war das in Natalias Augen ein kleiner Preis. Auch die regelmäßigen Berichte an ihn. Und die anderen kleinen Gefälligkeiten. Nichts gegen das, was sie in ihrer Heimat hätte tun müssen, um nur ein ansatzweise vergleichbares Leben zu führen.

Klack. Andreas hielt die Luft an. Jemand schloss die Tür ab. Das gleiche Geräusch hörte er, nur viel gedämpfter, gleich darauf von der Eingangstür zur Kanzlei. Dann Schritte auf der Treppe. „Hat er es doch noch gemerkt", schoss Andreas durch den Kopf. Er war froh, dass sein Großonkel scheinbar doch nicht so vergesslich wurde, dass er die Kanzlei am Wochenende offen ließ. Froh, dass er unentdeckt geblieben war. Auch wenn er gerade nichts

Unrechtmäßiges getan hatte, wäre sein Großonkel sicher nicht froh über seine Nachprüfung gewesen. Er löschte schnell die Lichter im Büro und wartete einen Augenblick, bis die Schritte im Treppenhaus verklungen waren. Dann schob er die Akte zurück in ihr Fach, legte das Notizbuch zurück, steckte sein Buch ein und machte sich auf den Weg nach draußen.

Langsam bekam er Hunger und dachte an die leckeren Auslagen im kleinen Café am Marktplatz. Es war kaum etwas los, und er fand sofort einen Platz am Fenster. Die Inhaberin, die er bei einem seiner seltenen Besuche heimlich *die Frau ohne Lächeln* getauft hatte, stand im Hintergrund und schien wieder dezent ihre Bedienung zu beobachten. Heute waren es zwei sehr junge Frauen. Auch heute lächelte sie nicht. Ihm war das lieb. Fröhliche Menschen mochte er gerade nicht.

„Harter Tag?" Sie war unbemerkt an seinen Tisch getreten.

„Geht so."

„Mit dem falschen Fuß aufgestanden?"

„So ähnlich." Ein Moment der Stille entstand. Er brauchte kurz, um zu bemerken, dass sie wartete. Sie stand ruhig vor ihm und sah ihn an. „Meine Nachbarin hat vor die Wohnungstür gepinkelt. Mitten auf meine Fußmatte."

„Oh."

„Ich vermute, das ist ihre Art, mir zu sagen, dass sie mich nicht mag."

„Vielleicht." Auf dem Gesicht der Frau zeigte sich der

Anflug eines Lächelns.

Andreas spielte mit dem Salzstreuer und sah sie fragend an. „Vielleicht?"

„Na, wenn sie Sie wirklich nicht mögen würde, dann hätte sie sicher nicht nur gepinkelt." Jetzt grinste sie fast.

„Danke, das muntert mich auf. Sie verstehen es wohl, aus den schlechtesten Vorzeichen noch etwas Gutes zu deuten?"

„Das hilft."

Dann schwiegen beide. Keine unangenehme Stille. Denn jeder wusste, dass der andere verstand.

„Bei Ihren Angestellten?" Er vermutete, dass sie nicht ohne Grund immer einen Blick auf ihre Bedienungen hatte.

Überrascht schüttelte sie den Kopf. „Nein, wer es hierher geschafft hat, der macht seinen Weg." Ihre Stimme klang überzeugt. „Ich mache mir um die Sorgen, die es noch nicht so weit gebracht haben, hier arbeiten zu können." Sie merkte, dass Andreas nicht verstand. „Warten Sie." Sie verschwand einen Augenblick zu dem Regal am Eingang und suchte aus den Fächern ein paar Flyer und eine kleine Informationsbroschüre.

„Sie kennen unser Konzept nicht? Wir sind ein Ausbildungsbetrieb. Für Jugendliche, die sonst keine Chance im Leben bekommen."

„Schönes Wochenende?" Andreas war von Nettelbeck gleich am Montag gebeten worden, in die Kanzlei zu kommen.

Nettelbeck brummte zur Antwort und schluckte etwas herunter, das er vorher gekaut hatte. „Wie schön kann es sein, wenn man Freitagmittag von seiner Frau überrascht wird, um in eine Kunstausstellung zu fahren?"

„Kunst?"

„Moderne Lichtinstallationen und Video. Sie hatte zwei Einladungskarten für die Eröffnung." Der Notar verzog das Gesicht, als ob er Schmerzen hätte. „Und anschließend ein zehngängiges Molekularmenü."

Andreas nickte verständnisvoll. Sein Großonkel war neuen Kochstilen nicht unbedingt aufgeschlossen.

„Wir waren erst um Mitternacht zu Hause. Und selbst?"

Andreas zuckte mit den Schultern. „Zäh. Nichts Neues. Ich recherchiere …"

Nettelbeck unterbrach ihn: „Lass es, Junge", und klopfte ihm freundschaftlich über die Schulter. „Zermürb dich nicht. Lass gut sein und mach weiter." Dann schob er ihm drei neue Akten zu. „Wollte dich Freitag noch anrufen." Nettelbeck machte eine Pause. „Aber dann kam Hedi plötzlich." Dann lachte er fröhlich, als ob er einen Witz gemacht hatte. Vielleicht war er in Gedanken wieder bei der Kunstausstellung, die ihn amüsierte.

Andreas setzte sich an den runden Besprechungstisch, den er für seine Arbeit nutzte, und rückte seinen Stuhl zurecht, so, dass er gutes Licht für die Prüfung hatte.

„Alles in Ordnung", meldete er nach einer Weile.

Sein Großonkel wirkte zufrieden. „Ist auch nur Routine."

„Sag mal", hakte Andreas ein, „die Akte von Donnerstag, kennst du den Mandanten gut?"

Nettelbeck überlegte länger. „Der mit dem Testament?"

Andreas nickte.

„Hat sich rar gemacht, die letzten Jahre." Er zögerte, bevor er weitersprach. „Wir werden alle älter. Bei einigen scheint es bloß schneller zu gehen als bei anderen."

Es war klar, was er meinte. Andreas hatte es selbst bei seinen Eltern erlebt, die, bis sie sechzig waren, unternehmungslustig durch die Weltgeschichte reisten. Um dann, scheinbar von einem seiner seltenen Besuche zum nächsten, plötzlich um Jahrzehnte gealtert zu sein. Danach war es schnell gegangen mit ihnen. Zu schnell, um Abschied nehmen zu können und sich an die neue Situation zu gewöhnen.

Mit Schwung legte sein Großonkel ihm die Vordrucke für die Echtheitszertifikate direkt in die Hände.

Andreas zögerte mit seiner Unterschrift. „Irgendetwas war da, Friedrich. Auf der letzten Seite. Vielleicht hat der Mann gezögert …?"

Nettelbeck wurde ungeduldig. Wollte die drei neuen Akten für sich schließen.

„Gibst du sie mir noch einmal?", bat Andreas.

Sein Großonkel hielt inne und schien die Frage zu überhören.

„Ich zeige dir, was ich meine."

Nettelbeck blieb regungslos stehen. Es dauerte, bis er begriff, dass Andreas hartnäckig bleiben würde, bis sie sich die Akte noch einmal gemeinsam angeschaut hatten. Etwas missmutig holte er die besagte Akte aus seinem Schrank hervor und reichte sie rüber. Andreas griff zu und schlug gleich die erste Seite des Testaments auf.

„Hier, fällt dir was auf?"

Nettelbeck schüttelte den Kopf.

„Und hier …" Andreas hatte die zweite Seite aufgeblättert.

Nettelbeck guckte etwas länger auf den Schriftzug, auf den sein Großneffe mit dem Zeigefinger zeigte.

„Sollte es?"

Jetzt war es Andreas, der den Kopf schüttelte. „Aber hier!" Triumphierend blätterte er auf die dritte und letzte Seite des Dokuments.

Nettelbeck stutzte. „Gefälscht? Das kann nicht sein." Ungläubig guckte er Andreas an. „Der Klient war selber da und hat es abgegeben, hat Schelderberg gesagt. Er wollte es von mir verwahren lassen."

„Warum hat er das Testament nicht mit dir zusammen aufgesetzt und in deinem Beisein unterschrieben?" Das war der übliche Weg. „Dann hättest du Gewissheit gehabt."

Nettelbeck nickte.

„Klar. Aber das machen einige so. Fällt nicht leicht, sich mit seinem Tod, dem endgültigen Ende, auseinanderzusetzen. Das macht den Leuten Angst. Deswegen haben viele auch gar kein Testament, oder eins, was bei ihnen zu Hause in einer Schublade liegt. Manchmal sogar zwei oder drei Versionen mit unterschiedlichen Begünstigten, undatiert. Das ist dann immer was vor Gericht ..." Er schien sich intensiv an einige Fälle zu erinnern, die er selber juristisch begleitet hatte, und schüttelte den Kopf. „Kostet ganz schön Überwindung, das auch noch beim Notar zu machen, oder wenigstens hier zu verwahren. Es ist so endgültig."

„Dafür hast du aber ganz schön viele Klienten."

„Ja, klar, die alten Bande, viele alte Kaufmannsfamilien, Unternehmer, Freunde, Bekannte, die ich ewig kenne. Fast alle haben auch so einiges zu vererben. Da lohnt es sich vorab zu überlegen, wer was bekommen soll. Wenn nichts da ist an Vermögen, hat man da eine Sorge weniger. Und ein paar neue Klienten kamen auch über Schelderberg, obwohl das meist Testamentssachen waren."

„Und der?" Andreas tippte auf die aufgeschlagene Akte mit dem Testament.

„Ich glaub, seine Vermögens- und Anlageberaterin hat ihn gedrängt, sich Gedanken zu machen. Irgendwas hat Schelderberg erwähnt. Ist typisch, dass die von der Bank mal einen Wink geben, wenn jemand viel Geld hat. Er hinterlässt keine Erben."

Nettelbeck guckte noch einmal auf die Unterschrift. „Ist die nicht echt?"

„Doch, doch", beeilte sich Andreas zu sagen. „Die ist nicht gefälscht. Nur anders. Als ob der Unterzeichner beim Schreiben seine Meinung geändert hätte. Oder wenigstens versucht war, es zu tun und unter Druck stand."

„Unterschiede auf den Seiten habe ich ab und zu. Auch wenn die Leute vor mir sitzen und unterschreiben, sieht manchmal jede Seite anders aus. Ist wohl der Stress." Nettelbeck blätterte zwischen den Seiten des Testaments hin und her und verglich die Schriftzüge. „Hmmm, habe ich schon öfter gehabt." Jetzt grinste er. „Bevor du Profi gekommen bist, habe ich mir wenig Gedanken gemacht."

„Friedrich, ich habe so etwas auch schon öfter gehabt. Wenn ich Schriftstücke für psychologische Gutachten beurteilt habe. Die Unterschiede hier deuten für mich nicht nur auf Stress hin, es sieht aus, als ob das Testament nicht ganz freiwillig unterschrieben wurde."

Nettelbeck nickte ergeben. „Verstanden. Ich kümmere mich darum." Mit den Worten deutete er noch einmal auf die Vordrucke, die neben Andreas lagen. Der unterschrieb die anderen Dokumente.

Drei quälend lange Tage waren vergangen, an denen Andreas nichts von Nettelbeck hörte. In der Kanzlei anrufen wollte er nicht. Andreas vermutete, dass Nettelbeck sich die kleinen Aufträge für ihn überlegt hatte, damit er sich nicht ganz sinnlos vorkam. Ihm Geld zahlte, damit er davon symbolisch die geringe Miete gleich wieder an Nettelbeck überweisen konnte. Sein Großonkel war ein Mann der alten Schule. Er wusste, auch ohne sich je mit der Psyche der Menschen beschäftigt zu haben, was nötig war, damit Andreas nicht das letzte Stück Achtung vor sich verlor.

Deswegen blieb er länger als sonst in der Universitätsbibliothek und versuchte, sich abzulenken. Die Abteilung des Fachbereichs Psychiatrie und Psychotherapie nahm eine ganze Etage ein. Er streifte durch die Gänge. Zuerst nahm er sich zum wiederholten Male das Sammelgebiet Psychosomatik vor, dessen Bücher er eher grob überflog. Dann folgte ähnlich zügig die Pharmapsychologie. Erst bei der Neurologie und Neurochemie schaute er wirklich auf jeden der Titel. Genauso aufmerksam ging er weiter durch die Regale, in denen die Werke zur klinischen Psychologie, Psychiatrie und zur Psychotherapie ausgestellt waren.

Jetzt, in der Klausurenphase, war viel Betrieb, und der Bestand der Bücher wechselte von Tag zu Tag, wurde immer dünner. In einigen der Regale waren zum Teil nur noch zwei oder drei Bücher zur Ausleihe vorgesehen. Andreas war nicht der Einzige, der von Reihe zu Reihe ging und immer wieder lesend stehen blieb. Nur war er deutlich älter als die anderen Besucher. In dem einen Arm hatte er schon einige Bücher, die er zu Hause durcharbeiten wollte. Immer auf der Suche nach einer Theorie, die ihn entlasten konnte von seiner Schuld.

Eine junge Frau blieb neben ihm stehen und nahm ein Buch in die Hand. Sie blätterte, las und schaute immer wieder zu ihm rüber. Dann lächelte sie ihn schüchtern an. Andreas ging ein paar Schritte um das Regal herum und suchte in der nächsten Reihe weiter. So, dass er ihr den Rücken zudrehte, falls sie durch die ausgedünnten Buchreihen in seine Richtung schauen sollte.

Er hatte sie schon vergessen, als er neben sich eine Stimme hörte.

„Entschuldigen Sie."

Sie war groß und schlank. Als er sich zu ihr drehte, sah er direkt in ihre klaren, blauen Augen. Andreas vermutete, dass sie in ihm einen der Professoren zu erkennen meinte, der im Laufe ihres Studiums von Bedeutung sein könnte. Allein aufgrund seines Alters. Solche Situationen hatte er oft erlebt, obwohl er an der Münchner Ludwig-Maximilians-Universität nur Gastdozent gewesen war. Ein freundliches Gespräch, ein Hinweis auf das Studium, seine Vorlesungen und die Bitte, doch etwas Milde mit ihr in der Klausurenphase walten zu lassen. Er schenkte ihr nur einen kurzen Blick und wendete sich wieder den Buchrücken zu, vor denen er stand.

„Haben Sie kurz Zeit?" Sie setzte erneut zu einem Gespräch an.

„Sie verwechseln mich." Andreas' Stimme klang mürrisch und abweisend. Er nahm eines der Bücher zur Hand, dessen Titel ihm entfernt interessant erschien, und blätterte darin betont konzentriert.

„Ja?"

Es war ihr so freundliches Ja, trotz den deutlich zu

hörenden Zweifeln, dass ihn zu ihr umdrehen ließ.

Sie hielt neben sich das Buch, in dem sie zuvor schon im Gang interessiert gelesen hatte. Es war als Bestandsexemplar markiert, das nicht ausgeliehen werden durfte. Allen Besuchern sollten diese Werke zugänglich sein. Mit dem Daumen hielt sie die Innenseite des Umschlags offen. Ihr Blick musterte das Bild des Autors, das dort abgebildet war, und fiel dann wieder auf ihn. An ihrem rechten Arm klimperten mehrere dünne Silberreifen wie ein kleines Glockenspiel, als sie ihn bewegte.

„Schönes Hemd." Sie lächelte wieder, diesmal funkelten ihren Augen.

Andreas brauchte ihrem Blick nicht zu folgen, er wusste, was er sehen würde. Ein Bild von sich. Keine fünf Jahre alt. Er trug die Haare deutlich kürzer. Aber das blaue Hemd, das er auf dem Foto lässig mit den oberen Knöpfen offen trug, hatte er heute zufällig auch an.

Früher wäre ihm die Situation vielleicht unangenehm gewesen. Hätte charmant versucht, bei der ausgesprochen hübschen Frau den ersten Eindruck wieder gutzumachen. Jetzt sagte er nur „Danke" und neigte sich wieder über das Buch, das er zur Hand genommen hatte. Er spürte, dass sie noch eine Weile neben ihm blieb, bevor sie sich entfernte.

Er zog sein stummgeschaltetes Mobiltelefon aus der Tasche. Ein Anruf in Abwesenheit. Das war sicher Nettelbeck, der Arbeit für ihn hatte. Auch wenn es nie viel war, reichte es doch, um auf andere Gedanken zu kommen. Er schob das Buch wieder zurück in die Reihe und ging mit den anderen schnell die breite Treppe ins Erdgeschoss runter. Erst vor dem Eingang zur Bibliothek durfte er telefonieren. Im Empfangsbereich warf ihm die stark übergewichtige Frau von der Leihstelle einen missbilligenden Blick zu, als sie das Mobiltelefon in seinen Händen sah. Er legte ihr die Bücher und seinen Ausweis zum Scannen hin und wartete ungeduldig, bis sie ihm mit einem übellaunigen „Bitte schön" die entliehenen Bücher rüberschob. Vor der Tür strich er gleich über das Display und entsperrte das Gerät. Sein Finger war schon fast auf dem Rückrufsymbol, als er sah, dass er die Nummer nicht kannte. Besetzt. Andreas stutzte, dann drückte er neugierig die Wahlwiederholung. Die Nummer war noch immer besetzt. Keine Mailbox, kein Hinweis auf den Namen des Besitzers der Nummer.

Zu Hause sprang Andreas gleich im Wohnungsflur das rote Blinken seines Anrufbeantworters entgegen. Ein genauso seltener Anblick wie Anrufe auf seinem Mobiltelefon.

Er drückte auf die Wiedergabetaste.

Sie hatte gerade ihren Dienst begonnen und war schon dabei, der alten Dame, die sie immer als Erstes auf ihrer Liste hatte, ein paar Brote für das Abendessen zu schmieren. Wurst und Käse. Wie jeden Tag. Ihr Handy hatte sie in der Handtasche, die über dem Küchenstuhl hing. Den leisen Signalton der eingehenden Nachricht konnte sie kaum hören.

Natalia las die SMS auf Toilette. Sie klappte den Deckel der WC-Schüssel runter und setzte sich auf den rosa plüschigen Überzug, der darauf befestigt war.

Die Polizei hat geschrieben. Sie haben mich zu sich bestellt. Was soll ich tun?

Ihre Schwester.

Wann?, schrieb sie schnell zurück.

Morgen früh. Ruf mich schnell an, bitte!

Geht nicht, ich arbeite.

Ich schaff das nicht.

Ich komm nachher vorbei.

Wann?

Mitternacht.

Ohne auf eine Antwort zu warten, stellte Natalia ihr Mobiltelefon auf lautlos, zog an der WC-Spülung und drehte den Wasserhahn am Waschbecken kurz auf. Sie durfte bei der Arbeit weder telefonieren noch überhaupt auf ihr Handy gucken. Strenges Verbot des Chefs, um den zunehmenden privaten Kommunikationswahn über diverse Chatkanäle der angestellten Pflegekräfte zu unterbinden.

Dass ihre Schwester plötzlich so ängstlich wurde, damit hatte sie überhaupt nicht gerechnet. Schließlich waren sie doch beide aus dem gleichen Holz. Sahen sogar fast gleich aus. Waren zusammen groß geworden und hatten als einzige Geschwister die Kälte, den Hunger und all die anderen Entbehrungen überlebt. Und auch das Verhalten der alten Frau, bei der sie gerade war, überraschte sie. Sie schien Natalia langsam nicht mehr zu vertrauen, stellte immer drängendere Fragen. Zusammengefasst, es lief überhaupt nicht nach Plan.

Als sie wieder im Auto saß, rief sie ihn an. „Wir müssen doch etwas machen."

„Nicht am Telefon."

„Es ist dringend."

„Bei wem?"

„Bei der einen Frau … Du weißt schon."

„Hmmm."

„Sie ist doch nicht so gutgläubig."

„Ich lass mir was einfallen."

„Gut."

„Sonst noch was?"

„Nein."

Die Kurznachrichten, die sie mit ihrer Schwester ausgetauscht hatte, verschwieg sie ihm. Das durfte er nicht wissen. Schließlich war sie ihre Schwester, und sie hatte ihm hoch und heilig versprochen, dass es mit ihr keine Probleme geben würde, wenn die Bezahlung stimmte. Dass es jetzt anders war, überraschte sie selbst. Vielleicht waren die fünftausend Euro doch nicht genug gewesen?

„Andreas, Friedrich ist auf der Intensivstation." Hedis

Stimme klang ungewohnt scheppernd auf dem Anrufbeantworter. Eine Pause entstand, sie schien sich zu räuspern. „Es sieht nicht gut aus." Wieder vergingen Sekunden. „Das solltest du wissen, denke ich." Dann hörte er das typische Klacken eines aufgelegten Telefonhörers.

Ein Anruf, der ihr schwergefallen sein musste. Er hörte das Band nochmals ab. Kein Wann, kein Wo, kein Was. Er wusste weder, in welchem Krankenhaus Nettelbeck war, noch warum. War er krank? Etwas abwesend hatte er in letzter Zeit manchmal gewirkt. Andreas hatte es aber darauf zurückgeführt, dass sein Großonkel in keiner einfachen Situation war, dadurch, dass er ihn unterstützte. In seinem Kopf überschlugen sich die Fragen.

Kurz zögerte er, nahm seinen Mut zusammen und nahm das schnurlose Telefon von der Station. Es klingelte, gerade als er die Nummer ihres privaten Festnetzanschlusses wählen wollte.

„Hedi!" Es war eher eine Feststellung als eine Frage. In seiner Stimme klang Erleichterung. Am anderen Ende war Stille, ein Fragezeichen schien dort mitzuschwingen.

„Hedi?", fragte er.

„Nein." Die weibliche Stimme in der Leitung klang überrascht.

„Mit wem spreche ich?"

„Pia Pracht. Aber Sie kennen mich nicht. Wenigstens nicht meinen Namen."

Jetzt war es er, der schwieg. Es zeigte Wirkung.

„Wir haben uns heute gesehen."

Aha. Im Kopf ging er seine Stationen durch. Hausflur, Bäcker, Bahn, Bibliothek und zurück.

„An der Uni."

Andreas betete, dass es die Frau war, die ihn angesprochen hatte. Nicht die von der Verleihstelle.

„Woher haben Sie meine Nummer?"

„Online-Auskunft."

„Aha."

„Ich möchte Sie um einen Gefallen bitten."

Er schwieg.

„Ich schreibe meine Doktorarbeit und könnte bei ein, zwei Fragestellungen Hilfe gebrauchen."

Wie oft hatte er diesen Satz schon gehört? Am besten hielt er seinen Mund.

„Es gibt ein paar Stellen, bei denen ich aus Ihren Büchern zitieren möchte."

„Kein Problem, Sie wissen ja, wie Zitate in wissenschaftlichen Arbeiten gekennzeichnet werden müssen."

„Ja, klar. Ich wusste nicht, dass Sie jetzt im Norden wohnen. Aber als ich Sie gesehen habe, da habe ich überlegt, ob ich nicht zu einigen Fragen, die ich in meiner Arbeit behandle, direkt mit Ihnen sprechen dürfte. So Originalzitate aus einer Art Interview."

„Dafür bin ich nicht der Richtige."

„Nicht?"

„Mich zu interviewen, ist nicht mehr opportun. Nehmen Sie lieber etwas aus meinen Büchern. Danke für Ihr Interesse."

Er legte auf. Sofort klingelte es wieder. Die gleiche Nummer. Bevor er reagieren konnte, sprang der Anrufbeantworter an. Sie hinterließ ihre Nummer. Nette Stimme. Netter Name. Pia Pracht. Bald, wenn ihre Arbeit fertig war, Frau Doktor Pia Pracht. Ein passender Name für eine gutaussehende Frau.

Der Raum war hell erleuchtet. Bunte Lämpchen blinkten an den Instrumenten, und ein dauerndes Piepen war zu hören. Nettelbeck sah um Jahre gealtert aus. War er es überhaupt? Andreas fiel es schwer, in dem Mann, der vor ihm im Krankenbett lag, den Mann zu erkennen, den er kannte. Den Nettelbeck. Den einzigen Menschen, der bereit gewesen war, sich um ihn zu kümmern, als er aus München weg musste. Der, der bei seinem Anruf sofort begeistert eine Einladung ausgesprochen hatte. Er hatte Wort gehalten. Auch wenn er doch nicht bei Hedi und ihm zu Hause, sondern in einer seiner Wohnungen, die gerade zur Neuvermietung anstand, unterkam. Eigentlich war es Andreas auch lieb so.

Hedi hatte ihm das Krankenhaus und die Station genannt. Es widerstrebte ihr zutiefst, aber sie tat es. Sie war wortkarg am Telefon, als er sie endlich erreichte. Sagte ihm aber gleich, wo er lag. Zimmer sechshundertzwölf, Krankenhaus Mitte. Sie war die unbekannte Handynummer.

Andreas hatte in seinem ungewöhnlichen Gewand, einem Schutzanzug, Schuhüberziehern und Handschuhen, neben Nettelbeck auf einem Stuhl Platz genommen. Er hielt ihm die kalte Hand, auf deren Handrücken mehrere Kanülen mit Pflastern befestigt waren. Schläuche führten zu großen Beuteln mit durchsichtiger Flüssigkeit, die in regelmäßigen Abständen heruntertropften und sich mit Blut vermischten. Etwas gegen die Schmerzen. Etwas zum Schlafen. Etwas künstliche Nahrung, um ihn nicht noch mehr zu schwächen. Er hatte die liebenswerte Krankenschwester gefragt, und sie hatte ihm einen so warmen Blick zugeworfen, als sie ihm geduldig alles erklärte, was sein Großonkel bekam, dass ihm vor Rührung und Dankbarkeit fast die Tränen gekommen waren. Dann drückte sie ein paar Schalter an den Überwachungsgeräten, an die Nettelbeck über Kabel und Schläuche angeschlossen war, regulierte die Flüssigkeitszufuhr aus einem Tropf und verschwand. Er drehte sich von den Geräten weg und konzentrierte seinen Blick auf das Muster auf Nettelbecks Bettdecke. Kleine blaue Rhomben auf weißem Grund.

Nettelbeck lag schon seit zwei Tagen hier. Montag hatten sie sich das letzte Mal gesehen. War es erst so kurz her? Noch nicht eine Woche? Andreas konnte keine Ähnlichkeit mehr zwischen dem Mann, der hier lag, und dem, von dem er sich vor ein paar Tagen verabschiedet hatte, feststellen. Das, was er von dem Körper sah, war übersät mit hässlichen lila-grünen Flecken, Schrammen und Beulen. Prellungen am ganzen Körper, hatte Hedi gesagt. Aber das war nicht das Schlimmste. Es waren die Organquetschungen und das Schädel-Hirn-Trauma, das den Ärzten Sorgen bereitete. Sie hatten ihn in ein künstliches Koma versetzt, gleich nach der Operation.

Ein Autounfall, spät am Mittwoch, als er von seiner „Zigarrenrunde" kam, wie Hedi seinen wöchentlichen Herrenabend nannte. Kein Fremdverschulden. Einfach nur Pech. Eine Zeugin, die den Unfallhergang schildern konnte.

Es fiel ihr schwer, mit ihm zu reden, und das, worum sie ihn bitten wollte, umso mehr. „Kannst du in der Kanzlei nach dem Rechten sehen?" Sie zwang sich fast, diese Bitte auszusprechen. Natürlich stimmte er zu, froh, ihr helfen zu können.

Andreas fühlte sich erschlagen, als er nach Hause kam. Er war die vier Kilometer vom Krankenhaus zu Fuß gegangen. Es hatte ihm gut getan. Die Wohnstraße, in die er gezogen war, strahlte Wohlstand und gutbürgerliche Ruhe aus. Vor dem Mehrparteienhaus, in dem er wohnte, stand eine große, schlanke Frau mit einem quietschgrünen Mantel. Sie schien etwas in die Gegensprechanlage zu rufen. Schon bevor er sie sicher erkennen konnte, wusste er, wer sie war. Die junge Frau aus der Unibibliothek. Pia Pracht. Im Näherkommen hörte er auch, was sie sagte. Konzentriert hatte sie sich zum Lautsprecher neben den Klingelschildern gebeugt und bemühte sich nun, die knarzenden Worte zu verstehen, die gesprochen wurden.

„Scheiße", rief er leise aus und rannte die letzten Schritte zu ihr. Etwas zu grob riss er sie von der Tür weg.

Sie stieß einen erschrockenen Schrei aus. Ihre Mütze

verrutschte und hing ihr schräg im Gesicht. Erst, als sie die mit beiden Händen nach hinten schob, konnte sie Andreas erkennen. Genau in dem Augenblick hörte er noch das undeutliche Genuschel der merkwürdigen Frau Merz, die unter ihm wohnte. Es sollte wohl so etwas wie „Kommen Sie doch rein" bedeuten. Er hatte richtig getippt, denn gleich danach hörte er das laute Summen des Türöffners. Da war er gerade noch rechtzeitig gekommen.

Er stellte sich zwischen Pia Pracht und die Tür. „Was haben Sie hier zu suchen?", knurrte er sie an.

Sie zupfte wie zur Entschuldigung an ihrer weißen Wollmütze und schaute betreten und noch immer ein wenig eingeschüchtert zu Boden.

„Was denken Sie sich dabei, hier aufzukreuzen und mit meinen Nachbarn zu sprechen?" Dass die Dame unter ihm eine Verwandte war, unterschlug er lieber. Es waren keine Familienbande, auf die er stolz gewesen wäre.

Da sie noch immer ihren Blick auf ihre Füße geheftet hatte, nahm er ihr Gesicht in beide Hände und zwang sie, ihn anzusehen. Dann fragte er sie so, als ob er mit einem Menschen mit stark eingeschränkter Auffassungsgabe sprechen würde. Laut, langsam und jedes Wort genau betonend: „SIND … SIE … EINE … STALKERIN …?"

„Nein!", stieß sie aus und versuchte den Kopf zu schütteln, was etwas schwierig war, da Andreas sie noch festhielt. Mit ein paar Bewegungen nach rechts und links versuchte sie, sich zu befreien. Sie war ehrlich erschrocken, dass er sie im Schraubgriff hatte.

Er ließ sie los. Sein fester Druck hatte rote Stellen auf ihren Wangen hinterlassen. Er hätte sich ohrfeigen können. Wie konnte ihm das passieren? Schon wieder schien er in einer harmlosen Situation derart überzureagieren und die Kontrolle über sich zu verlieren. Zu schnell. Zu hart. Zu grundlos. Die Frau war harmlos. Sie rieb sich die Wangen, und jetzt sah er auch aufsteigende Wut in ihrem Blick. Er war zu weit gegangen.

Im gleichen Tonfall, den er zuvor an den Tag gelegt hatte, fragte sie, während sie weiter ihr Gesicht massierte: „SIND … SIE … VIELLEICHT … PARANOID ...?"

Beide schauten sich in die Augen. Erst starr und wütend. Dann prusteten sie gemeinsam los.

Sie verstellte ihre Stimme und rief unvermittelt: „Herr Therapeut, Herr Therapeut! Überall Schmetterlinge, Schmetterlinge …" Dabei trat sie einen Schritt zurück, um Andreas nicht zu treffen, und wedelte vor sich mit den Armen, so als ob sie Schmetterlinge verscheuchen würde.

Andreas erkannte sofort den alten Witz, den man sich im Studium erzählte. Also war der noch immer für Lacher gut? Er stieg ein, indem er genau solche Bewegungen vor sich machte und ihr zurief: „Doch nicht alle zu mir herüber, Sie Idiotin." Das Wort Idiotin kam ihm etwas schwer über die Lippen, auch wenn es nur ein Witz war.

Ein gemeinsames Lachen, ein verschmitzter Blick. Andreas fiel es schwer, wieder sachlich zu werden.

„Woher haben Sie meine Adresse?" Er versuchte, streng zu klingen.

„Online-Telefonbuch, habe ich das nicht am Telefon gesagt? Da sind Sie eingetragen. Nachname, Adresse, Telefonnummer." Sie wartete einen Moment und legte dann mit etwas Triumph in der Stimme nach: „Sogar Fax."

Andreas zog erstaunt eine Augenbraue hoch. Er hatte kein Fax.

„Ach … ja?"

„Ach … ja!"

„Krieg ich meine Chance?" Der Blick, den sie ihm zuwarf, war herzerweichend. Wäre er gewesen. Aber er fühlte sich immun.

„Vielleicht …" Sie sah ihn bittend an. Es schienen Minuten zu verstreichen. Sie stand einfach nur da und schaute ihn an.

Wieder knarzte es in der Sprechanlage, er hörte ein unappetitliches Räuspern. Andreas wollte sie loswerden, bevor Nettelbecks Tante, Cousine, was auch immer, eine erneute Einladung aussprach.

„Okay, geben Sie mir Ihre Nummer, ich überlege es mir."

„Sie haben meine Nummer."

Er sah sie fragend an.

„Auf Ihrem Anrufbeantworter …", versuchte sie ihn zu erinnern.

„Gelöscht!"

Sie nickte unglücklich und zückte aus ihrer Handtasche

Zettel und Stift. Zum Abschied drückte sie ihm den Zettel in die Hand. „Denken Sie daran, Herr Therapeut. Für mich sind Sie opportun. Sehr opportun."

Verdammt. Er blickte ihr hinterher, bis sie um die nächste Straßenecke verschwunden war. Dann schloss er die Haustür auf. Er hörte schon im Treppenhaus ein Rascheln von oben.

„Andreas, warum hast du die Dings nicht mitgebracht? Wo ist sie? Hast du sie vergrault?"

Vor ihrer Wohnungstür stand die alte Merz und giftete ihn an. Sie sah noch schlimmer aus, als er sie in Erinnerung hatte. Ungewaschene Haare, aufgedunsen und mit einem Kleid, das seine besten Tage und die letzte Wäsche längst hinter sich hatte. Er zuckte nur mit den Schultern und ging an ihr vorbei, ein Stockwerk höher. Vor seiner Tür roch es noch immer leicht nach Urin, obwohl ihre Aktion schon über eine Woche her war. Ausgiebiges Wischen, Duftspray und eine neue Fußmatte hatten zwar den schlimmsten Geruch ausgemerzt, aber ein Rest hing noch immer in der Luft.

Andreas war froh, dass Pia Pracht dieser Geruch erspart geblieben war. Er nahm sich vor, mit Nettelbeck über seine Tante oder was auch immer sie war, zu sprechen, wenn es ihm wieder einigermaßen gut ging. Sie verwahrloste immer mehr, und irgendjemand musste nach ihr schauen. Dieser Jemand wollte nicht er sein.

Diesmal bemühte Andreas sich nicht, die Treppenstufen zur

Kanzlei leise zu nehmen. Er kam im offiziellen Auftrag. Alle Türen zur Kanzlei waren verschlossen, wie auch nicht anders zu erwarten. Die Stille des Hauses lag im krassen Gegensatz zum Treiben vor der Tür. Es war zwar ein trüber Februarmorgen, aber ein Samstag Anfang des Monats. Viele zog es in die Innenstadt, um sich von dem frisch auf dem Konto gelandeten Gehalt etwas zu gönnen, die Auslagen der Geschäfte zu studieren, auf dem Wochenmarkt frisches Obst zu kaufen, die ersten Frühlingsblumen an den Blumenständen zu bewundern oder sich die Zeit einfach in einem der zahlreichen Cafés zu vertreiben und den anderen zuzuschauen. Alle schienen einen Auftrag zu haben und wuselten kreuz und quer über das Pflaster, ab und zu erschrocken zur Seite springend, wenn die Straßenbahn versuchte, sich zwischen den Menschen einen Weg auf ihren Schienen zu bahnen.

Andreas machte Licht und blieb einen Augenblick in dem Empfangsbereich stehen, direkt vor dem großen Schreibtisch, hinter dem in der Woche Frau Mitt, die Sekretärin, saß, Rechtsanwalts- und Notargehilfin, Empfangsdame, Mädchen für alles. Sie gehörte zur Kanzlei, seit Nettelbeck die Räumlichkeiten vor fünfunddreißig Jahren übernommen hatte. Sah auch heute noch zeitlos gut aus und hatte Stil. Hatte ihr Leben in Nettelbecks Dienste gestellt und darüber versäumt, sich darum zu kümmern, ein eigenes mit Mann und Kindern zu leben. Der einzige Mann in ihrem Leben war Jack Nicholson, den sie glühend verehrte. Das hatte Andreas in den zwei Monaten, die er hier war, schon gelernt. Es war der einzige Mann in ihrem Leben, auch, oder gerade weil er für sie unerreichbar war.

Andreas war umgeben von schweren, dunklen Möbeln.

Modellbauten von alten Handelsschiffen standen im Empfangsbereich, teure Lampen hingen von der Decke. Eine Mischung, die den Kanzleikunden auf den ersten Blick die jahrhundertalte Tradition der Stadt vor Augen führte und Vertrauen einflößte. Und Nettelbeck über die Jahre gute Verdienste bescherte.

Was Hedi von ihm erwartete? *In der Kanzlei nach dem Rechten sehen.* Er war kein Notar. Aber das wusste sie ja. Wenn sie ihn bat und nicht von Schelderberg, den Partner seines Großonkels, dann schien es ihr nicht um Nettelbecks Fälle zu gehen.

Vom Empfangsraum gingen vier Türen ab. Alle breit und mit handgeschnitzten Motiven verziert. Das Haus war aus dem sechzehnten Jahrhundert, und einige Teile der Ausstattung schienen die langen Jahrhunderte überdauert zu haben. Zwei der Türen führten in die Büroräume der Kanzleipartner, die anderen beiden waren Besprechungsräume. Nettelbecks Reich lag gleich hinter dem Empfang. Andreas schloss auf und war im ersten Augenblick überrascht. In dem sonst so aufgeräumten Büro herrschte ein buntes Durcheinander. Auf dem Schreibtisch und in der Besprechungsecke lagen mehrere Akten aufgeschlagen.

Dann spürte er eine leichte Erschütterung. War gerade eine Straßenbahn vorbeigefahren? Oder war es eventuell etwas anderes? Vielleicht die Haustür, die von dem gespannten Türschließer mit einem letzten starken Ruck ins Schloss gezogen wurde?

Er blieb wie angewurzelt im Durchgang zu Nettelbecks Buro stehen und versuchte, leise zu atmen. Waren das

Schritte auf der Treppe? Andreas wusste nicht, was ihn beunruhigte. Schließlich waren in dem alten Kaufmannshaus auf den unteren Etagen noch andere Büros und eine Arztpraxis. Nur die Mieter hatten den Schlüssel zum Sicherheitsschloss der Haustür, die am Wochenende fest verschlossen war. Das alte Holz der Treppe knackte zuverlässig und kündigte an, dass jemand weiter nach oben ging.

Ein Handyklingeln. Dann stoppten die Schritte. „Nein, noch nicht … Ich war kurz weg … Ich suche weiter." Eindeutig die Stimme von Lars von Schelderberg.

Andreas nahm vorsichtig das Schlüsselbund aus seiner Jacke und schloss erst die Eingangstür zur Kanzlei und dann Nettelbecks Büro fast geräuschlos ab. Die Schritte wurden lauter. Er kroch unter den Schreibtisch im Empfangsbereich, dessen Front bis zum Boden heruntergezogen war. So gut es ging, kauerte er sich zusammen. Dann wurde die Eingangstür aufgeschlossen, und Nettelbecks Partner trat ein.

„Wenn das wichtiger ist …", sagte er gerade zu der Person, mit der er noch immer sprach.

„Okay, ich komme. Muss nur alles wegräumen."

Am anderen Ende wurde gesprochen. Schelderberg machte ein paar grunzende Geräusche.

„Dreißig Minuten. Gut. Bis dann."

Er beendete das Gespräch, öffnete die Tür zu Nettelbecks Büro und kam gleich darauf zurück.

Andreas bemühte sich, die Luft anzuhalten. Seine Gelenke schmerzten schon. *Mist.* Warum konnte er sein gesamtes Therapeutenwissen nie bei sich selbst anwenden? Er wusste, dass er unbedingt Sport machen musste. Wenigstens etwas. Das war früher das Allererste gewesen, was er seinen Patienten erklärt hatte. Für ihn war es sogar eine Grundvoraussetzung geworden, wenn Patienten mit ihm arbeiten wollten. Nach ein paar Jahren in der Praxis, als sich sein Können herumgesprochen hatte und er sich aussuchen konnte, wen er annahm. Er ärgerte sich über sich selbst. Ungelenk und steif war er.

Irgendetwas raschelte über ihm. Schelderberg kramte auf dem aufgeräumten Schreibtisch von Mitti, suchte etwas. Wenn er jetzt hinter den Tisch trat, flog Andreas' Deckung auf. Er versuchte sich noch enger an die Front des Tisches zu drücken und betete stumm.

Dann Schritte auf dem weichen Teppich. Eine Weile hörte er, wie in Nettelbecks Büro Papiere sortiert wurden. Der Kopierer surrte, als er aus dem Ruhemodus geweckt wurde, mit einem klappernden Geräusch startete der automatische Papiereinzug den Kopiervorgang.

Andreas wagte sich vorsichtig aus seiner Deckung. Er zog sich mit beiden Händen hinter dem Schreibtisch hoch und verschaffte sich einen Überblick über seine Fluchtmöglichkeiten. Auf die Idee, sich zu erkennen zu geben, kam er nicht eine Sekunde.

Schelderberg hatte die Tür zum Empfangsbereich weit offen gelassen. Er stand gebeugt über dem Kopiergerät in Nettelbecks Büro. Mantel und Schal hatte er nicht abgelegt. Die Haare fielen ihm ins Gesicht und verdeckten seine

Augen. Wenn er jetzt den Kopf hob, guckte er direkt auf Andreas. Der duckte sich schnell wieder unter den Schreibtisch. Er saß fest. Solange die Tür geöffnet war, würde er es kaum schaffen, unbemerkt aus der Kanzlei zu kommen. In die hinteren Räume traute er sich nicht – wer wusste, was Schelderberg noch vorhatte.

Das Kopiergeräusch verstummte. Wieder Schritte in seine Richtung. Schelderberg war ganz nah. Andreas hörte ein vertrautes Klicken direkt über sich. Das typische Geräusch eines Kugelschreibers, wenn die Miene herausgedrückt wurde. Noch ein Rascheln, diesmal von Papier. Der Tisch ächzte. Scheinbar setzte sich Schelderberg mit vollem Gewicht auf die Schreibtischplatte.

Andreas hörte ihn über sich atmen. Das leichte Kratzen der Mine auf dem Papier spürte er als feines Zittern in der Seitenwand, gegen die er sich drückte. Dann ein dumpfes Brummen, drei Mal nacheinander. Der Tisch vibrierte. Gleich darauf klingelte ein Handy. Andreas griff sich in den Mantel. Erst jetzt fiel ihm ein, dass er sein Mobiltelefon nicht auf lautlos gestellt hatte.

Sie hörte im Hausflur ein leises Klappern, acht Mal nacheinander. Der Postbote war heute früh da. Jetzt musste sie nur die beiden Briefkästen leeren, ohne dass ihr wieder jemand aus dem Haus über den Weg lief. Ein Blick durch den Spion. Dann blieb sie hinter der Tür stehen und versuchte weitere Geräusche auszumachen. Es blieb ruhig. Sie griff sich die beiden Briefkastenschlüssel und trat in den Hausflur. In ihrem eigenen Briefkasten war nur ein Werbeschreiben von einer Direktversicherung. Der andere, für den sie den Schlüssel hatte, war dafür umso voller. Die ersten Probedrucke waren gekommen. Sie klappte die Front des Kastens auf und zog die einzelnen Umschläge heraus.

Die Haustür ging auf.

„Guten Morgen, Frau Bell!" Der Nachbar schräg über ihr kam mit Brötchentüte und Zeitung herein.

„Morgen …" Sie murmelte nur eine kurze Begrüßung und tat so, als ob sie in die Sortierung der Post vertieft wäre.

„Na, ist Ihre Freundin noch immer unterwegs?"

Sie nickte.

„Ganz schön lange, dieses Mal."

„Ach, sie kommt immer mal wieder für ein paar Tage rein."

„Ja …?"

Sie blickte ihn zum ersten Mal an.

Er sprach weiter. „Dafür ist es aber verdammt ruhig von unten."

Sie zuckte die Schultern.

„Nicht, dass sie in die Fänge eines Mannes geraten ist …" Der Nachbar kicherte.

„Ich glaube, das wüsste ich." Sie klappte die Front des Briekastens wieder nach oben und schloss ihn ab.

„Ihre Post. Seien Sie vorsichtig."

Der Nachbar zeigte auf die Umschläge, die sie während des Gesprächs in beiden Händen hielt. Vor Anspannung hatte sie so fest zugedrückt, dass das Papier tiefe Knicke bekommen hatte. Sie lockerte ihren Griff.

„Einen schönen Tag noch."

„Ja, ja. Hab verstanden." Schelderberg fertigte direkt über ihm den Anrufer ab und verschwand. Dem Geräusch nach in Nettelbecks Büro.

Die Tür fiel leise ins Schloss. Mit einem kräftigen Stoß atmete Andreas aus. Im ersten Augenblick hatte er geglaubt, es sei sein Handy, das zu klingeln begann. Dabei hatte er einen ganz anderen Klingelton. Er hatte vor Anspannung zu Schwitzen begonnen und konnte kaum noch in seinem Versteck kauern. Vorsichtig streckte er nacheinander die Beine unter dem Schreibtisch hervor. Er könnte jetzt versuchen, unbemerkt zu verschwinden. Gerade als sich Andreas aus seinem Versteck befreien wollte, ging wieder die Tür zu Nettelbecks Büro auf. Andreas zog schnell das Bein unter den Tisch zurück.

Unterschiedliche Geräusche kamen von oben, direkt über ihm. Ein Räuspern. Dann das erlösende Klimpern von Schlüsseln, die aneinanderschlugen. Schelderberg verriegelte wieder die Türen und verschwand.

Andreas wartete, bis er unten die Haustür ins Schloss fallen hörte, und streckte sich. Dann kroch er langsam aus seinem Versteck und ging in Nettelbecks Büro. Nichts in dem Raum ließ erkennen, dass hier jemand einige Unterlagen gründlich studiert hatte. Alles war ordentlich in den Schränken verschlossen. *Verdammt.* Wäre er doch zehn Minuten früher da gewesen, dann hätte er zumindest Zeit gehabt, sich die Namen auf den Akten zu merken. Jetzt war es zu spät.

Erschöpft von der Anspannung setzte er sich auf seinen Lieblingsplatz, den Stuhl in der Besprechungsecke. Da, wo er sonst saß und arbeitete. Sein Blick schweifte durch den Raum und blieb an der Karaffe aus geschliffenem Glas hängen, die auf einem zierlichen Tisch stand. Jugendstil. Daneben eine Reihe bauchiger Gläser. Er ging rüber, nahm den Glasverschluss von der Flasche und roch. Ihm schlug ein zarter Geruch von Früchten entgegen. Apfel und Orange, vermutete er. Ein Hauch von Zimt. Er goss sich eines der Gläser ein, nur einen kleinen Schluck, und probierte. Sein Großonkel hatte einen ausgezeichneten Geschmack. Es war ein alter Single Malt Whiskey. Die leichte Honignote und der würzige Geschmack, der auf eine lange Lagerung im Eichenfass hindeutete, ließen vermuten, wie viel dieser Tropfen Nettelbeck gekostet haben musste. Sicher zur Besiegelung bedeutender Vertragsabschlüsse gedacht. Andreas schenkte sich noch einmal nach. Diesmal das Glas randvoll, nahm es mit zu seinem Platz und trank es langsam mit halbgeschlossenen Augen aus. Danach ging es ihm besser.

Wie sollte es jetzt weitergehen? Mit weiteren Störungen hatte er wohl erst einmal nicht zu rechnen. Nachdem das Glas leer war, schloss er die Schränke auf und blätterte die einzelnen Akten durch. Aber ihm fiel nichts auf. Alle Akten waren ordentlich einsortiert. Ob etwas fehlte, konnte er nicht beurteilen. Er kannte kaum Mandanten seines

Großonkels und wusste nicht, wen der alles vertrat. Das Notizbuch von Nettelbeck konnte er nicht entdecken.

Sie drehte sich um und ließ den Nachbarn im Hausflur stehen. Wie ärgerlich. Schon wieder sprach er sie an. Als ihre Wohnungstür hinter ihr ins Schloss gefallen war, schnaubte sie laut aus. Dann legte sie ihren Stapel Post auf das zierliche Abstelltischchen und griff zum Telefon.

„Ich bin es ... Petra."

„Guten Morgen."

„Der Nachbar. Schon wieder. Kam nach Hause, als ich gerade die Post aus ihrem Briefkasten geholt habe."

„Welcher denn? Der direkt über ihr?"

„Ja. Wir müssen langsam was tun."

„Gut, ich überleg mir etwas."

Dann legten beide auf. Noch war es nicht so weit. Sie zerriss den an sie adressierten Brief. Ungelesen. Dann setzte sie sich mit dem Stapel Post ihrer Nachbarin an ihren Schreibtisch und begann, sie zu öffnen. Aus dem ersten Umschlag purzelten bunte Prospekte und ein dünnes Heft vor ihr auf die Tischplatte. Jedes hatte das gleiche Bild auf dem Titel. Sie breitete alles nebeneinander vor sich aus. Auf den ersten Blick sah es gut aus. Die Agentur hatte wieder saubere Arbeit abgeliefert. Trotzdem musste sie alles noch einmal vor dem Druck kontrollieren. Jedes Wort. Alle Bilder, alle Farben. Schließlich sollte alles professionell sein und keinen Zweifel daran lassen, wie seriös die Organisationen arbeiteten.

Hedi wirkte müde. Ihr eigentlich hübsches Gesicht sah verändert aus. Ihre Augen. Sie musste geweint haben. Das Weiß war von roten Adern durchzogen, und die Haut drum herum war geschwollen. Sie saß zusammengesunken auf dem Besucherstuhl und hatte Nettelbeck eine Hand auf den Arm gelegt.

„Entschuldige." Andreas sah ihr an, dass sie ihn am liebsten rausgeworfen hätte.

Sie nickte mechanisch.

„Danke, dass du mich gestern angerufen hast."

Sie machte die gleiche Bewegung, ein steifes Nicken.

„Können wir reden?"

Sie zuckte mit den Schultern.

„Nicht hier." Andreas überlegte kurz. „Es gibt ein Besucherbistro, unten am Eingang."

Hedis Blick ruhte auf Nettelbeck.

„Nur kurz."

Sie stand langsam auf und ging mit ihm vor die Tür.

„Warum hast du mich gebeten, in die Kanzlei zu schauen?"

Hedi und er saßen kurz darauf im Besucherbistro auf

unbequemen Stühlen und tranken verwässerten Kaffee. Ob überhaupt Koffein drin war? Oder war das hier verboten, damit keinem der Patienten der Blutdruck stieg? Um sie herum lärmende Großfamilien auf Krankenbesuch bei ihren Angehörigen. Kinder und Kopftücher wuselten zwischen den Stühlen.

Hedi nippte nur kurz und schob die Tasse weg. Etwas zu Essen, Kuchen oder einen Salat, hatte sie abgelehnt. Sie zog von mehreren kleinen Bechern Sahne die Verschlussfolie ab, rührte sie in ihr Getränk und beobachtete, wie die weiße, sämige Flüssigkeit sich mit der durchsichtig braunen Brühe vermischte. Dann nahm sie ihren Kopf mit einem Ruck hoch und sah ihn kalt an.

„Wegen Friedrich."

Er nickte zustimmend und sah sie bemüht freundlich an, um ihre Feindseligkeit etwas zu entkräften. Aber ihr Gesichtsausdruck blieb angespannt und hart.

„Warum nicht Schelderberg?"

Jetzt rührte sie die hellbraune Brühe um und zuckte mit den Schultern. Nach einer längeren Pause setzte sie widerwillig eine Erklärung nach. Andreas musste sich zu ihr über den Tisch beugen, um sie zu verstehen. Mehrere Durchsagen kamen kurz nacheinander durch die zentrale Rufanlage, die auch im Café laut zu hören war.

„Du bist sein Großneffe." Wieder machte sie eine Pause. „Er vertraut dir." Das „Er" betonte sie so unfreundlich, dass kein Zweifel bestand – sie empfand ihn ganz und gar nicht vertrauenswürdig.

Andreas hatte sich fest vorgenommen, Hedi von dem merkwürdigen Besuch in der Kanzlei zu erzählen. Jetzt war er sich nicht mehr sicher. Höchstwahrscheinlich gab es dafür eine logische Erklärung, und er machte sich bei Hedi nur weiter unbeliebt. Wenn das überhaupt noch steigerungsfähig war.

„Was sagen die Ärzte?" Er sprach lauter und versuchte, das Thema zu wechseln. „Wann versuchen sie ihn aus dem künstlichen Koma zu wecken?"

Hedi zuckte mit den Schultern. „Sie wissen es noch nicht. Ich muss wieder zu ihm." Dann stand sie auf und legte zwei Euro für ihren Kaffee auf den Tisch. Ohne ein weiteres Wort verschwand sie in Richtung Fahrstuhl.

Andreas winkte die junge Bedienung her und zahlte die Getränke. Hedis Geld ließ er auf dem Tisch liegen.

„Dr. Marten, Dr. Marten, bitte kommen Sie dringend zu …" Auf dem Weg aus dem Gebäude hörte er noch den Beginn einer neuen Durchsage. Dann schlossen sich die Türen hinter ihm. Im Krankenhausgebäude kam weiter die Durchsage aus allen Lautsprechern: „… Zimmer sechshundertzwölf. Ich wiederhole. Dr. Marten, kommen Sie unverzüglich in Zimmer sechshundertzwölf."

Petra Bell saß an ihrem Schreibtisch. Eine Lampe hatte sie sich gleich neben ihren Bürostuhl gestellt und so gedreht, dass die Fläche vor ihr gut ausgeleuchtet war.

Als Erstes nahm sie sich die neue Ausgabe des Magazins, das vier Mal im Jahr erschien. Das Foto eines lächelnden

Mädchens, das glücklich zu einem alten Paar aufschaute, füllte den Titel. In dieser ersten Ausgabe des Jahres wurden traditionell die erfolgreichen Projekte des Vorjahres vorgestellt. So hatte sie es sich bei ihrer Vorgängerin abgeguckt. Auch wenn diese ihr Magazin noch selber am Computer entworfen hatte und im Kopierladen um die Ecke hatte drucken lassen. Seitdem hatte sich viel getan. Es gab eine Agentur, die inzwischen die gesamten Werbemedien und auch das Magazin produzierte. Und es war wirklich wieder gut geworden. Seltene Wetterphänomene, Unruhen und Baupfusch hatten wieder zuverlässig international für Katastrophen und menschliche Schicksale gesorgt.

Der Einsturz einer Textilfabrik in Bangladesch mit über tausend Toten letzten April war der erste Anlass letzten Jahres, den ihre drei Vereine nutzten, um Gelder zu sammeln. Dann der grausame Bürgerkrieg in Syrien, der weiter aktuell war, der Taifun Haiyan, der auf den Philippinen über siebentausend Tote zu verzeichnen hatte, und einige weitere.

Jede der Katastrophen hatte eine Spalte im Magazin bekommen. Ganz übersichtlich. Oben ein eindrucksvolles Foto von dem Leid der Menschen, darunter eine Art Steckbrief, der immer gleich aufgebaut war. Was war passiert? Wann? Wie viele Menschen waren betroffen? Wie viele geschätzte Waisen gab es nach der Katastrophe? Zum Schluss kam das Wichtigste: Welche Projekte hatte ihre Organisation an dem Ort des Grauens ins Leben gerufen oder unterstützt, um das Leid der Waisen, die es zwangsläufig bei solchen Katastrophen gab, zu mindern?

Geld, also echte Spenden, flossen dabei nie. Eine Hilfe fand nicht statt. Die Fotos hatte die Agentur eingekauft, obwohl sie aussahen, als ob sie von Mitarbeitern der Organisation gemacht worden waren. Die einzigen echten Projekte, die die Organisationen von Petra Bell unterstützten, waren die, denen sich ihre Vorgängerin verschrieben hatte. Um keinen Verdacht zu wecken, wurden diese nur ebenso kurz mit einem Foto und einem Steckbrief erwähnt. Die hunderttausend Euro, die jedes Jahr flossen, taten Petra weh. Aber sie war sich darüber im Klaren, dass es sein musste. Sonst hätte sie die Empfänger, alte Freunde und Vertraute ihrer Vorgängerin, misstrauisch werden lassen.

Pia hatte Andreas angerufen und ihn nochmals gebeten, ihm wenigstens in Ruhe erzählen zu dürfen, warum sie ihn für ihre Doktorarbeit brauchte. Das Café am Markt war ihre Idee gewesen.

Andreas war als Erster da. Die Inhaberin stand wie üblich in der Nähe der Küche, kam aber gleich an seinen Tisch und unterhielt sich eine Weile mit ihm. Von Pia keine Spur.

„Neuer Auszubildender?" Andreas nickte unauffällig in Richtung eines jungen Mannes, der etwas unbeholfen einen Tisch abräumte.

„Neu und alt. Thomas war ein paar Monate verschwunden. Jetzt ist er wieder da."

„Zweite Chance?"

„Dritte? Vierte? Fünfte? Ich zähl nicht mehr mit."

„Ist nicht das erste Mal, dass er untergetaucht ist?"

Sie lehnte sich an einen freien Stuhl vom Nachbartisch und setzte zum Erzählen an.

Plötzlich zog kalte Luft in den Raum. Alle drehten sich um. Pia stürmte in das Café. Sie blieb in der Mitte kurz stehen, für alle gut sichtbar, zog sich die Handschuhe aus und suchte die einzelnen Tische mit den Augen ab. Dann entdeckte sie Andreas und ging zielstrebig zu ihm. Ihrem Blick auf die Uhr an ihrem Handgelenk folgte ein entschuldigender Dackelblick. Sie war fast eine halbe Stunde zu spät.

Reserviert fragte die Inhaberin des Cafés nach ihren Wünschen.

„Lillet mit Sekt?"

Pia sah Andreas auffordernd an. Der nickte.

Nachdem die Getränke serviert waren, verzog sich die Hausherrin wieder in ihre Ecke. Nur schien sie diesmal nicht ihre Angestellten, sondern Pia und ihn zu beobachten. Ihr Gesichtsausdruck war undurchdringlich, als sie ihnen höflich, aber wortkarg das zweite Glas Lillet mit Sekt brachte. Andreas schaute ein paar Mal zu ihr herüber, aber Pia folgte so demonstrativ seinem Blick, dass er sich schnell wieder ihr zuwandte.

Pia Pracht erzählte amüsant. „… Und dann habe ich ihm gesagt, dass ich seine entgegenkommende Art besonders lobend erwähne." Sie grinste so unbeschwert, dass es einfach ansteckend war.

Lachend warf sie ihre blonden Haare zurück. Dann strahlte sie ihn an. Die Frau war Weltklasse. Selbst für Münchner Verhältnisse, die noch immer sein Maßstab waren. Die enge graue Stoffhose, die helle Bluse, die Wildleder-Stiefeletten, ihr hübsches Gesicht. Immer wieder duzte sie ihn dabei, wie aus Versehen, und beobachtete genau seine Reaktion. Als der dritte Drink kam, stieß sie leicht mit ihrem Glas gegen seins. Sie trug wieder einige Armreifen am rechten Handgelenk, die er auch schon bei ihrer ersten Begegnung in der Bibliothek gesehen hatte. Sie klangen leise bei jeder Bewegung, die sie mit den Armen machte.

Ihr Treffen nahm eine überraschend angenehme Entwicklung.

„Ich bin übrigens Pia."

Er nickte.

Ihr Gesicht entspannte sich.

„Andreas?"

Er nickte wieder. Dann stießen sie noch einmal an. Sie steuerte den Abend in eine ganz bestimmte Richtung, steuerte ihn in eine Richtung. Oder kam ihm das nur so vor? *Pia Pracht, was willst du?* Er stellte das Glas wieder ab, ohne zu trinken, und sah sie durchdringend an.

Sie setzte an, wollte etwas sagen, schwieg dann aber doch.

„Sie … ich meine du …" Andreas versprach sich mit Absicht, fuhr dann fort. „Wir sind wegen deiner Doktorarbeit hier." Er sprach so, als ob er mit einem seiner Klienten reden würde, und schenkte ihr ein professionelles

Therapeutenlächeln.

Sie nickte und studierte die Perlen, die sich von den Himbeeren in ihrem Glas lösten und an die Oberfläche stiegen.

„Du brauchst Zitate?"

Bevor sie wieder nicken konnte, stand der unbeholfene Auszubildende neben ihnen und starrte Pia ungeniert an. „Ich muss abkassieren. Wir schließen."

Der junge Mann starrte. Andreas zog sein Portemonnaie aus der Jeans und zog ein paar Scheine heraus.

„Sie sind hübsch", sagte der junge Mann mit monotoner Stimme zu Pia.

Ihr war die Situation sichtlich unangenehm. Sie senkte den Blick und wurde etwas rot.

Andreas räusperte sich deutlich. Jetzt reagierte der Auszubildende und löste seinen Blick widerwillig von Pias Erscheinung, steckte das Geld ein und verschwand.

„Du brauchst Zitate?"

„Gehen wir noch was essen?"

Andreas schüttelte den Kopf.

„Vergeben?"

Sie bekam keine Antwort.

„Zitate?"

„Du bist hartnäckig." Pia lachte, aber ihre Stimme klang enttäuscht.

„Wenn hier jemand hartnäckig ist, dann du, Pia Pracht."

„Ich mag es, wenn du mich so nennst." Jetzt lächelte sie.

Andreas schaute auf sein Handy. Fast zwanzig Uhr. Seine Schicht begann gleich. „Fünf Minuten habe ich noch."

„Okay, okay", beeilte sie sich zu sagen.

„Kann ich dich zu einem zweiten Treffen …" Sie sprach den Satz nicht zu Ende, als sie seinen Blick sah. „Alles klar, alles klar, ich versteh schon." Sie atmete tief durch. „Es ist nur …"

Von ihrer selbstbewussten Art konnte er nicht mehr viel spüren.

„Ich habe ein paar Professoren getroffen, die ich zitieren wollte. Es war eigentlich nur ein Versuch ins Blaue. Ich habe angerufen, und sie hatten alle Zeit. Und jetzt habe ich jede Menge abgeschriebene Interviewsequenzen in meiner Doktorarbeit. Kaum Zitate aus deren Büchern."

Keine schlechte Idee. Damit konnte sie sicher bei ihrem betreuenden Prof und den Prüfern punkten.

„Macht sich sicher gut", sagte er anerkennend.

„Nur du fehlst als Experte auf dem Gebiet. Warst wie vom Erdboden verschluckt. Keiner wollte wissen, wo du stecken könntest."

Kein Wunder, dachte Andreas, *schließlich war ich abgetaucht.*

„Wen hast du denn schon?"

Sie zählte ein paar Namen auf, geschätzte Kollegen und erbitterte Konkurrenten. Sie stützte die Ellenbogen auf den Tisch und lehnte beim Erzählen den Kopf auf die Hände.

„Gute Wahl."

„Ich habe versucht, dich zu kontaktieren."

Er wartete, ob noch mehr kam.

Pia beobachtete ihn genau. „Habe sogar deine Frau angerufen."

Andreas erstarrte.

„Ist schon ein paar Monate her."

Er hob den Kopf und schaute ihr direkt in die Augen.

„Sie hat gleich aufgelegt."

Das wunderte ihn nicht.

„Hattest du nicht gesagt, dass du im Online-Telefonbuch meine Kontaktdaten gefunden hast?

„Da stehst du maximal seit ein paar Wochen drin. War eher Zufall, dass ich da überhaupt noch einmal geguckt habe. Und wenn ich dich hier nicht gesehen hätte, wäre ich nicht auf die Idee gekommen, dass du umgezogen bist."

Er nickte langsam.

„Kann ja keiner vermuten, dass du dich so einfach von München trennst."

Wieder registrierte sie jede einzelne seiner Reaktionen, beobachtete ihn genau.

Einfach? War es nicht gewesen. Aber das ging sie nichts an.

„Jetzt habe ich alles so weit fertig, habe Passagen aus deinen Büchern zitiert. Aber es ist nicht das Gleiche. Ich muss die Arbeit nächste Woche abgeben." Sie machte eine kleine Pause. „Und dann habe ich dich in der Unibibliothek gesehen. So ein Zufall. Ich habe gedacht, ich spinne. Ich musste dich einfach ansprechen." Sie strahlte schon wieder beim Erzählen. „Was ist? Hilfst du mir?"

Langsam wurden die Lichter im Café gelöscht. Die anderen Gäste waren schon gegangen. Andreas guckte noch einmal auf sein Handy. Zwanzig nach acht. Er musste dringend los. Er stand auf und zog sich seinen Mantel an. „Ruf mich an und sag mir, was du für Fragen an mich hast." Im Gehen drehte er sich noch einmal zu ihr. Ihre Blicke trafen sich. „Und was ich so ungefähr antworten soll." Dann war er draußen.

Der Mann im Krankenhausbett hatte keine Ähnlichkeit mehr mit Nettelbeck. Wie das Gesicht einer alten Mumie ragten eine spitze Nase und knochige Wangen aus dem Kopfkissen. Dunkle Haare klebten verschwitzt am Kopf und betonten die Form, die stark an einen Totenschädel erinnerte. Ein Gebiss lag in einer durchsichtigen Aufbewahrungsschale neben den Apparaturen. Nettelbeck hatte schon seine Dritten?

Andreas nahm seine Hand. Die Haut war blass und

schrumpelig, übersät von Altersflecken. Erschrocken ließ er sie wieder auf das Bettzeug fallen. Das war nicht Nettelbeck. Irritiert guckte er auf die Krankenakte, die ans Fußende des Bettes gehängt war. Helmut Zott. Er trat vor die Tür und las die Raumnummer noch einmal. Sechshundertzwölf. Nettelbecks Zimmer. Irritiert schloss er die Tür und blieb davor einen Moment stehen.

Die freundliche Schwester von seinem ersten Besuch kam ihm entgegen, blätterte im Gehen vertieft einige Unterlagen durch.

Andreas sprach sie an. „Mein Großonkel …?"

Sie erkannte ihn wieder. „Oh, hat man Ihnen nichts gesagt?" Mitfühlend legte sie ihm eine Hand auf den Arm.

Andreas schüttelte den Kopf. Ihm kam ein schrecklicher Verdacht. Er schluckte. „Ist er …?" Er stockte. „Ist er etwa …?"

Der Arzt setzte sein Kreuz auf dem Totenschein ohne zu zögern. Natürliche Todesursache. Für ihn ein klarer Fall. Es gab nur zwei Menschen, die ihm mit Sicherheit hätten sagen können, dass er sich irrte. Der erste von ihnen war der Tote. Heinz Stetterling hatte erst in dem Moment, in dem sein Herz versagte, erkannt, dass er getötet wurde. Die Frage nach dem Warum konnte er nicht mehr stellen. Dafür ging es zu schnell. Der zweite, der Täter, hatte kein Interesse daran, den Arzt und somit auch den Gerichtsmediziner auf seine Spur zu bringen.

So wurde Heinz Stetterling zu einem der elftausend

Todesfälle, die fälschlicherweise jährlich in Deutschland als natürlich eingestuft wurden. Als Todesursache hatte der Arzt Herz-Kreislauf-Versagen diagnostiziert. Alles wies darauf hin. Wieso auch nicht? Schließlich war dies eine häufige Todesursache bei Männern seines Alters. Außerdem hatte er ihn, seinen Hausarzt, in den letzten Jahren immer öfter wegen der Beschwerden aufgesucht.

Gefunden wurde er am nächsten Morgen. Es war seine Haushaltshilfe, die, überfordert mit der Situation, zuerst angefangen hatte, das Haus zu putzen und Ordnung zu machen. Wie jeden Tag. Erst als sie fertig war, wagte sie sich noch einmal in die Sitzecke und beäugte ängstlich den zusammengesackten schweren Körper. Dann rief sie seinen Arzt. Falls es Spuren gegeben hätte, wären sie schwer zu finden gewesen.

Erben gab es keine. Heinz Stetterling war der letzte Spross einer wohlhabenden Kaufmannsfamilie. Aufgrund seiner Neigungen hatte er es nie übers Herz gebracht, eine Familie zu gründen. Er hatte sparsam gelebt. Aber nicht zu sparsam. Deswegen und auch wegen seiner guten Anlageberatung hatte er das beträchtliche Vermögen seiner Eltern weiter mehren können.

Er war zu Lebzeiten ein gewissenhafter und vorausschauender Mensch gewesen. Es gab ein notariell beglaubigtes Testament neueren Datums, keine zwei Jahre alt. Wie üblich, hatte der Notar ihn beraten. Aber der Entschluss von Heinz Stetterling stand schon vorher fest. Es sollte diese drei Begünstigten geben.

Das Dokument wurde beim Nachlassgericht amtlich verwaltet und nun, nach Heinz Stetterlings Tod, setzte sich die übliche Maschinerie in Gang. Die Bundesnotarkammer prüfte das Zentrale Testamentsregister. Nachlassgericht und verwahrender Notar wurden informiert. Das Amtsgericht, in diesem Fall zuständige Stelle, eröffnete zügig das Testament. Der vom Toten vorgesehene Testamentsvollstrecker wurde ernannt. Seine Aufgabe war es, das hohe Barvermögen, die soliden Aktienbestände und die Eigentumswohnungen zu schätzen. Auch der Wert der kleinen Kaffeerösterei musste beziffert werden. Eine Liebhaberei des Verstorbenen, der schon beim Kauf von seinem Steuerberater jegliche Aussicht auf Gewinn abgesprochen wurde.

Natalia war etwas nervös. Sie zog noch einmal ihre Notizen aus der Handtasche. Hausnummer sechsundzwanzig. Hier musste es sein. Bewundernd glitt ihr Blick über die lange Auffahrt zum Haus.

„Sie wünschen?"

Eine Frau mittleren Alters in weißer Bluse und grauem Rock öffnete ihr. Sie wirkte farblos. Die Haare hatte sie zu einem strengen Knoten gebunden.

„Ich würde gerne Hedwig Nieberg sprechen. Sind Sie das?" Natalia war klar, dass die Frau in der Tür nur eine Haushälterin sein konnte. Hedwig Nieberg hatte sie noch von ihrem ersten Besuch vor vier Wochen in guter Erinnerung.

„Die ist nicht zu sprechen."

„Wirklich?"

Die Frau nickte.

„Und Sie sind …?“

„Ihre Betreuerin.“

„Ah ja, dann ist Frau Nieberg ja doch zu Hause.“ Natalia trat einen Schritt vor und rief auf gut Glück in den Hausflur. „Frau Nieberg?“

Sie meinte, von irgendwo tief aus dem Haus eine Stimme zu hören. Die Haushälterin warf ihr einen wütenden Blick zu. Ihr war offensichtlich klar geworden, dass sie Konkurrenz bekam. Dann waren leise schlurfende Schritte zu hören.

„Jaaa“, kam es langgezogen von drinnen.

„Frau Nieberg, ich bin es noch einmal, Natalia.“

„Ach, ja. Ich dachte, es wären schon wieder diese aufdringlichen Zeitungsverkäufer. Kommen Sie doch rein.“

„Gerne!“

Natalia warf der Frau, die ihr die Tür geöffnet hatte, einen triumphierenden Blick zu.

„Kommen Sie doch.“

Jetzt winkte sie die Hausherrin energisch herein.

„Machen Sie uns Tee? Bitte.“

Die Haushälterin nickte und verschwand unmutig grummelnd in einem der hinteren Räume. Kurz darauf war das Klappern von Porzellan zu hören.

„Wie schön, dass Sie noch einmal gekommen sind. Ich habe Ihre Unterlagen nicht mehr gefunden."

„Ach, das macht nichts." Natalia winkte ab. Sie konnte sich denken, wer die hatte verschwinden lassen.

„Sie hatten ja schon erwähnt, dass Sie bereits eine Haushälterin haben."

„Ja, sie ist wieder aus dem Urlaub zurück."

„Aber wie schon besprochen, können wir Ihnen neben den klassischen Aufgaben einer Haushälterin deutlich mehr bieten. Von Unterhaltung, Fahrservice, Einkaufsservice über die spätere eventuelle Betreuung und Pflege ein Rundumpaket. Wir beschäftigen nur hochqualifizierte Mitarbeiter."

Hedwig Nieberg nickte.

„Und zusätzlich vertreten wir Ihre Haushaltshilfe gerne bei deren typischen Aufgaben, wenn sie wieder im Urlaub sein sollte oder krank wird."

Natalia merkte, dass sie angespannt war. Zu sehr war ihr daran gelegen, die Frau zu ihren Kunden zählen zu können. Er erwartete es von ihr. Sie zog ihren Joker. Auch wenn sie dafür Überstunden machen musste, von denen ihr Arbeitgeber nichts erfahren würde. Es würde sich für sie auszahlen. Und das doppelt und dreifach. Sie dachte an ihr Auto.

„Unser Angebot gilt noch, und Sie können uns zusätzlich gerne kostenlos testen."

„Ach. So etwas geht?"

Jetzt war Hedwig Nieberg interessiert. Das war immer so bei älteren Menschen, gerade bei denen, denen es an Geld nicht mangeln konnte. Natalia schätzte, dass schon allein das Haus, in dem die Dame wohnte, mindestens eine Million Euro wert war.

„Ja, natürlich."

„Und was kann ich testen?"

„Was Sie wollen. Am besten natürlich das, was Sie auch später vielleicht nutzen wollen."

Hedwig Nieberg setzte zum Sprechen an, dann hielt sie inne. Ihre Haushaltshilfe kam mit einem Tablett, auf dem eine Teekanne und zwei Tassen standen, in den Flur.

„Kommen Sie doch durch ..." Sie wies Natalia den Weg zu einer gemütlichen Sitzecke vor einem Kamin im hinteren Teil des Hauses.

Natalia bedankte sich höflich, eingeschüchtert von dem Anblick der großzügig gestalteten Räume.

Als die Haushälterin ihnen eingeschenkt hatte und verschwunden war, begann Natalia noch einmal: „Sie können gerne alle unsere Services testen. Entweder unseren Haushaltsservice, ... nur falls Sie interessiert sind, einen anderen auszuprobieren und die Qualität zu vergleichen ..., aber auch alles andere. Bei uns ist eine Vertretung selbstverständlich, falls Ihre Ansprechpartnerin mal ausfällt." Dann schob sie ihren Lieblingssatz hinterher, der bei den alten Leuten hängen blieb: „Wir lassen Sie nicht alleine. Nie."

Hedwig Nieberg sah Natalia unglücklich an. „Das hört sich alles so gut an, aber was mache ich mit meiner Haushälterin …?"

„Kommt sie denn jeden Tag?"

Kopfschütteln.

„Dann testen Sie uns doch an den anderen Tagen." Natalia zückte ihren Kalender und blätterte zum heutigen Tag. Sie hörte, wie Schritte näher kamen.

„Frau Nieberg …?"

Die Haushälterin.

„Ja?"

„Hätten Sie kurz Zeit?"

„Gleich."

„Bitte jetzt!" Die Stimme der Haushälterin klang flehend. Sie wischte sich ihre Hände nervös am Rock ab.

„Ich bin gleich bei Ihnen."

Hedwig Nieberg war entschlossen, sich diese kostenlose Dienstleistung nicht entgehen zu lassen. Unglücklich zog ihre Angestellte ab.

Erst als man aus der Tiefe des Hauses eine Tür schlagen hörte, sprach Natalia weiter: „Wann ist Ihre Haushälterin denn nicht bei Ihnen …?"

Sie sprachen zwei Probetermine ab. Was an den Tagen getan werden sollte, wollten sie spontan besprechen.

Zufrieden verließ Natalia das Haus. Erst als sie auf der langen Auffahrt war, kramte sie ihr Mobiltelefon aus der Handtasche hervor. Auf dem Gehweg wählte sie seine Nummer.

„Ich hab sie."

„Nieberg?"

„Ja!"

„Für dich!" Mitti, Nettelbecks Sekretärin, nahm sofort den Kopfhörer vom Ohr und hörte auf zu tippen, als Andreas kam. Zur Begrüßung überreichte sie Andreas einen kleinen Stapel Papier.

Irritiert blätterte er sich die Seiten durch.

„Tut mir leid, Andreas. Ich musste es lesen." Dabei sah sie ihn mit einem Blick an, aus dem ihr schlechtes Gewissen sprach. „Ich wusste ja nicht, für wen es ist."

Andreas nickte.

„Friedrichs Bürotür ist offen, geh ruhig rein." Sie zeigte lächelnd auf die geschlossene Tür zu Nettelbecks Zimmer. „Kaffee?"

„Gerne."

Kurz darauf kam sie zu ihm und stellte ihm einen frischen

Kaffee auf den Schreibtisch, hinter den er sich gesetzt hatte. Kein schlechter Platz.

„Der Gute. Aus Katzenpu ...“ Sie räusperte sich. „Du weißt schon ...“

„Danke, schmeckt man ja zum Glück nicht.“

Beide lächelten sich an.

Mitti war nach dem fünften Kinobesuch von *Das Beste kommt zum Schluss* Dank der Internetsuchmaschinen zu der Erkenntnis gekommen, dass es wirklich den von Morgan Freeman in dem Film angepriesenen Kaffee gab. Der, wie ihr großer Held Jack Nicholson nicht glauben wollte, aus den von Zibetkatzen gefressenen und ausgeschiedenen Kaffeebohnen geröstet wurde. Sie hatte Nettelbeck überreden können, einen großen Vorrat davon zu bestellen. Für besondere Klientengespräche.

„Kann ich nachher mit dir die Post durchgehen, wenn du fertig bist?“ Sie zeigte auf einen Stapel geöffnete Briefe in ihrer Hand.

„Klar.“

„Und ich muss auch wissen, was ich den Anrufern sage.“ Sie zögerte kurz. „Sind ein paar hartnäckige dabei.“

„Klar.“

„Halbe Stunde?“

Er nickte. Schelderberg hatte ihn am Tag zuvor angerufen, gerade als er aus dem Krankenhaus zurück in seine

Wohnung kam. Andreas war überrascht. Hedi hatte Lars gebeten, ihn, Andreas, in die Kanzlei zu lassen. Sie wollte ihm Nettelbecks Schlüsselbund geben, erzählte Lars, fand es aber nicht. Andreas wollte ihm sagen, dass die Abstimmung unnötig war, er eigene Schlüssel hatte. Irgendetwas hielt ihn davon ab.

Jetzt vertiefte er sich in die Papiere, die ihm Mitti in die Hand gedrückt hatte. Es war ein Fax. Von Pia. Sie hatte ihm die Fragen zu ihrer Doktorarbeit geschickt. BITTE, TRIFF DICH NOCH EINMAL MIT MIR! PP, stand in großen Druckbuchstaben über die letzte Seite geschrieben. Dann blätterte er wieder zurück. Er zog noch einmal die letzte Seite vor und guckte sie sich an. Woher sie Nettelbecks Bürofaxnummer hatte, verstand er nicht ganz.

„Hey, guten Morgen!" Lars von Schelderberg platzte rein und kam auf ihn zu. Klopfte ihm auf die Schulter wie ein alter Freund.

„Hallo." Andreas blieb reserviert. Bis zum Anruf gestern hatten Lars von Schelderberg und er sich kaum gesprochen.

Neugierig versuchte Lars, auf Andreas' Papiere zu gucken, die er beim Hereinkommen umgedreht hatte.

„Schon viel zu tun?"

„Ich verschaff mir einen Überblick."

„Okay." Schelderberg klimperte mit einigen Schlüsseln, die er in der Hand hielt.

„Sag mir Bescheid, wenn du an die Schränke willst."

„Mach dir keine Umstände, ich frag Mitti."

„Mitti hat die Schlüssel nicht."

„Nicht?" Andreas war überrascht, denn Mitti war die gute Seele der Kanzlei. Er war sich sicher, dass es keine Geheimnisse zwischen Nettelbeck und ihr gab.

„Sie hat nur die Türschlüssel. Nicht für die Aktenschränke."

Andreas' Verwunderung schien auch Lars aufzufallen. Der setzte zu einer Erklärung an: „Gibt nur ein Schlosssystem. Nettelbecks Schlüssel passen auch bei mir und umgekehrt. Falls einer mal ausfällt."

Seine Stimme bekam einen unsicheren Tonfall. Wenn er es Hedi übelnahm, dass Andreas in der Kanzlei auch nach dem Rechten sehen sollte, dann verbarg er es aber gut. In seiner Art lag nichts, das von ihm aus eine Konkurrenzlage vermuten ließ. Wieso auch, Andreas war schließlich nicht vom Fach.

„Na dann schließ mal alles auf." Er stand auf und ging zur Seite, damit Lars an die Schränke hinter ihm kam.

„Mittagessen, unten im Café?"

Andreas stimmte zu, dann verschwand Schelderberg.

Gleich würde Mitti kommen. Schnell öffnete er die Aktenschränke, die die ganze Wand hinter dem Schreibtisch ausfüllten. Die Modellschiffe aus Holz auf den Schränken kamen gefährlich ins Kippeln, als er mit Schwung eine Rolltür nach der anderen öffnete.

Die Akten waren genauso sauber aufgereiht, wie er sie schon am Samstag vorgefunden hatte, nachdem Schelderberg Ordnung gemacht hatte. In dem Schrank ganz rechts am Fenster war nur eine Hälfte mit leeren Aktenmappen belegt. Mehrere Kartons mit Süßigkeiten, Schokolade und sogar Gummibärchen stapelten sich übereinander. Daneben lagerten Flaschen mit goldbrauner Flüssigkeit. Whiskey? Nettelbeck schien es sich gerne gut gehen zu lassen.

„Na! Eine Überraschung ist das nicht!" Mitti war unbemerkt in den Raum gekommen und starrte genauso verwundert wie Andreas auf den kleinen Vorrat.

„Ich wusste nicht einmal, dass er Süßes mag." Andreas drehte sich verwundert zu Mitti um.

Die schüttelte nur den Kopf.

„Du?"

„Das nicht, aber meine Keksvorräte im Vorzimmer sind auf unerklärliche Weise geschrumpft. Dabei gibt es die nur bei besonderen Besprechungen."

Sie trat näher ran und zog eine der Flaschen aus dem Schrank. „Na, jetzt wundert mich gar nichts mehr." Mitti drehte die Flasche in ihren Händen.

„Was?"

„Fünf-und-vierzig Prozent!" Mitti stieß einen lässigen Pfiff aus.

„Trinkt er?"

Mitti überlegte kurz. „Kommt mir manchmal so vor. Aber, ich weiß es nicht."

„Wie?"

„Ich glaube manchmal, er lallt ein wenig, gerade nach anstrengenden Gesprächen mit Klienten."

„Du meinst …?" Den Rest der Frage ließ er offen.

Sie zuckte mit den Schultern und winkte mit dem Stapel Post in der Hand.

„Wollen wir?"

Als Schelderberg zwei Stunden später in Nettelbecks Büro kam, waren Andreas und Frau Mitt noch immer in die Arbeit vertieft. Schelderberg verschluckte sich, hustete, holte Luft, hustete wieder.

Andreas' Frage beim Mittagessen hatte ihn überrascht.

„Alkohol?"

„Na ja, Mitti meinte, er würde manchmal etwas lallen."

Schelderberg wirkte überrascht.

„Mitti?"

„Ja, ach, war nur eine Frage. Vergiss es."

Schelderberg schien zu überlegen. Eine ganze Weile. Zwischendurch kam die Besitzerin des Cafés an ihren Tisch und fragte, ob sie noch Wünsche hätten. Andreas fand, dass sie etwas reservierter war, seit sie ihn mit Pia gesehen hatte.

Schelderberg versuchte plump, mit ihr zu flirten. „Wünsche hätten wir schon …“, deutete er mit süffisanter Stimme an.

Andreas wäre gerne im Boden versunken. Schelderberg war wohl nicht zum ersten Mal hier, ihrer Reaktion nach zu beurteilen. Sie blieb höflich, hielt ihn aber so auf Distanz, dass er schnell das Interesse verlor.

„Andreas …“ Als sie wegging, redete Schelderberg leiser und beugte sich zu ihm rüber, damit der ihn trotzdem gut verstehen konnte. „… ich weiß gar nicht, es ist nicht in Ordnung …“ Schelderberg schien sich innerlich zu winden. „Äh … tut mir leid.“

„Was?“ Andreas wurde neugierig.

„Dass ich überhaupt was sage. Ich wollte eigentlich nicht …“ Wieder stockte Schelderberg.

Andreas wartete eine Weile. Wenn er lange genug schwieg, dann würde sein Gegenüber schon reden. So war es immer.

Schelderberg machte ein betretenes Gesicht. Schaute zu Boden und schien offensichtlich in einem Zwiespalt. Unruhig rutschte er auf dem Stuhl. „Also … ab und zu …“ Er machte wieder eine Pause. Dann gab er sich offensichtlich einen Ruck und sprach weiter: „Ich wusste nicht, dass Mitti es merkt.“ Schelderberg schaute Andreas jetzt in die Augen. „Ich dachte, er würde eher abends noch mal einen Schluck nehmen. Wenn Mitti schon weg ist.“

„Er trinkt?“

„Manchmal.“ Schelderberg schien Andreas mit seinem Blick zu fixieren.

„Vermute ich", schob Schelderberg hinterher und sah ihn entschuldigend an.

Für Andreas schien es aus reiner Höflichkeit zu sein.

Schelderberg schlug sich an die Stirn. „Oh, Mann, wie geht es ihm überhaupt?"

Jetzt fiel auch Andreas auf, dass ihn das die ganze Zeit gewundert hatte. Mit keinem Wort hatte Lars sich nach Nettelbecks Gesundheitszustand erkundigt. Weder gestern am Telefon noch heute in der Kanzlei.

Andreas hatte vermutet, dass Hedi ihm schon einiges erzählt hatte. „Sieht nicht gut aus."

Schelderberg machte ein betroffenes Gesicht.

„Er hatte einen Herzinfarkt auf der Intensivstation. Weiß der Teufel, wie er den auch noch bekommen konnte. Die haben ihn in eine Spezialklinik gebracht."

Schelderberg nickte. Beide aßen schweigend weiter. Andreas mochte Lars nicht besonders. Er hatte ihn nur ein paar Mal in den letzten Wochen in der Kanzlei gesehen. Von Nettelbeck wusste er, dass sie noch nicht so lange Partner waren. Vielleicht zwei Jahre. Vor ihm bemühte er sich um einen korrekten Eindruck. Das schien auch zu gelingen.

„Ich muss los." Mit einem Blick auf die Uhr stand Schelderberg hastig auf. „Das Gericht ruft." Dann schlug er sich mit den Händen auf die Jackentaschen.

„Könntest du …?"

Andreas nickte und winkte die Besitzerin zum Bezahlen. Irgendwie wunderte es ihn nicht, dass dieser Teil an ihm hängen blieb.

„Ihr Freund?" Die Inhaberin des Cafés stand mit geöffnetem Portemonnaie neben ihm und schaute kurz zu Schelderberg, der gerade um die Ecke verschwand.

„Nein!", rief er aus. „Der Partner meines Großonkels."

„Ach so."

Jetzt lächelte sie etwas.

„Haben Sie mit ihm schon öfter das Vergnügen gehabt?" Er lächelte sie entschuldigend an.

Sie nickte und bemühte sich um einen neutralen Gesichtsausdruck, aber Andreas sah ihr ihre Anspannung an. Er gab ihr Trinkgeld, auch wenn er sich ziemlich sicher war, dass man das nicht machte, wenn der Besitzer die Rechnung brachte. Aber er konnte nicht anders. Wollte höflich sein.

„Was macht ihr junger Auszubildender vom letzten Mal?"

„Ach, Thomas?"

„Ja, ich glaube … Ist er wieder verschwunden?" Andreas blickte sich im Café um, es waren nur ein paar junge Mädchen im Service zu sehen.

„Nein … Also, ich hoffe nicht. Er hat nur seinen freien Tag."

„Muss hart sein, immer wieder für sie da zu sein."

Ihr Gesicht entspannte sich, sie wirkte plötzlich weich und verletzlich. „Ja, das ist es. Aber viele schaffen es und kriegen die Kurve." Sie lächelte. „Das ist dann doppelt schön. Auch wenn sie manchmal alles Alte hinter sich lassen wollen."

Die Inhaberin schien zu überlegen. Dann drehte sie sich zu ihren Mitarbeiterinnen um und prüfte mit einem schnellen Blick, ob sie noch die Zeit für ein kleines Gespräch hatte.

„Wir haben auch ein paar Vorbilder, wie wir es gerne nennen. Waisen, die einen tollen Weg gegangen sind. Die es geschafft haben, sich mit dem, was sie sind, zu glücklichen Menschen zu entwickeln, und das, was sie bekommen haben, weiterzugeben. Viele sind es aber wirklich nicht, vielleicht eins, zwei …" Ihr Gesicht bekam einen wehmütigen Eindruck. „Es sind die, die wir brauchten, um den Jüngeren zu zeigen, dass es kein Widerspruch ist, Waise zu sein und sich trotzdem im Leben geborgen zu fühlen."

„Aber …?"

Sie zuckte mit den Schultern. „Manchmal wenden sie sich ab und vergessen uns." Sie nickte gedankenverloren und ergänzte: „Gerade die, von denen ich es manchmal am wenigsten gedacht habe …"

Andreas sah sie aufmerksam an, und sie erzählte weiter.

„Ich war früher Gruppenleiterin der Mädchengruppen in dem Heim, aus dem wir unsere Auszubildenden jetzt bekommen. Ich war ihre Ersatzmama, auch wenn ich das nicht immer wollte. Das Café kam erst später dazu. Meine Idee, weil es mir so leid tat, wie schwer es unsere Schützlinge später bei der Suche nach einer

Ausbildungsstelle hatten." Sie lächelte bescheiden. „Hier wissen wir, wie wir mit den jungen Leuten umgehen müssen. Dass sie manchmal mehr brauchen als nur eine Chance. Und dass sie manchmal mit aller Macht das torpedieren wollen, was ihnen gut tut. Ein normaler Ausbildungsbetrieb kann da nicht so viel Rücksicht nehmen."

Die Inhaberin machte ein Gesicht, als ob es ihr leid tat, so offen über die Probleme der jungen Leute zu sprechen.

„Aber es sind längst nicht alle so. Es gibt auch viele, die ihren Weg gemacht haben." Die Frau machte eine Pause. „Wir haben mit ihnen ja auch viel für die Schule gelernt und versucht, ihnen einen ausgefüllten und klar strukturierten Alltag zu geben. Und wenn es dann fruchtet, ist man doppelt stolz." Jetzt lächelte sie kurz. „Eines meiner Mädchen hat sogar selbst eine erfolgreiche Spendenorganisation gegründet. Jetzt ist sie es, die uns jedes Jahr mit Geldern bei diesem Café unterstützt."

„Das hört sich toll an."

Ein Schatten zog über ihr Gesicht. „Das ist es eigentlich auch. Obwohl gerade sie sich komplett von uns abgewendet hat. Wenn ich nicht die regelmäßigen Überweisungen von ihr bekommen würde, dann würde ich glauben, sie wäre abgetaucht. Hat zu allen von früher den Kontakt abgebrochen. Meldet sich nicht mehr und ruft auch nicht zurück."

Andreas war überrascht. „Das hört sich aber ungewöhnlich an. Wohnt sie denn noch hier? Vielleicht ist sie ja verheiratet und hat Kinder auf dem Land?"

Sie schüttelte den Kopf. „Ich stand schon ein paar Mal bei ihr vor der Haustür. Die Nachbarn habe ich auch befragt. Sie wohnt noch da. Irgendwann habe ich sie mal von hinten gesehen, aber sie hat sich nicht einmal die Mühe gemacht stehenzubleiben, als ich sie gerufen habe. Ist einfach schneller gegangen."

Sie zupfte an ihrer Bluse. Andreas sah ihr an, dass sie nicht sicher war, ob sie zu viel erzählt hatte. Sie wendete sich zum Gehen.

„Ich glaube, ich bin kein guter Menschenkenner, ich bin hoffnungslos gutgläubig."

„Vielleicht muss man das sein in Ihrem Job?"

„Vielleicht … Und einen dicken Panzer muss man sich zulegen."

Jetzt lachte sie wieder, wenn auch etwas traurig, und ging.

„Mitti, warum schickt mir eigentlich jemand ein Fax in die Kanzlei?" Den ganzen Vormittag hatte er überlegt, wie und warum ihm Pia faxen konnte. Andreas stand vor ihr am Empfang und spielte mit ein paar Visitenkarten, die dort ausgebreitet lagen.

Frau Mitt hielt sich den Stift, mit dem sie gerade etwas notiert hatte, an die Schläfe und pochte leicht dagegen. Höchstwahrscheinlich half sie so ihrem Gedächtnis auf die Sprünge. Dann zuckte sie mit den Schultern.

„Hast du noch Zeit, damit wir besprechen, was ich den

Klienten sagen soll?" Mitti hob einen Block in die Höhe, auf dem sie Anrufe und Rückrufbitten notiert hatte.

Sie war schon dabei aufzustehen, damit sie in Nettelbecks Büro gehen konnten, aber Andreas stoppte sie.

„Bist du alleine?" Er war sich zwar fast sicher, dass Schelderberg vor dem Café eine andere Richtung als die zur Kanzlei eingeschlagen hatte, aber auch nur fast.

„Sind wir das nicht alle?" Mitti lächelte ihn an und musste grinsen, als sie Andreas' irritiertes Gesicht sah. „Ist nicht von mir, der Spruch. Privatdetektiv Jake Gittes in Chinatown."

Andreas lachte. „Alles klar … gespielt von … lass mich raten … Nicholson?"

Sie nickte.

„Anfang der siebziger Jahre?"

Sie nickte wieder erfreut.

„Und, ist Schelderberg noch hier oder ist er vom Mittag direkt zum Gericht gegangen?"

„Schelderberg ist beim Gericht?" Sie guckte überrascht. „Ach?! Aha", sagte sie nur. Aber das so provokant, dass er nachfragen musste.

„Was denn?"

„Nachmittags ist kein Gericht." Sie schüttelte langsam den Kopf, während sie das sagte.

Andreas guckte überrascht.

„Na wenigstens keine Verhandlungen." Sie zwinkerte ihm gespielt anzüglich zu.

„Hm?" Er war sich unschlüssig, ob er noch weiter fragen sollte. Beschloss aber dann, dass ihn Schelderberg nichts anging.

„Okay, dann sag mal, wer so angerufen hat und was die wollten." Damit lehnte er sich an die Schreibtischplatte, die, unter der er sich nur wenige Tage zuvor versteckt hatte.

Mitti war wirklich eine Hundertprozent-Mitarbeiterin. Sie hatte sich zuverlässig zu jedem Anruf, zu jeder Frage Notizen gemacht und konnte Andreas auch ein paar Stichworte drum herum zu den Klienten geben.

„Und Rechtanwalt Kohler hat ein paar Mal nachgefragt ..." Sie guckte noch einmal auf ihren Block. „Ein, zwei ..." Sie zählte, blätterte dann die Seiten um. „Drei, vier ..." Dann schaute sie Andreas wieder an. „Also vier Mal. Wollte Nettelbeck sprechen, hat aber nicht gesagt, warum."

Andreas ließ sich die Nummer auf einen Zettel schreiben und versprach, ihn zurückzurufen. Als er am späten Nachmittag ging, war er zufrieden wie lange nicht mehr. Er konnte bei den meisten Fragen, die Mitti hatte, bei den meisten Themen, die zu entscheiden waren, helfen. Das meiste war einfach eine Frage der Verantwortung, die Mitti verständlicherweise für die Fälle, die Nettelbeck hatte, nicht übernehmen wollte. Fristen, die abzulaufen drohten, freundliche Erinnerungen, Mahnungen, Wiedervorlagen und so weiter. Das Fax von Pia fiel ihm erst wieder ein, als er abends auf dem Weg zu seiner Schicht war.

Es war schon früher Morgen, als Andreas nach Hause kam. Schon von draußen war ein leises Wimmern zu hören. Er schloss auf, aber die Haustür ließ sich kaum öffnen. Erst nach mehrmaligem kräftigen Drücken schaffte er es, sie so weit aufzudrücken, dass er durchschlüpfen konnte. Hinter der Tür lag zusammengekrümmt Frau Merz. Andreas beugte sich zu ihr herunter. Ihr Geruch verschlug ihm den Atem, und Übelkeit stieg in ihm hoch. Sie roch nach altem Essen – er vermutete Kohl –, ungewaschenem Körper, starkem Schweiß und einem Hauch von Urin und Kot. Er schüttelte sie leicht an der Schulter. Die Antwort war ein Stöhnen.

„Hallo?" Andreas fasste sie am Arm und wollte gucken, ob sie verletzt war, aber ihr massiger Körper lag schwer auf den Fliesen und ließ sich kaum bewegen. Ihre Hand hielt etwas umklammert. Es war ihr Briefkastenschlüssel.

Jetzt stöhnte sie wieder unheimlich. Schnell zog Andreas sein Handy aus der Tasche und wählte die Nummer vom Notdienst. Er spürte, wie seine Finger leicht auf dem Telefon klebten und ein unangenehmer Geruch von ihnen ausging. Er wischte sich die Hände an der Hose ab.

Keine zehn Minuten später war ein Krankenwagen da. Mit Mühe schafften es die beiden Sanitäter, durch den schmalen Spalt in der Haustür ins Haus zu kommen. Der Jüngere verzog das Gesicht, als er den ungewaschenen Körper der Frau roch. Zu dritt schafften sie es, sie auf die Trage zu bugsieren. Dann fuhren die beiden Männer mit ihr los.

Andreas ging langsam die Treppe hoch. Ihre Wohnungstür stand einen Spalt offen. Er tippte sie mit einem Finger leicht an und sah durch die sich öffnende Tür in den Flur. Der unangenehme Geruch, der an ihrem Körper und ihrer Kleidung haftete, strömte ihm entgegen. Für eine Sekunde hatte er Bilder von Messie-Dokumentationen vor Augen, an denen er beim Zappen im Fernsehen nicht vorbeikam. Kameraschwenks über Räume, in denen kein Zentimeter Platz mehr war, und Tiere, vergammelte Lebensmittel und Exkremente vermuten ließen, wie es dort riechen musste. Aber das, was er sah, war weniger schlimm als vermutet. Die Wohnung schien den gleichen Schnitt zu haben wie seine. Hinter der Eingangstür schloss sich ein langer gerader Flur an. Es war unordentlich, die Garderobe wölbte sich unnatürlich weit nach vorne, war über und über mit Jacken und Mänteln behängt. Einzelne Schuhe lagen verstreut auf dem Boden. Aber es herrschte kein Chaos.

Er überwand seinen Ekel und trat in den Flur. Auch der Gestank war in der Wohnung nicht ganz so stark. Es war überraschend kalt, und ein Luftstrom zog durch die Tür zum Wohnzimmer. Sie schien regelmäßig zu lüften. Nach kurzem Zögern drückte er die Türklinke zum Wohnzimmer herunter. Der Raum war kalt, obwohl er die Heizkörper leise tuckern hörte. Alle Fenster standen auf Kipp und ließen die eisig kalte Nachtluft herein. Auf einem kleinen Tisch lagen stapelweise Briefe. Empfängerin war Anneliese Merz.

Andreas ging durch die Räume und blieb mit dem Blick immer wieder an ihrer Unordnung hängen. Das Schlafzimmer war vollgestellt mit Haushaltsgeräten. Originalverpackt in Kartons. Er konnte zwei

Kaffeemaschinen, einen Toaster und einen Wasserkocher auf den Bildern der Verpackung erkennen. Genauso stapelten sich Essensvorräte in der Küche. Neben der Spüle standen mindestens zwanzig haltbare Fertigkuchen in Alufolie eingeschweißt. Er schüttelte verwundert den Kopf, machte noch eine Runde und verriegelte die Fenster im Wohnzimmer.

Im Rausgehen griff er nach ihrem Schlüsselbund, das von innen in der Wohnungstür steckte, und schloss hinter sich ab.

Natalia sah sich in der Wohnung der alten Frau um. Sie hatte ihr übliches Programm hinter sich. Sie hatte ihr geholfen, ihre Brote zu schmieren, und beim Essen zugeguckt. Dann gründlich gewaschen, ihr das Nachthemd übergezogen und den Blutdruck gemessen. Die Frau saß im Sessel, neben sich, auf dem Beistelltischchen, ihre Tablettenbox aus Plastik, in der noch die Ration Medikamente für den Abend war, und ein Glas Wasser. Der Fernseher lief, wie eigentlich den ganzen Tag. Das war bei all ihren Stationen so, die sie Tag für Tag besuchte. Selbst diejenigen, die in jüngeren Jahren nur lasen oder Kultursendungen im Radio hörten, wussten ab einem gewissen Alter die kontinuierliche Berieselung durch mehr oder weniger anspruchsvolle Fernsehsendungen zu schätzen. So war immer ein Geräusch da, und sie fühlten sich nicht ganz so alleine.

„Ist die neu?"

Natalia schaute angestrengt auf den Fernseher. Eine junge

Moderatorin las die Nachrichten. „Aber die kennen Sie doch."

„Nein." Ihre Klientin antwortete trotzig.

„Doch, die ist schon länger bei dem Sender. Wir sehen sie zusammen jeden Abend."

Stille. Natalia drehte sich zu der Frau um und sah, wie sie nachdenklich die Tablettenbox betrachtete. Nach einer Weile schob sie die Schachtel auf und schüttete die Tabletten in ihre Hand. Eine, die kleine hellgrüne, hielt sie zwischen Daumen und Zeigefinger und führte sie ganz nah ans Auge.

„Die kenne ich nicht."

Natalia war überrascht, wie bestimmt die Frau antwortete. Ihr Puls ging in die Höhe. „Doooch." Natalia bemühte sich um einen wohlwollenden, gutmütigen Tonfall. Dann setzte sie nach: „Na, Sie werden doch nicht etwa tüdelig?", fragte sie mit gespielt strengem Tonfall.

Das reichte schon. Die Frau nahm das Glas Wasser und spülte damit die ganze Hand voll Pillen herunter, auch die grüne.

Mist. Jetzt konnte sie nicht mehr die verabredete Ration in der Tablettenbox lassen. Die hatte sie extra heute für die ganze Woche aufgefüllt. Sie setzte sich auf den zweiten Sessel und schaute immer wieder auf die Uhr. *Blöde Sache.* Jetzt musste sie länger bleiben und warten, dass ihre Klientin müde wurde.

Die Zeit schien nicht zu vergehen, und sie betete, dass nicht einer ihrer Folgetermine bei der Pflegeleitung anrufen und fragen würde, wo sie blieb.

Endlich sackte der Kopf der Frau leicht zur Seite. Sie weckte sie sanft und half, sie ins Bett zu bringen. Dann machte sie sich leise an die Arbeit, schüttelte alle Tabletten aus der Box auf den Tisch, sammelte die hellgrünen Tabletten heraus und schob sie zur Seite. Jetzt fiel die Morgen- und Mittagration aus. Es würde nicht so wirksam sein, wenn die alte Dame nur abends die Tablette von ihr bekam. Aber es musste reichen. Sie konnte nicht riskieren, dass die Pflegerinnen aus der Früh- und Tagschicht von ihr auf die neuen Tabletten angesprochen wurden und in der Pflegeakte oder noch schlimmer, beim behandelnden Arzt, nachforschten.

Er würde sich ärgern, wenn er das erfuhr. Vielleicht sollte sie ihm gleich vorschlagen, dass sie ihr abends alle drei Tabletten geben könnte. Die gesamte Tagesration. Sie sortierte den Rest wieder zurück in die Box. In ihrer Handtasche fand sie nach einigem Kramen das Tablettenröhrchen und schob die hellgrünen Tabletten mit der Hand vom Tisch in die Packung zurück.

Andreas fuhr morgens zu Hedi. Ohne sich anzukündigen. Die Ärzte hatten ihm über Frau Merz am Telefon Auskunft gegeben, da er ihnen glaubhaft versichern konnte, ein Angehöriger zu sein. Er hatte das Gefühl, sie waren froh, dass es jemanden gab, zu dem die alte Dame gehörte.

Sie öffnete ihm im Kostüm und ließ ihn nach einem kurzen Zögern ins Haus. Im Hintergrund hörte er den Staubsauger.

Die Haushaltshilfe war da.

„Hedi, ich muss mit dir sprechen."

Sie schwieg kurz und begann dann, sich zu erklären. „Andreas, ich habe seine Schlüssel nicht gefunden. Deswegen habe ich seinen Partner gebeten, dich reinzulassen."

Er war ehrlich überrascht. Sie dachte, deswegen wäre er da?

„Darum geht es nicht."

„Nicht?"

„Aber …" Er verstand nicht, warum sie ihn überhaupt gebeten hatte, in der Kanzlei nach dem Rechten zu sehen. Vielleicht war jetzt die Chance, eine Antwort zu bekommen. „Warum hast du mich überhaupt gefragt? Warum nicht Schelderberg? Der ist doch sein Partner."

Sie zuckte mit den Schultern. „Hätte ich auch." Zumindest war sie ehrlich. „Nettelbeck wollte es." Das hatte sie schon am Telefon gesagt, als sie ihn mit hörbarem Widerwillen bat, nach dem Rechten in der Kanzlei zu schauen.

„Aber wie kommt er darauf, darüber zu reden? Fühlte er sich nicht gut? War er krank?"

Sie zögerte. „Nein."

„Sein Herz?"

„Nie!" Hedi war überrascht. „Er hat sich gleich nach meiner Herzoperation untersuchen lassen. Aber er war kerngesund."

Andreas blickte sie zweifelnd an. „Aber jetzt hatte er doch einen Herzinfarkt?"

Sie zuckte hilflos mit den Schultern. „Die Ärzte sagen, das kann passieren. Der Schock, die Verletzungen, das ist purer Stress für den Körper, auch wenn er im Koma liegt."

„Aha ... Aber wie kommt er dann auf das Thema?"

Sie zuckte mit den Schultern. „Vielleicht, weil ihm langsam klar wird, dass er sonst niemanden aus seiner Familie mehr hat. Und Schelderberg gehört ja nicht dazu."

Irgendwo im Hinterkopf kam ein Gedanke hoch, eine Frage, die sich formte. Der Staubsauger kam näher an sie heran, und Andreas wartete, bis das Geräusch wieder leiser wurde. Danach hatte er die Frage vergessen.

„Hedi, warum ich da bin ... Die Frau Merz, die unter mir wohnt, wer ist das?"

„Die Cousine von Nettelbecks Mutter."

Andreas war erleichtert. Das hörte sich für ihn entfernt verwandt genug an, um sich ihr gegenüber nicht verpflichtet zu fühlen.

„Kennst du sie gut?"

Hedi schüttelte den Kopf.

„Gibt es noch einen Mann oder Ex-Mann irgendwo?"

„Nicht mehr."

„Hat sie Kinder?"

„Zwei Söhne."

Andreas war erleichtert.

„Sie liegt im Krankenhaus."

Hedi wirkte nicht besonders überrascht.

„Ist zusammengebrochen im Hausflur."

Hedi stand auf und ging an eine Kommode, kramte darin rum und kam mit einem dicken Adressbuch wieder.

„Wundert dich das nicht?" Er wunderte sich, wie unbeteiligt sie blieb.

„Wir hatten keinen Kontakt mehr zu ihr."

„Warum?"

Hedi warf ihm einen Blick zu, der ihm sagte, dass er genau wusste, warum. Und das stimmte. Die Frau war sonderbar. Trotzdem setzte Hedi zu einer Erklärung an: „Sie wurde immer merkwürdiger mit den Jahren, hat Friedrich und mich immer öfter beschimpft, wenn wir sie besucht haben, hat jede Familienfeier gesprengt."

Andreas war überrascht, dass die beiden überhaupt mal Kontakt zu ihr hatten.

„Es ist nur die Cousine von seiner Mutter. Ich habe ihm irgendwann gesagt, dass wir uns das nicht bieten lassen."

Das konnte sich Andreas nur allzu gut von ihr vorstellen.

Sie fuhr mit dem Finger über ein paar Einträge und schien

dann die Nummern gefunden zu haben.

„Würdest du …?"

Sie hielt ihm ein paar Notizblätter hin, die sie zusammen mit einem Stift auf den Wohnzimmertisch gelegt hatte. Andreas notierte sich die Namen der beiden Kinder, Frank und Peter Merz, und zwei Handynummern. Mehr hatte Hedi nicht für ihn.

„Wo wohnen die beiden?"

Sie zuckte die Schultern.

„Ihr seid wohl keine Familienmenschen?"

Hedi guckte ihn an, als ob er sie beim Klauen erwischt hätte. Klar, *sie* war kein Familienmensch. Alles andere hätte ihn auch gewundert.

„Wenn du seine Familie kennen würdest …" Während des Gesprächs war sie etwas aufgetaut, jetzt klang ihre Stimme wieder kühl und beherrscht. „Anneliese ist noch die Normalste …"

Hedi klappte das Adressbuch zu und legte es auf den Tisch neben die restlichen leeren Notizzettel. Sie machte keine Anstalten, ihm das Blatt mit den Nummern abzunehmen.

Meinte sie, *er* würde dort anrufen? So würde es laufen. Er studierte die Handynummern. Extra lange. Die Frage fiel ihm wieder ein.

„Sag mal, was ist Nettelbecks Partner eigentlich für einer?"

„Armer Mann, hat seine Frau verloren."

„Ach?" Dass Schelderberg mal verheiratet war, hätte er nicht gedacht. „Ein Unfall?"

„Nein, ich glaube, sie war schwer krank."

„Oh."

„Irgendetwas Schlimmes. Ich glaube, Krebs."

„Seit wann sind die beiden Partner?"

Sie überlegte. Andreas wusste kaum etwas über die letzten Jahre seines Onkels. Er war zu sehr mit seinen eigenen Problemen beschäftigt gewesen.

„Zwei Jahre."

„Und vorher?"

Sie konnte mit seiner Frage nichts anfangen, das sah er an ihrem Gesichtsausdruck.

„War er alleine in der Kanzlei?"

„Nein, der andere ist in den Ruhestand gegangen, und sie haben einen Nachfolger gesucht."

„Warum ist es Schelderberg geworden?"

Hedi zuckte wieder mit den Schultern. Er spürte, dass sie keine Lust mehr auf seinen Besuch hatte und die letzte halbe Stunde nur ihrer Höflichkeit geschuldet war. Sie hob den Kopf und hörte auf die Geräusche im Haus. Der Staubsauger war verstummt.

„Die Telefonnummern hast du ja." Sie stand einfach auf

und brachte das Adressbuch weg.

Er wartete kurz, blieb sitzen, neugierig, wie sie reagieren würde, wenn er nicht sofort aufstand.

„Sie ist auch deine Verwandte", schob sie zum Abschied hinterher, kramte etwas entfernt in einigen Schubladen und schien sich nicht mehr um ihn zu kümmern.

„Vielleicht bin ich ja doch nicht so ein Unmensch, wie du denkst", sagte er im Aufstehen und verschwand.

Petra Bell hatte sich frei genommen. Die Magazine für die drei Organisationen, alle ähnlich aufgebaut, die neuen Broschüren, Flyer und die Mitgliederbriefe mit aktuellen Informationen hatte sie alle geprüft und ihre Änderungen der Agentur übermittelt.

Lange könnte sie nicht mehr beides machen. Ihren regulären Beruf und dann noch die inoffizielle Leitung der drei Organisationen. Beide hatten es eigentlich nur für ein paar Jahre geplant. Dann hätten sie genug Geld zusammen. Aber die Leiche in ihrer Tiefkühltruhe im Keller machte sie zunehmend nervös. Sie musste sie bald loswerden. Und dann in Ruhe alle Brücken hinter sich abbrechen. Der Mieter aus dem ersten Stock hatte jetzt schon das zweite Mal in dieser Woche nach *ihr* gefragt.

Langsam konnte die Leiche zum Problem werden. Sie zog sich eine dicke Jacke über und machte einen Spaziergang in das belebte Viertel, das ein paar Straßen weiter begann und sich bis an die Grenze zur Altstadt zog. Dort gab es Kioske, Boutiquen, Imbisse, Restaurants und jede Menge

Internetcafés.

„Eine Stunde?"

Petra drehte sich dabei im Laden hin und her und suchte die Wände nach einer Kamera ab. Aber der Internetshop schien okay zu sein. Sie zeigte auf einen der freien Rechner, die wie früher in der Schule in mehreren Reihen standen.

„Drei Euro."

„So teuer …?"

Der Typ hinter der Kasse nickte.

„Kann ich mir einen aussuchen?"

„Jo."

Sie nahm den ganz rechts hinten in der Ecke. Der Laden war leer. Wer hatte schon Bedarf, in einem Internetcafé zu surfen in Zeiten von WLAN und günstigen Datenpaketen für das Smartphone? Ein Fenster öffnete sich am Bildschirm und rechnete von sechzig Minuten herunter. Sie starrte eine Weile darauf. Bei achtundfünfzig Minuten begriff sie, dass sie einfach nur mit der Maus auf den Rand klicken musste, um ein neues Fenster zu öffnen.

Als Erstes gab sie in die Suchmaschine *Leiche verschwinden lassen* ein. Eine lange Auflistung von Seiten erschien auf dem Bildschirm. Sie klickte den ersten Vorschlag an. Die wahre Geschichte eines US-Studenten, der seinen Mitbewohner umbringt und danach die Spracherkennung seines Smartphones beauftragt, ihm gute Möglichkeiten für ein Versteck zu sagen. Die Softwareprogrammierer hatten sogar eine witzige Antwort für den Fragenden parat und halfen ihm so auf den ersten Blick, den Mord zu vertuschen. Weiter unten konnte sie dann aber lesen, dass der Verdächtige beim Verhör andere Angaben zu seinem Aufenthaltsort gab als die Auswertung seiner Log-In-Daten in verschiedene Funkmasten. Und so konnte er dann trotzdem überführt werden.

Sie schloss die Seite. Das sollte ihr nicht passieren. Der Klick auf den nächsten Link öffnete ein Forum. Hier tauschten sich Jungautoren zu diesem Thema aus. *Im Kamin verbrennen.* Sie hatte keinen. *Im Schweinestall an Schweine verfüttern.* Sie kannte keinen. *Tief verbuddeln auf einem Berg.* Dafür hatte sie keine Kraft. Außerdem war kein Berg hier im Norden. Außer dem Müllberg auf dem Weg stadtauswärts zur Küste. *In einer Tiefkühltruhe einfrieren.* Ja, das hätte sie machen sollen. Aber sie wollte nicht durch eine hohe Stromrechnung auffallen oder sich bei ihren Nachbarn, die die Hausgeldabrechnung und den Gemeinschaftsstrom im Keller genauestens kontrollierten, um nicht zu viel zu zahlen, dafür rechtfertigen, dass sie eine Tiefkühltruhe für eine Großfamilie betrieb. Deswegen hatte sie die, ohne sie anzuschließen, in den Keller gestellt. Die neugierigen Nachbarn dachten, sie hätte die nur für eine Freundin eingelagert, die umgezogen war.

Frustriert verließ sie nach einer Stunde den Laden.

„Ja, ja, wir kümmern uns, vielen Dank!"

Andreas fühlte sich befreit. Er war von Hedi aus direkt in die Kanzlei gefahren und saß in Nettelbecks Büro hinter dem riesigen antiken Eichenschreibtisch. Vor sich einen frischen Kaffee mit Mittis speziellen Bohnen für besondere Anlässe. Das Pfund hatte sicher dreißig Euro gekostet.

Die Söhne seiner Nachbarin hatte er sofort auf ihren Handys erreicht. Beide waren entsetzt, als Andreas von dem scheinbaren Sturz und dem Zustand ihrer Mutter erzählte. Und beide sagten sofort zu, sich um alles zu kümmern. Noch am Abend wollten sie bei ihm die Schlüssel zu ihrer Wohnung holen, um ihr etwas Frisches zum Anziehen fürs Krankenhaus vorbeibringen zu können. Er konnte sich gerade noch verkneifen, etwas wie „Ich glaube, da ist nichts Frisches mehr in ihrer Wohnung" zu sagen. Sollten sie doch kommen und mit eigenen Augen sehen, wie es ihrer Mutter ging. Vielleicht war es das Beste.

Auf dem Tisch lagen ein paar neue Briefe und ein paar Rückrufbitten, die vom Vortrag übrig geblieben waren, weil er dort niemanden erreicht hatte. Mitti hatte angekündigt, in einer halben Stunde zu ihm zu kommen, um die heutigen Angelegenheiten zu besprechen. Natürlich nur, wenn es ihm recht wäre, wie sie betonte.

Er griff zum Telefon. Vorher wollte er noch versuchen, die offenen Rückrufe zu erledigen. Als Erstes Kohler, Rechtsanwalt Kohler. Ein Kollege scheinbar, der in den vergangenen Tagen fast täglich versucht hatte, Nettelbeck zu erreichen.

„Friedrich, wo hast du gesteckt", meldete sich eine tiefe Stimme am anderen Ende, kaum hatte er die Handynummer gewählt. Der Angerufene schien Nettelbecks Büronummer auf dem Display sofort zu erkennen.

„Tewill hier, Andreas Tewill. Herr Kohler?"

„Ja …?"

„Ich bin der Großneffe von Friedrich, Andreas …"

„Ah ja …" Andreas hörte am Telefon, wie auf der anderen Seite überlegt wurde.

„Sie wollten ihn sprechen?"

Schweigen.

„Aufgrund einer Angelegenheit?"

Zögern.

„Welcher denn?"

Der Angerufene stutzte kurz, bevor er erklärte: „Es war vielmehr so, dass er mich um Hilfe gebeten hat."

„Ach, ja?"

Wieder Schweigen.

Dann eine Erklärung: „Er hatte ein paar Fragen an mich. Zu einem Fall, in dem wir scheinbar beide tätig waren …"

„Aha."

„Ja, stellen Sie sich das so vor, als ob an einem Schiff im Trockendock gearbeitet wird. Der eine oben, der andere unten …"

„Und keiner weiß vom anderen …?"

„Genau! Er hat mich um eine Auskunft gebeten.“

„Friedrich ist im Krankenhaus.“

„Ich weiß, aber vielleicht interessiert es ihn trotzdem? Das würde ich sogar fast vermuten.“

„Wohl kaum.“

„Woher meinen Sie zu wissen …“, fuhr der Rechtsanwalt am anderen Ende der Leitung hoch.

„Er liegt noch immer im Koma.“

Am anderen Ende war leises Stöhnen zu hören.

„Was wollten Sie von ihm?“

„Nicht so wichtig“, kam es einsilbig.

„Ich kümmere mich um seine Belange.“

„Aber, sind Sie denn Notar? Oder Rechtsanwalt?“ Am anderen Ende entstand eine kleine Pause, dann schob der Rechtsanwalt nachdenklich, wie zu sich selbst, hinterher: „Von Ihnen hat er nie erzählt.“

Zum Glück.

„Ich bin für ihn tätig. Erst seit ein paar Monaten. Und sein Großneffe. Wie gesagt.“

„Und das heißt?“

Langsam fand Andreas den Mann am anderen Ende anstrengend. Er bekam das Gefühl, mit einem alten Mann zu telefonieren, der alle Zeit der Welt hatte und aus

Langeweile seine Gesprächspartner foppte. Wie alt mochte der Rechtsanwalt wohl sein? War er überhaupt noch aktiv oder längst in Rente? Wenn er Nettelbeck gut kannte, vielleicht sogar ein Freund war, dann vielleicht auch Mitte siebzig? Andreas hätte gerne Mitti gefragt, aber die saß nebenan und die Tür war geschlossen. Er überlegte, ob er nicht aufgeben sollte. *Einen Versuch noch.*

„Ich arbeitete für ihn."

Andreas dachte angestrengt nach. Wie hieß noch einmal der Mandant, dessen Unterschrift diese unklaren Merkmale hatte? So aussah, als ob es nicht unbedingt sein letzter Wille war, den er letztendlich bekundete? Nettelbeck wollte sich kümmern. Hatte er deswegen mit Kohler telefoniert? Er hatte den Namen vergessen. Drehte sich aber um und überflog die beschrifteten Reiter der einzelnen Akten, die hinter ihm im geöffneten Schrank standen. Er wusste noch ungefähr, wo die Akte stand. Aber keiner der Namen löste beim Lesen einen Aha-Effekt aus. Dann zog er umständlich sein Portemonnaie aus der Hose und faltete den Zettel auf, der zwischen den Geldscheinen steckte. Hastig hatte er dort Name, Adresse und ein paar Stichpunkte aus dem Testament notiert.

„Ludwig Rapp!"

Er hörte nur den Atem seines Gesprächspartners am anderen Ende. Andreas nahm das Papier dichter vor die Augen, *Ludwig?* Er hatte Mühe, seine in Eile hingekritzelten Notizen zu lesen. Ludwig? Ludolf? Ludolf Rapp.

„Ludolf, nicht Ludwig!", rief er fast in den Hörer. „Geht es um ihn?"

Der Rechtsanwalt schien abzuwägen.

„Ja?"

Jetzt war ein Räuspern am anderen Ende zu hören.

„Nettelbeck hat gewollt, dass ich mich um seine Belange kümmere. Jetzt raus damit!" Andreas' Stimme wurde sachlich und streng. „Hat er Sie zufällig wegen ihm angerufen?"

Schweigen.

„Vielleicht haben Sie doch nichts für mich?", fragte er kühl nach.

„Doch, ich ergebe mich", sagte der Rechtsanwalt kichernd am anderen Ende.

Idiot, alter seniler Idiot. Andreas wartete. „Also, was haben Sie rausgefunden, da oben im Schiffsdock?", half er ihm auf die Sprünge.

Wieder ein Kichern. Der Typ spielte mit ihm. Schien es lustig zu finden, dass er auf seine Metapher mit dem Dock eingegangen war.

„Da oben im Schiffsdock …", begann er.

Oh Mann, der Kerl ist verrückt, senil und verrückt. „Ja?"

„Können Sie morgen zu mir kommen, dann zeige ich Ihnen, was ich gefunden habe."

Mitti kam durch die Tür. Andreas rollte genervt mit den Augen. Sie bezog es auf ihr Erscheinen, zeigte auf die Tür, machte mit den Fingern kleine Laufbewegungen raus und sah ihn fragend an. Er schüttelte den Kopf und winkte sie herein. Das Gespräch schien sowieso beendet.

„Okay, morgen, zehn Uhr?"

„Da bin ich noch nicht wach." Wieder ein Kichern.

„Fünfzehn Uhr? Wo ist Ihre Kanzlei?"

Andreas schrieb Uhrzeit und Adresse auf, die Rechtsanwalt Kohler ihm nannte, und legte auf. „Kohler ..." Er schaute Mitti entschuldigend an. „Kennst du ihn, Mitti?"

Sie nickte. „Achtundsiebzig, Spaßvogel, hat seine Rechtsanwaltskanzlei vor zehn Jahren an seine Söhne übergeben." Sie schaute auf die Adresse, die Andreas notiert hatte. „Ihr trefft euch in der Kanzlei."

„Ist der noch ernst zu nehmen?"

Sie lachte. „Klar."

„Nicht plemplem?" Er winkte sich mit der Hand vor dem Gesicht.

Mitti schüttelte den Kopf. „Der war schon immer so." Dann, nach einer kleinen Pause, ergänzte sie: „Er ist nicht mehr oder weniger verrückt als jeder Durchschnittsmensch draußen auf der Straße." Sie guckte ihn erwartungsvoll an.

„Soll mir das was sagen?"

„Jack Nicholson, *Einer flog über das Kuckucksnest*. Habe ich ein wenig entschärft, er ist manchmal schon etwas schonungslos mit seiner Wortwahl." Dabei errötete sie leicht. „Jack, meine ich.“

„Hey, Süße …“ Dann ein langgezogener Pfiff.

Petra Bell war schon fast um die Ecke verschwunden, drehte sich aber noch einmal um. An dem Bauzaun, hinter dem ihre Firma gerade einen neuen Anbau hochziehen ließ, standen zwei Bauarbeiter und grinsten sie anzüglich an. Es war noch nicht einmal acht Uhr morgens. Hinter ihnen sah sie mehrere Laster, von denen aus lange Rüssel auf den Boden hingen.

Die Idee kam ihr spontan. Sie ging zu den beiden Männern. „Hey, Jungs!“ Gespielt locker begrüßte sie die beiden Männer. Die grinsten sie weiter an. „Ganz schön fleißig.“

Beide nickten.

„Was läuft denn hier gerade?“

„Fundament.“

„Ach, jetzt schon?“

„Jaaa. Soll nicht frieren die nächsten Wochen. Und immer schön über fünf Grad nachts.“

„Und was macht ihr dann?“

„Hier ist dann erst mal Pause. Muss vier Wochen aushärten.“

„Oh, echt?“

Petra führte innerlich einen kleinen Freudentanz auf.

„Ja, da geht erst mal nichts. In den ersten Tagen kann man nicht mal drauf gehen, würde sofort einsinken."

„Ach, aber tief doch nicht, oder?"

„Doch, über einen Meter."

Sie klammerte sich an ihre Handtasche, um sich ihre Aufregung nicht anmerken zu lassen. „Und wie lange braucht ihr hier noch?"

Beide Bauarbeiter schauten sich an und rieben sich nachdenklich am Kinn. Dann zeigte der eine ihr zwei Finger. „So zwei Tage vielleicht. Fangen ja gerade erst damit an." Sein Blick wanderte zu seinen Füßen, die in dem ausgeschachteten Rechteck auf Gitterstäben standen.

„Schön, dann sehen wir uns vielleicht ja noch. Ich muss los."

Mitti war schon weg, als Andreas am späten Nachmittag gehen wollte. Er klopfte an Schelderbergs Tür. „Kannst du abschließen?"

Lars von Schelderberg stand gleich auf und griff sich sein Schlüsselbund. „Klar."

Zusammen gingen sie nach nebenan. Schelderberg hockte sich vor die zugezogenen Aktenschränke und schloss ab.

„Tut mir übrigens leid, das mit deiner Frau."

Schelderbergs Schultern verspannten sich. „Ist schon eine Weile her", nuschelte er leise.

„Trotzdem hart."

Schelderberg blieb regungslos vor den Schränken knien und starrte auf das Schloss, in das er gerade den Schlüssel gesteckt hatte. Dann nickte er verspannt.

„Schlimme Krankheit." Andreas bemühte sich, verständnisvoll zu klingen.

Jetzt schien Schelderberg zu erstarren. Andreas, der die ungewöhnliche Körperspannung bemerkte, fühlte sich unwohl. Er war ihm zu nahe getreten.

„Sorry, ich wollte nicht an der Geschichte rühren. Ich habe meine Schwester genauso verloren. Sie leiden zu sehen, hat mir beinahe das Herz gebrochen."

Noch immer hockte Schelderberg wie eine Eisskulptur vor den Schränken.

„Krebs ist grausam."

Schelderberg entspannte sich, drehte sich zu ihm um und sah ihn an. „Puh, ja." Er schien erleichtert und machte sich daran, die restlichen Schränke zu verschließen. Dann schloss er Nettelbecks Tür hinter ihnen beiden ab.

Andreas versuchte, zum Abschied das Thema zu wechseln. „Sag mal, Lars, wenn Nettelbeck öfter trinkt und von seiner Herrenrunde auf dem Weg nach Hause war ..." Er überlegte kurz, bevor er fortfuhr. „Meinst du, er war betrunken?"

„Kann sein." Schelderberg schien auch das Thema nicht zu behagen.

„Hatte er deswegen vielleicht den Unfall?"

Er zuckte mit den Schultern. „Vielleicht."

„Du, ich muss wieder …" Schelderberg verabschiedete sich reserviert, bevor er in seinem Büro verschwand.

Andreas ärgerte sich, weil er auch das Thema angesprochen hatte. Einen kurzen Augenblick stand er im Eingangsbereich, unschlüssig, was er als Nächstes tun sollte. Hinter Mittis Schreibtisch piepte es. Dann hörte er, wie mehrere Seiten ausgedruckt wurden. Neugierig guckte er in dem hohen grauen Multifunktionsklotz nach. Ein Fax. ICH WARTE AUF DEINE ANTWORTEN. GIBT ES DICH NOCH? PP

Pia. Die hatte er komplett vergessen.

„Andreas hier."

„Tewill?"

Was für eine Frage. Stefan war über Jahre sein bester Freund gewesen und der Nachfolger bei seiner Frau. Ex-Frau. Wenn der ihn nicht an der Stimme erkannte, wer dann?

„Ja."

„Na, das ist ja eine Überraschung."

Stefans sarkastischer Ton ließ vermuten, wie sehr er sich

über Andreas' Anruf freute.

„Wie geht es dir?"

„Gut. Gut."

„Und Eva?"

„Bestens."

„Unsere …", Andreas zögerte, „ich meine, ihre Praxis läuft?"

„Ist noch immer nicht leicht."

„Für mich auch nicht."

„Du hast sie bedroht. Vielleicht erinnerst du dich?"

Andreas biss sich auf die Zunge und schluckte eine Bemerkung runter, die ihm auf den Lippen lag. Seine Narbe auf der Stirn tat plötzlich weh, er rieb leicht über die geschwollene Haut.

„Kannst du mir helfen?"

Schweigen am anderen Ende.

„Nichts Großes", schob Andreas nach.

„Ich glaube nicht."

Kein *Nein*.

„Mein Großonkel hatte einen schweren Unfall. Mit dem Auto. Kannst du herausfinden, ob er etwas getrunken hat?"

„Wie stellst du dir das vor? Von München aus? Frag ihn doch."

„Er liegt noch im Koma."

„Der Arme."

„Habt ihr bei der Polizei nicht ein Computersystem? Eine Datenbank für sowas?"

„Hmmm."

Es entstand eine Pause.

„Vielleicht. Ich weiß nicht, ob ich auf euer System Zugriff habe. Weißt schon, anderes Bundesland und so."

„Bitte."

„Blöde Situation."

„Ich weiß."

„Was sag ich Eva?"

Andreas überlegte. „Die Wahrheit? Dass ich dich um einen Gefallen gebeten habe …"

„Spinnst du?", zischte Stefan.

„Du warst auch mal mein Freund."

Ein genervt klingendes Stöhnen kam durch den Hörer. „Okay."

„Danke."

„Versprich dir nicht zu viel."

„Nein."

„Ich guck, ob ich Zugriff habe."

„Danke."

„Aber viel gibt es online nicht. Die werden so arbeiten wie wir. Dann stehen da nur Namen der Unfallbeteiligten und der Zeugen, falls es welche gibt. Mit Glück, falls ein Polizist so nah an deinen Onkel rangekommen ist, dass er seinen Atem riechen konnte, eine Info, ob er nach Alkohol roch. Würd mich eher wundern. Normalerweise werden die sofort vom Notarzt versorgt und schnell ins Krankenhaus gebracht."

„Okay. Ich weiß Bescheid."

„Ich melde mich. Ist das deine neue Nummer?"

„Ja." Andreas hörte, wie am anderen Ende Papier raschelte und dann das Kratzen einen Stiftes.

„Hab ich notiert. Und wie heißt dein Großonkel?"

„Nettelbeck. Friedrich Nettelbeck. Bis wann meinst du …?"

„Ich bin schon aus dem Revier raus … Morgen, denke ich. Bis dann."

„Tschüss." Andreas legte erleichtert auf. Gutgelaunt zog er seinen Anzug aus, den er sich für den Besuch bei Hedi und in der Kanzlei angezogen hatte.

Er stand unter der Dusche, als es klingelte. Nur mit einem

Handtuch um die Hüften ging er zur Tür. „Hallo?" Er nahm den Hörer von der Gegensprechanlage ab. Dann hörte er Stimmen direkt vor seiner Tür. Ihm fiel der Anruf vom Vormittag bei den Kindern seiner Nachbarin ein. „Einen Moment ..." Er ging noch einmal zurück und zog sich Jeans und ein T-Shirt an. Dann öffnete er.

„Die Tür unten war offen ...", entschuldigten sich beide zur Begrüßung. Die Kinder der Frau waren zwei rundliche Männer, er schätzte sie auf Anfang bis Mitte fünfzig. Beide nicht größer als einen Meter siebzig und mindestens hundert Kilo schwer. Sie unterschieden sich nur durch den Grauton in ihren Haaren. Sie stellten sich als Frank und Peter Merz vor.

„Kein Problem." Andreas machte die Tür weit auf und bat sie in die Wohnung. Er ging vor ins Wohnzimmer und erklärte dabei: „Ich muss gleich los, zur Arbeit, deswegen habe ich nur kurz Zeit."

„Wir brauchen nur die Schlüssel – und danke noch einmal."

„Kein Problem."

„Wir haben sie lange nicht gesehen, unsere Mutter."

„Na dann seien Sie mal nicht überrascht, wenn Sie in die Wohnung kommen."

„Warum?"

„Sie war ein wenig unordentlich, würde ich sagen ..." Andreas biss sich auf die Zunge. Sie würden schon sehen, was er meinte.

„Das haben die Ärzte auch gesagt."

„Ach, Sie waren schon im Krankenhaus?"

„Ja, gerade eben."

„Wie geht es ihr?"

„Ganz okay, sie ist gestürzt, auf den Kopf. War wohl länger bewusstlos. Es gibt noch ein paar Tests, und dann kann sie in ein paar Tagen nach Hause."

„Wie schön." Andreas hoffte, dass es nicht zu heuchlerisch klang.

„Hatten Sie viel mit ihr zu tun?"

Andreas schüttelte den Kopf.

„Ich habe einiges um die Ohren gerade …" Er fühlte sich zwar noch immer unausgelastet, trotz der Unterstützung in der Kanzlei und seinem Kneipenjob, aber er wollte keine falschen Hoffnungen schüren. Er drückte dem älteren der Brüder, Frank, ihr Schlüsselbund in die Hand, wenigstens vermutete er, dass es der Ältere von beiden war, aufgrund seiner stärker ergrauten Haare. „Viel Erfolg."

Beide verschwanden.

Kurz darauf hörte er aus der Wohnung unter sich lautes Fluchen und entsetztes Stöhnen. Ihm fiel wieder ein, dass er die Fenster geschlossen hatte, bevor er gegangen war. Der Geruch war sicher nicht besser geworden. Dann ein „Was zum Teufel … zwei neue Kaffeemaschinen, guck mal … und Wasserkocher, eins, zwei, drei …", hörte Andreas es von unten. Die Wohnungen waren wirklich nicht gut schallisoliert. Er zog sich aus und sprang wieder unter die Dusche, erleichtert, dass er mit ihr nichts weiter zu tun haben würde.

Ed war schon betrunken, als er kam. Es war noch nicht mal zwanzig Uhr. „Gut, dass du da bist." Er nahm Andreas freundschaftlich in den Arm, was eher ein Schwitzkasten wurde. Eds Motorik war nicht mehr die feinste. „Sag mal, wenn mit mir mal was ist …, dann sollst du dich um den Laden kümmern …" Ed sah ihn mit kindlichen Augen an. „Du bist so zuverlässig. Jeden Abend pünktlich. Alle Frauen mögen dich. Und deine Drinks schmecken auch."

„Danke."

Andreas dachte an sein Zuspätkommen, als er mit Pia im Café gesessen hatte. Das eine Mal schien für Ed nicht zu zählen, der ansonsten nur sprunghafte Aushilfen beschäftigte, die mal kamen, wenn sie Dienst hatten, auch manchmal, wenn sie gar nicht eingeteilt waren, aus lauter Schusseligkeit, und manchmal auch gar nicht mehr auftauchten.

„Du bist der Beste!" Ed nahm ihn noch stärker in den Arm und zog ihn mit sich runter. „Deine Tante ist wieder da … von neulich. Ist gerade aufs Klo, als du gekommen bist."

„Alles klar."

„Soll ich vermitteln?"

„Danke, nein."

„Wirklich nicht?"

„Neee, willst du sie?"

Ed rieb sich übertrieben nachdenklich am Kinn. „Ach, warum nicht. Lange nichts mehr am Laufen gehabt. Ist nicht mehr so wie früher …"

Dass Ed sich früher keine Chance entgehen lassen konnte, hatte Andreas sich gedacht. „Kriegst du das hin?"

Ed klang unsicher. „Ich kann's versuchen." Ed rieb sich die Hände. Sie kam gerade zurück zum Tresen.

„Eine Bedingung …" Andreas drehte sich so, dass sie ihn nicht sprechen sah.

„Ja …?"

„Halt dich von ihr fern, bis ich dich hole. Flirte nicht mit ihr, besser, guck sie nicht einmal an, rede mit allen anderen Frauen, aber nur mit den coolen, den offensichtlich Schönen. Gib denen notfalls einen aus, damit du bei ihnen stehen kannst und sie mit dir lachen. Aber trink nichts mehr, sonst kriegst du keinen mehr hoch, falls sie will."

„Äh, noch was?" Ed war von den Anweisungen irritiert.

„Ja, kratz dich nicht dauernd am Sack, das ist nicht appetitlich."

„Schon klar."

Ed ließ Andreas los und befolgte seinen Rat. Auch wenn es ihm schwerfiel, ging er an der Frau vorbei, ohne sie eines Blickes zu würdigen.

„Was soll's denn sein?" Andreas schnappte sich ein Tablett und einen Lappen und ging zu dem Hochtisch, an den sie sich gestellt hatte.

„Hmmm, ich weiß nicht …?" Sie spielte verlegen mit ihren Haaren und sah ihn schmachtend an. „Cocktail?"

„Ach ja." Er schob ihr die Getränkekarte rüber und blätterte die Seiten mit den Cocktails auf. Während sie überlegte, wischte er den sauberen Tisch noch einmal ab.

„Ich weiß, was ich nehme."

„Bitte?"

„Einen", sie fuhr mit dem Finger über einen der Cocktailnamen in der Mitte der Karte, „Pussy Painkiller."

Das geht ja gut los. Er hoffte, dass sie sich nur verlesen hatte. „Alles klar."

Fünf Minuten später kam er mit einem Blechbecher in der Hand zurück. „Hier, dein Pussers Painkiller." Dabei betonte er das *Pussers* und drehte den Becher so, dass das aufgedruckte Rezept für den Cocktail direkt vor ihren Augen war.

„Danke."

„Aus den Bechern haben übrigens schon die Stones getrunken …"

Sie zog überrascht die Augenbrauen hoch. „Quatsch!"

„Klar." Er machte eine eindrucksvolle Pause und zeigte dann verstohlen auf Ed, der sich gerade noch rechtzeitig wegdrehte. „Mit ihm." Er nickte noch einmal verschwörerisch in Eds Richtung. Der hatte seine Rolle verstanden und stellte sich lässig an den Tisch von drei langbeinigen Frauen, die scheinbar über einen seiner nicht jugendfreien Witze kicherten.

Andreas legte nach. „Hier, in der Kneipe."

„Was?" Ihre Stimme überschlug sich fast. „Du meinst, die Stones waren hier?"

„Klar …"

„Glaub ich nicht. Wann soll das denn gewesen sein?"

„Neunzehnhundertachtundneunzig. Bridges to Babylon …" Er wartete auf ein Zeichen des Erkennens. Aber sie verstand nicht.

„Die Bridges to Babylon Tour. Im Stadion. Fast vierzigtausend Leute …"

Sie schien beeindruckt.

„Fast eine Woche waren die in der Stadt, dann weiter nach Den Haag."

„Sind bei Ed hängen geblieben. Jeden Abend …"

Sie schüttelte ungläubig den Kopf und guckte ihn zweifelnd an.

„Augenblick …" Andreas verschwand kurz hinter dem Tresen und kramte in den unzähligen Schubladen … Irgendwo lagen sie doch. Zwischen Kartenspielen und Kondomen wurde er fündig. Fotos. Eins mit Mick Jagger und Ed lag oben auf. Er schob alle Bilder zusammen, die er zu fassen kriegte, und zog sie heraus. Triumphierend kam er an ihren Tisch zurück. „Sag mal, wie heißt du eigentlich?"

„Yvonne."

„Guck mal, Yvonne."

Sie bekam große Augen, als sie das oberste Bild sah. Mick streckte darauf seine legendäre riesige Zunge raus, Ed auch, seine wirkte aber unnatürlich klein. Er blätterte weiter.

„Und die?" Sie zeigte auf eine Gruppe, die Ed umringt hatte. Eine farbige Frau stand links neben ihm, auf der anderen Seite drei leicht angegraute Männer.

„Lisa Fisher, Darryl Jones, Bobby Keys und ganz außen Chuck Leavell. Musiker, die er mit auf Tour hatte." Er wartete.

Sie schien einen Augenblick zu brauchen, bevor sie realisierte, dass das Bild echt war.

„Und hier …" Er tippte auf seinen Chef. „… Ed in jungen Jahren. Dem gehörte die Kneipe damals schon." Andreas übergab ihr den Stapel Fotos. „Guck ruhig selbst."

Mit halboffenem Mund guckte sie die Bilder durch.

Er schaute in ihren Becher. Leer. „Willst du noch einen? Geht aufs Haus."

Sie nickte ihm zu und guckte dann verstohlen an ihm vorbei zu Ed. Wieder auf die Fotos und dann zu Ed. Dessen Marktwert war urplötzlich von Null auf fünfzig Prozent gestiegen. Andreas sah es an ihrem Blick. Und Ed spürte es auch. Obwohl er so aussah, als ob er nicht in ihre Richtung schaute, sah Andreas, wie sein Körper sich unter ihrem Blick spannte. Fünfzig hieß, es bestand eine gute Chance, dass sie sich von Ed küssen ließ. Vielleicht konnte Andreas die Wahrscheinlichkeit noch steigern. Auf siebzig? Ja, siebzig war gut. Er dachte angestrengt nach, während er den Pussers Rum in einen Cocktail-Mixer goß.

Ihm fiel nichts ein. Am Tresen prasselten die nächsten Bestellungen auf ihn ein. Eds andere Aushilfen waren noch nicht aufgetaucht.

„Sorry, ich komm später wieder. Behalt die Bilder ruhig hier. Viel zu tun." Er stellte ihr den Drink auf den Tisch und wollte verschwinden.

„Einen Augenblick." Sie zupfte ihn am Shirt. „Sag mal, wie sind die Stones denn so?" Sie sah ihn mit großen Augen an.

„Keine Ahnung. War nicht dabei. Frag ihn doch …" Andreas nickte wieder in Eds Richtung, der noch immer bei den drei attraktiven Frauen stand, die ihn sichtlich umgarnten. In der Mitte des Tisches ein Sektkühler mit Flasche. Ed hatte eine Runde geschmissen.

Sie folgte seinem Blick. Und Ed hielt sich an seine Rolle und schien intensiv in das Gespräch mit einer Blondine vertieft.

Dann zögerte er. „Ach, aber ich glaub, er redet nicht gerne drüber."

Sie sah enttäuscht aus.

„Weißt schon, die alte Zeit, war etwas wild."

Sie sah ihn fragend an.

„Sex, Drugs und all das Zeug, Groupies …“, half er ihr auf die Sprünge. „Du weißt schon … Die Stones waren ja nicht die Einzigen hier … Aber frag ihn doch. Vielleicht hast du ja Glück.“

Sie sah ihn bittend an.

„Okay, ich frag.“

Andreas ging rüber zu Ed und flüsterte ihm etwas ins Ohr. Ed guckte zu Yvonne. Scheinbar beiläufig. Dann redete er wieder mit den Frauen. Andreas musste dringend hinter den Tresen. Sein Teil war getan. Jetzt war Ed dran.

Eine halbe Stunde später sah er Ed und Yvonne knutschend an einem Pfeiler stehen.

„Heb mal an.“

Petra hielt den zweiten Leichensack etwas hoch und versuchte, ihn über den ersten zu ziehen. Die Bestellung aus dem Internet lag schon ein paar Tage in der verwaisten Nachbarwohnung und wartete auf ihren Einsatz. Jetzt war es so weit. Er klammerte die Leiche oder besser gesagt, das, was davon übrig zu sein schien, an sich. Nachgucken wollten sie beide nicht. Der penetrante Geruch hatte sie zu sehr abgeschreckt. Als der zweite Reißverschluss dicht zugezogen war, befreite sie sich von den Latexhandschuhen.

„Ich guck mal, ob draußen jemand ist.“

Zum Glück ging ihr Kellerfenster zum Hinterhof. Den geliehenen Geländewagen hatte er bis dicht davor an die Mauer gefahren, so dass, falls unerwartet mitten in der Nacht doch jemand von den neugierigen Nachbarn gucken sollte, zumindest nicht zu sehen war, was sie taten.

Petra fand, dass der zweite Leichensack super schloss. Das, was in ihrem Keller und in der Gefriertruhe noch in der Luft hing, war eindeutig aus dem ersten Sack entwichen.

Sie bückte sich zu dem tiefliegenden Fenster und flüsterte in das Dunkel: „Schieb raus."

Petra hörte ein leises Scharren und Ächzen, und schon kam der obere Teil des Sackes langsam durch das Fenster nach draußen. Als die Fracht zur Hälfte draußen war, stoppte er, kletterte durch das Fenster hinterher und zog den Rest mit ihr gemeinsam auf die Ladefläche des Autos.

Petra robbte noch einmal nach drinnen und stellte das Fenster auf Kipp. Richtig lüften würde sie morgen. Und vielleicht noch mehr? Aber eins nach dem anderen. Erst verschloss sie die leere Truhe und versprühte dann ein penetrant riechendes Raumspray. Dann verriegelte sie die Kellertür und kletterte neben ihn draußen in den Wagen. Er fuhr los. Das Auto roch erstaunlich gut. Der zweite Leichensack schien seinen Zweck zu erfüllen. Petra zog sich einen viel zu dicken Daunenmantel über und setzte die Kapuze auf.

Kurz darauf lief sie scheinbar ziellos durch die Straßen um die Baustelle herum. Inzwischen war es schon weit nach Mitternacht, und die Innenstadt war wie leergefegt. Zum Glück. Das Schwierigste war das Ausladen der Leiche. Sie hatten es vorher immer und immer wieder durchgesprochen. Denn auf dem Weg vom Auto auf das Gelände konnten sie entdeckt werden. Für das Versenken der Leiche hatten sie sich eine weit auf dem Grundstück liegende Fläche ausgesucht, die direkt an das alte Gebäude grenzte und von außen nicht einsehbar war.

Aber auch das lief nach Plan. Die Baustelle war schlecht gesichert. Er hatte vorher alle günstig gelegenen Elemente des Absperrzauns versucht, aus den Füßen zu heben, und tatsächlich waren sie nicht alle fest verankert. An einer dieser Stellen zogen sie jetzt die Leiche und trugen sie dann auf die Baustelle.

Ein leises Klingen und Klimpern kam näher. Beide drückten sich in eine dunkle Ecke und versuchten, leise zu atmen. Dann war eine Stimme zu hören.

„Ja, fein Pipi machen, fein."

Eine Frauenstimme lobte ihren Hund. Dann verlor sich das leise Klingen, als die beiden weitergingen.

Petra schaute über sich. An der Mauer der noch stehen gebliebenen Fassade lehnte ein mehrgeschossiges Gerüst. Es eignete sich gut, um die Leiche aus ein paar Metern Höhe herunterfallen zu lassen. So konnten sie sicher sein, dass sie keine Schleifspuren am Rand hinterließen. Zusammen stiegen sie die wackeligen Stufen auf die zweite Ebene. Weiter durften sie nicht nach oben. Der Sichtschutz am Zaun gab ihnen nicht mehr Deckung, und sonst wären sie auch außerhalb der Baustelle leicht zu sehen gewesen. Der eine packte oben, der andere unten, beide holten Schwung und Petra zählte. Auf drei ließen sie gleichzeitig los, und die Leiche fiel mit einem lauten Flatsch in das noch weiche Fundament und versank.

Dann nahm er sie in die Arme und gab ihr einen langen Kuss. „Teil eins ist geschafft."

„Ich bin's, Stefan. Also, ich hab den Unfall gefunden. Friedrich Nettelbeck." Dann wiederholte er Datum, Uhrzeit, Straßennamen, alles Dinge, die Andreas bereits von Hedi wusste. Andreas spulte den Anrufbeantworter schneller vor. Stefans Stimme klang dadurch künstlich, wie die einer Comicfigur.

Das Klingeln des Telefons hatte Andreas gar nicht gehört, auch nicht, dass der Anrufbeantworter ansprang. War wieder spät geworden.

„Zeugen …" Andreas nahm den Finger von der Vorspultaste, jetzt klang Stefans Stimme weniger verzerrt. „… Gab es. Eine Frau." Stefan schien vom Computer abzulesen. „Ist unter *Unfall ohne Fremdverschulden* abgelegt. Von Alkohol steht hier nichts." Andreas hörte sein Atmen auf dem Band. „Ich glaube, das war's. Mehr kann ich nicht für dich tun." Die Stimme wurde von alleine schneller, so als ob Stefan es eilig hatte aufzulegen, bevor doch jemand ans Telefon ging. „Mach's mal gut." Dann stoppte der Anrufbeantworter. Stefan hatte aufgelegt.

Andreas hörte sich das Band noch einmal an. Das war nicht viel. Aber zumindest gab es keinen konkreten Hinweis auf Alkohol. Und, was für ihn genauso wichtig war, Stefan schien ihm irgendwie doch noch verbunden zu sein. Trotz

Eva, die ihn sicher noch mehr auf ihre Seite gezogen hatte.

Das Telefon klingelte.

„Hallo …?" Inzwischen war der Kreis derjenigen, die ihn anriefen, von null auf drei gewachsen.

„Ich bin's, Pia." Sie flüsterte fast, klang schüchtern.

„Guten Morgen."

„Hast du mich vergessen? Ich bin echt im Stress, mein Professor drängt …"

Mist. Er hatte vergessen, ihr die Fragen zu beantworten.

„Bis wann hast du Zeit?"

„Offiziell fünf Tage, aber er würde gerne vorher nochmal draufschauen … Kann ich noch mit dir rechnen?"

„Wann?"

„Heute Abend?"

Er überlegte.

„Bitte." Ihre Stimme klang nicht mehr so drängend wie bei ihrem Treffen, eher resigniert.

„Ich weiß nicht, ob ich das schaffe."

„Fünf Fragen …"

„Darum geht es nicht. Ich wollte heute jemanden im Krankenhaus besuchen. Hab noch ein paar andere Dinge …"

„Es sind doch nur fünf Fragen …"

„Ich müsste das ganze Kapitel von deiner Arbeit lesen, damit ich das machen kann."

„Kein Problem." Ihre Stimme klang jetzt deutlich hoffnungsvoller. „Ich kann zu dir kommen", bot sie an.

„Nein!" Er antwortete etwas zu schnell und zu laut. „Ich weiß echt nicht, ob ich dafür heute Zeit hab." Andreas rechnete. Er wollte Nettelbeck in der Herzklinik besuchen, die am Stadtrand lag, er musste noch in die Kanzlei, hatte er Mitti versprochen, und um fünfzehn Uhr war er bei Kohler.

„Bitte … Vielleicht kann ich dir ja auch mal helfen."

Wie süß.

„Treffen im Café?"

„Irgendeins, was Frühstück hat." Er war leicht genervt, gab sich aber geschlagen. Ein Blick auf die Uhr. Dann schob er hinterher: „Um zehn."

„Danke, tausend Dank! Ich weiß, dass ich eine Nervensäge sein kann. Danke, Danke, Danke." Sie machte noch einen Vorschlag für einen Treffpunkt, gut zu erreichen, zentral, mit Blick über den Fluss und das Essen sollte auch lecker sein.

Diesmal war Pia fast pünktlich. Um zwanzig Minuten nach zehn rutschte sie neben ihn auf die gemütliche Bank und nahm sich zur Begrüßung eine Scheibe Käse von seinem

Teller. Er hatte sich bereits, ohne auf sie zu warten, Frühstück bestellt und war gerade dabei, es zu essen.

„Sag noch mal kurz, worum es bei deiner Arbeit geht." Andreas hatte zwar ihr Fax überflogen, aber bis auf ihre letzte Seite, in der sie ihn in großen Buchstaben um ein Treffen bat, nicht gelesen.

„Profiling bei der deutschen Polizei. Fiktion und Wirklichkeit."

Er stieß einen kurzen Pfiff aus. „Was hast du mit der Polizei zu tun?"

„Ich will mal dort arbeiten. Als Kriminologin."

„Ja, da bin ich mal gespannt, ob du es noch willst, wenn du auf die Realität triffst." Er fand, dass er sich ein wenig wie ein Vater anhörte.

„Klar."

Er schmunzelte. „Da bin ich mir nicht so sicher …"

„Wieso?"

„Ich hab öfter was für die gemacht. Als psychologischer Gutachter. Und bei ein paar Fällen einfach so als Berater." Er schüttelte nachdenklich den Kopf, während er an seine letzten Fälle dachte. Und an Stefan und dessen Erzählungen von der täglichen Arbeit. „Kein leichter Job, bei den Behörden."

„Ich weiß."

Jetzt sah er sie an.

„Ich arbeite da. Schon länger."

„Was?"

„Ja, klar. Muss man ja inzwischen. Praktikum, wieder ein Praktikum und noch eins … Und jetzt bin ich dort so nebenbei, um am Ball zu bleiben." Sie nahm es als Stichwort, um weiterzuerzählen. „Die ganzen Serien im Fernsehen … Weißt du … und Krimis … Man sieht und hört nur von Hightech und tollen Analysemethoden …"

Er nickte zustimmend.

„Und die Realität sieht ganz anders aus. Kein Personal. Keine öffentlichen Mittel für zeitgemäße Technik …"

„Interessant."

„Ja und die Erwartungshaltung der Leute. Alle gucken Fernsehen. Und sind sauer, wenn in der Realität bei Verbrechen wie im Mittelalter gearbeitet wird. Im Vergleich zu dem, was sie tagtäglich in den TV-Serien sehen. – Darf ich?" Pia hatte ihr Tonband mitgebracht und schaltete es ein.

Ihre Doktorarbeit lag neben ihm. Komplett ausgedruckt. Kleine rosa Zettel steckten zwischen den Seiten, in denen sie seine Kommentare einbauen wollte. Er konnte fünf zählen. Also waren es wirklich nur fünf Fragen.

Es ging schneller, als er erwartet hatte. Sie stand wirklich unter Zeitdruck, das merkte er ihr an. Sie wirkte eher verschlossen und nachdenklich. Ihr hübsches Gesicht sah etwas farblos aus, so als ob sie nächtelang an ihrer Arbeit korrigiert und gefeilt hätte. Aber vielleicht war zehn Uhr auch nicht ihre Uhrzeit. Sie war schließlich noch Doktorandin und musste nicht morgens früh aufstehen, weil sie ihre Zeit frei einteilen konnte.

„Sag mal …" Als sie fertig waren, konnte Andreas endlich eine Frage loswerden, die ihm schon auf der Zunge lag, seit sie von ihren Praktika erzählt hatte. „Kennst du auch jemanden bei der Kripo?"

„Ich bin bei der Kripo. Wenn ich mal da bin. Im Augenblick bin ich freigestellt wegen der Abgabe meiner Arbeit."

„Vielleicht kannst du wirklich etwas für mich tun."

Sie hatte ihn vorher auf dem Handy angerufen, damit er neben dem Faxgerät warten konnte. Mitti saß an ihrem Schreibtisch und tippte mit Kopfhörer im Ohr diskret ein Diktat von Schelderberg.

„War ganz einfach", sagte sie zur Begrüßung.

Er konnte ihr grinsendes Gesicht deutlich vor sich sehen.

„Die sind alle so beschäftigt gewesen, haben nicht mal richtig Hallo gesagt. Haben so einen wahnsinnig wichtigen Fall reinbekommen. War heute wohl auch schon im Fernsehen und im Radio."

„Aha. Na, das ist ja gut für mich."

„Noch nicht gehört?"

„Nein."

„Bei der Kernsanierung der Bank, nicht mal hundert Meter von dem Café, in dem wir mal waren. Leiche im frisch gegossenen Fundament. Ist gerade entdeckt worden. Muss beim Aushärten wieder ein Stück nach oben gekommen sein. Und weißt du, was ekelig ist?"

„Du sagst es mir sicher gleich …"

„Die Leiche war schon halb verwest. In so einem Sack. Muss so dermaßen gestunken haben, als die Bauarbeiter da reingestochen haben."

„Was? Das ist doch ein Tatort …"

„Na, das wussten die ja früh morgens noch nicht. Dachten, da wäre über Nacht eine Plane reingesegelt, und wollten die wieder rausfischen, dabei ist der Sack beschädigt worden."

„Hört sich nicht gut an."

„Das sagen die Kollegen hier auch. Stehen mächtig unter Druck, weil die nur einen kurzen Baustopp erwirken konnten. Also brauchte ich nicht mal jemanden fragen. Hat eh niemanden interessiert."

„Das nenn ich mal eine Revanche. Danke. Muss jetzt los."

Mitti machte ihm schon Zeichen. Fünf vor. Noch bevor er zu Kohlers Kanzlei losging, hatte Andreas das umfangreiche Fax zusammengeheftet und in eine alte Aktentasche gesteckt, die ihm Mitti aus Nettelbecks Fundus gezaubert hatte. Die komplette Akte zu Nettelbecks Fall. Er guckte auf die Absendernummer. Kein Briefkopf, krumme Zahlen. Sie war so schlau und hatte es ihm nicht direkt von der Polizei aus geschickt. Er ging noch schnell in Nettelbecks

Büro. Ohne nach Lars zu fragen, schloss er mit seinem Exemplar der Schlüssel den Aktenschrank auf, in dem er die Akte von Ludolf Rapp zuletzt gesehen hatte. Dann ging er alle Schränke durch. *Nichts.* Die Akte war nicht am Platz.

Er ging an den Empfang. „Hast du die Akte von Ludolf Rapp?"

Mitti schüttelte den Kopf.

Eine halbe Stunde zu spät traf er bei Kohler ein.

Andreas hatte noch alle Schränke durchsucht, Mitti ein zweites Mal befragt und dann noch die abgelegten Akten nach vorne aus den Regalen gezogen, um zu schauen, ob sie dahintergerutscht war. Aber sie blieb verschwunden. Dafür fiel ihm das kleine Notizbuch von Nettelbeck wieder in die Hände. Es musste entweder noch Nettelbeck oder später Schelderberg hinter ein paar Akten gefallen sein. Andreas steckte es ein.

Die Kanzlei von Kohlers Söhnen lag nicht weit von Nettelbecks Büro entfernt, in einer Zeile alter Packhäuser direkt am Fluss. Im Erdgeschoss der Häuser hatten sich in den vergangenen Jahren Kneipen und Restaurants etabliert, die in den Sommermonaten gut besucht waren. An dem kalten Nachmittag war allerdings kaum Betrieb, und der Fluss schob sich träge durch die von der See hereinkommende Flut stromaufwärts.

Er musste in den vierten Stock. Außer Atem kam er oben an. Der Fahrstuhl hatte zu lange auf sich warten lassen.

Die Frau am Empfang sah ihn bedauernd an. „Der Senior ist gerade los."

„Wir waren verabredet …", keuchte er, ließ aber aus, dass der Termin um drei war.

„Kann sein …"

„Können Sie ihn anrufen? Hat er ein Handy?"

Sie schüttelte den Kopf.

„Mist." Er fluchte. Verärgert und enttäuscht.

„Vielleicht kommt er wieder …" In ihrer Stimme klang nicht viel Hoffnung.

„Rufen Sie mich dann an?" Er schrieb ihr seine Handynummer auf.

„Gott ist auch für dich da …"

Er hätte die Frau, die sich auf seinem Weg zurück zu Nettelbecks Kanzlei in seinen Weg stellte, fast umgelaufen. Die Hände in dem Mantel war er mit gesenktem Kopf durch die Fußgängerzone zurückgegangen. Die Schultern hochgezogen, um sich vor dem kalten Wind zu schützen. Andreas wollte an ihr vorbei.

„Für die Ungläubigen, die verlorenen Seelen …"

Sie wich ihm nicht aus. Er musste stehen bleiben. Vor der Brust hielt sie mehrere Heftchen aufgefächert in einer Hand. Mit der anderen kramte sie in ihrer großen Umhängetasche. Auf den Vorderseiten konnte er in großen Buchstaben Worte wie *Jesus, Erlösung* und *Gott* erkennen. Die Frau bemühte sich um ein Lächeln und drückte ihm einen kleinen Stapel der Broschüren vor die Hände. Er griff danach und nahm sich vor, alle in den nächsten Mülleimer zu werfen.

Im Weitergehen rief sie ihm hinterher: „Die Erlösung naht!"

Mitti hob erstaunt eine Augenbraue, als er zwanzig Minuten, nachdem er gegangen war, wieder durch die Tür geschneit kam.

„Hat sich Kohler noch einmal hier gemeldet?"

Sie schüttelte den Kopf und hielt ihm ihren Schlüssel zu Nettelbecks Büro über den Tisch, damit er sich aufschließen konnte.

Als Erstes versuchte er es auf Kohlers Festnetznummer, er vermutete, dass es sein Privatanschluss war. Eine lange Folge von Freizeichen klang durch den Hörer. Er würde es später noch einmal probieren. Dann kramte er Pias Fax aus Nettelbecks ausgemusterter Aktentasche und begann zu lesen.

Mitti streckte den Kopf durch die Tür. „Kaffee?"

Er schüttelte den Kopf und blieb über die Papiere vertieft. Pia hatte tatsächlich die komplette Akte der Polizei von Nettelbecks Unfall kopiert und ihm zugefaxt. Sie musste wirklich gut mit den Leuten dort klarkommen, wenn sie sich ungehindert auf dem Revier bewegen konnte. Ein Anflug von Bewunderung für sie wollte sich in ihm ausbreiten und wurde sofort unterdrückt.

Der Fall war als Unfall gemeldet worden. Er kreiste mit einem Stift den Namen der Zeugin ein. Am vergangenen Mittwoch um kurz vor Mitternacht. Er wusste gar nicht, dass Nettelbeck so spät noch unterwegs war, wenn er sich mit seiner Herrenrunde traf. Die schienen ja alle noch gut drauf zu sein.

Die Zeugenaussage war eindeutig. Die Frau hatte ein Auto mit überhöhter Geschwindigkeit in die Unterführung fahren sehen. Plötzlich war es ins Schleudern gekommen und in die Betonwand gerast. Laut ihren Angaben war Nettelbeck alleine auf der Straße. Kein Gegenverkehr, keine Unfallbeteiligten.

Andreas blätterte weiter. Ein Protokoll vom Krankenhaus mit verschiedenen Werten aus der Blutanalyse. Kein Hinweis auf Alkohol oder andere Rauschmittel. Ganz hinten fand er noch einen Bericht der Werkstatt, in die der Wagen gebracht worden war, um es auf einen technischen Defekt zu prüfen. Da sprang es ihm entgegen. Mehrere Stellen des Berichts waren eingekreist und mit Kommentaren versehen. *Farbfremde Lackpartikel.* Die beiden Worte tauchten mehrmals auf den Seiten auf und waren eingekreist. *Prüfen!,* hatte jemand handschriftlich daneben geschrieben. Unter eine andere Stelle ein paar Absätze weiter stand: *Fremdverschulden?* Es mussten Anmerkungen des zuständigen Polizeibeamten sein.

Andreas hatte während des Lesens eine ganze Weile die Luft angehalten, ohne es zu merken. Jetzt atmete er mit einem lauten Geräusch aus. Dann sprang er auf und lief zur Tür.

„Mitti?"

Sie streckte ihm überrascht den Kopf hinter ihrem Schreibtisch entgegen.

„War etwas ungewöhnlich? Hatte er Klienten zu Besuch?

Oder Kollegen? Oder war Nettelbeck irgendwie komisch an dem Tag, als er den Unfall hatte?"

Sie überlegte und machte ein nachdenkliches Gesicht. Dann schüttelte sie den Kopf. „Wann war das noch mal …?" Sie rechnete laut zurück und blätterte in ihrem Kalender. „Moment …" Mitti hielt den Finger auf ihren Kalender und beugte sich dicht darüber, um ihre kleinen Eintragungen besser lesen zu können. „Nein", kam es von ihr nach einer Weile bestimmt. „Da war nichts. Aber schau selbst."

Andreas guckte die Wochenübersicht an, dann jeden einzelnen Tag. Für den Montag der Woche, in der Nettelbeck den Unfall hatte, waren morgens zwei Klienten notiert, dann folgte sein eigener Name. Eine Handvoll Termine an den folgenden Tagen. Er blieb an dem Freitag hängen. Es gab nur eine Eintragung. *L. Rapp* stand dort, daneben in Mittis Schrift *zehn Uhr*. Zwei Tage nach Nettelbecks Unfall. Es war kaum zu lesen, weil es durchgestrichen war.

„Mitti, hast du ihm wieder abgesagt? Dem Ludolf Rapp?" Andreas zeigte auf den Eintrag.

Sie schüttelte langsam den Kopf. „Ich glaube nicht. Komisch …"

„War er an dem Freitag hier in der Kanzlei und wollte zu Nettelbeck?"

„Hier war keiner mehr, ich habe eigentlich alle angerufen …" Sie hielt sich die Einträge noch dichter vor die Nase. „Ihn nicht. Aber durchgestrichen habe ich ihn auch nicht."

„Sicher?"

„Ja. Man kann den Namen ja gar nicht mehr lesen. Komisch, dass mir das vorher nicht aufgefallen ist …" Sie überlegte kurz. „Ich streiche nicht durch. Entweder ich radiere sie aus, ist ja mit Bleistift, oder ich lasse sie stehen. Ich dachte ja erst, Nettelbeck käme schnell wieder und ich kann die Termine einfach verlegen. Deswegen stehen sie eigentlich noch alle drin. Ich rufe sie nur an und vertröste sie."

Andreas nickte. „Danke, Mitti."

Umständlich holte Andreas die Adresse des Mandanten aus seinem Portemonnaie. Mitti kannte die Straße, in der Ludolf Rapp wohnte, und beschrieb ihm den Weg. Sie war ganz in der Nähe seiner eigenen Wohnung. Andreas kramte auf dem Weg dahin in der Straßenbahn immer wieder nervös in seinen Manteltaschen und überlegte, wie er seinen Besuch bei dem Herren erklären sollte. Die Wahrheit schien ihm hier nicht angebracht. Wenigstens wollte er nicht gleich mit der Tür ins Haus fallen. Der Mann war alt. Er spielte mit den Fingern an den dünnen Broschüren, die er schon längst wieder vergessen hatte. Dann zog er sie aus dem Mantel und betrachtete sie genauer. So konnte es funktionieren.

Zehn Minuten später stieg er aus der Bahn und ging das letzte Stück. Das Haus von Ludolf Rapp lag in einer ruhigen Nebenstraße. Andreas schlug den Kragen seines Mantels hoch und versuchte dabei nebenbei, einen Überblick über die Hausnummern zu bekommen. Rapp wohnte in der Nummer siebenunddreißig. Ein großes Rotklinkerhaus, fast eine Villa, freistehend und von einem gepflegten Garten umgeben. Ziergräser und Sträucher waren ordentlich zurückgeschnitten, die Kante zwischen dem Rasen und einem länglichen Beet war sauber zu erkennen und gerade, wie mit dem Lineal gezogen. In dem Beet sprossen Schneeglöckchen und Krokusse in runden Grüppchen aus der Erde.

Auf der Auffahrt stand kein Wagen. Aber Andreas sah durch die Fenster Licht, das helle Rechtecke im Vorgarten auf dem Rasen entstehen ließ. Er ging wie beiläufig über die Auffahrt und klingelte an der doppelflügeligen Eingangstür.

Kurze Zeit blieb alles still. Dann Schritte. Ein Räuspern. Von Innen wurde ein Schlüssel umständlich ins Schloss gesteckt und umgedreht. Die Tür öffnete sich langsam, und vor ihm stand ein fast unnatürlich kleiner Mann. Er hatte weiße Haut und nur noch spärlich graue Haare auf dem Kopf. Dass er kaum Kraft hatte, sich auf den Beinen zu halten, konnte Andreas sofort sehen, denn der Mann klammerte sich mit beiden Händen an der Tür fest und stützte sich an der Klinke ab. Seine Adern unter der Haut traten dabei unnatürlich dick hervor.

Er blickte Andreas mit in den Nacken gelegten Kopf fragend an. Seine Augen waren trübe und wirkten gelblich. „Ja?" Auch seine Stimme passte zu der Erscheinung, sie war zittrig und dünn.

Andreas hielt die Jesus-Prospekte vor seinen Bauch und senkte den Kopf. „Ich komme im Namen Christi …", sagte er mit fester Stimme.

Obwohl es nicht so aussah, als ob sich der Mann mit einer

ihm fremden Glaubensgemeinschaft auseinandersetzen wollte, bat er Andreas einzutreten.

„Danke."

Er ging vor. Das Haus musste riesig sein. Allein der Eingangsbereich hatte sicher fünfzig Quadratmeter, etwas weniger als seine gesamte Wohnung. Rechts und links gingen große Türen ab, und hinter der Haustür bog sich eine Treppe halbrund in das erste Obergeschoss. Das Wohnzimmer lag geradeaus. Es roch muffig nach altem Mensch, alten Möbeln und wenig frischer Luft. Die Temperatur war unnatürlich hoch. Andreas wurde sofort warm, und er öffnete seinen Mantel.

„Legen Sie doch ab."

Der Mann streckte ihm zittrig seinen rechten Arm hin und wollte ihm den Mantel abnehmen. Aber Andreas lehnte ab. Er hatte Angst, dass der Mann unter der Last zusammenbrechen könnte.

Als sie saßen, fühlte Andreas sich wohler. „Herr Rapp …?"

„Ja."

„Ah, dann habe ich den Namen auf dem Klingelschild richtig gelesen", heuchelte Andreas und fühlte sich unwohl. Er war sich weder sicher, was er sagen wollte, noch, was er überhaupt hier sollte. Er hoffte auf irgendeinen Anhaltspunkt, eine Erklärung für die merkwürdige Unterschrift unter seinem Testament und den gestrichenen Termin. Er improvisierte.

„Alte Menschen sind oft einsam …", begann er. „Fühlen

sich verbittert und verlassen von der Welt." Andreas nickte verständnisvoll, um seine Worte zu unterstreichen. „Da kann der Glaube helfen. Das Wissen, dass jemand da ist." Er machte eine Pause und sah Ludolf Rapp an. Der saß still auf dem Sofa.

„Glauben Sie, Herr Rapp?"

Ludolf Rapp nickte.

„Unsere Glaubensgemeinschaft ist offen, kann Ihnen Schutz und Halt bieten." Andreas' Magen krampfte sich zusammen. „Und Sie können etwas Gutes tun. Etwas Bleibendes schaffen mit Ihrem Geld."

„Das tue ich schon."

Ludolf Rapp sah Andreas erstaunt an.

„Wie schön ..." Andreas hoffte, dass der alte Mann ihm nicht anmerkte, wie mies er sich fühlte. „Sie haben etwas gefunden, was von ganzem Herzen glücklich macht. Ihre Familie?"

Der Mann schüttelte wehmütig den Kopf. „Ich habe keine."

„Das tut mir leid." Andreas wusste nicht mehr weiter. Er fühlte sich wie ein Einbrecher in dem Haus. Ludolf Rapp war dazu noch so gebrechlich, dass er Angst hatte, er würde in seinem Beisein zusammenklappen. Außerdem fiel es ihm schwer, sich bei der stickigen Wärme, die in dem großen Wohnzimmer herrschte, zu konzentrieren. Er spürte einen Anflug von Kopfschmerzen. „Haben Sie Freunde? Alte Arbeitskollegen?"

Ludolf Rapp zuckte schwach mit den Schultern. „Eine nette Anlageberaterin", sagte er dann mit dem Anflug eines Lächelns.

Nicht das, was Andreas zu hören hoffte. Er versuchte, das Gespräch nicht zum Erliegen kommen zu lassen und blickte sich hilfesuchend in dem Raum um. Auf mehreren locker an der Wand lehnenden Kommoden sah er silbergerahmte Fotos und einige Pokale.

„Darf ich?" Er zeigte auf eine der Kommoden.

Ludolf Rapp nickte.

Die Fotografien waren alle älter, teilweise noch in Schwarz-Weiß. Ein paar Bilder, die eine große Familie vor dem Haus zeigte, in dem sie sich jetzt befanden. Sicher seine Eltern, Großeltern und Geschwister. Er nahm eines der Neueren in die Hand. Neuer hieß, schon in Farbe, wenn auch verblasst. Eine große Gruppe Männer. Freunde? Andreas betrachtete jedes Gesicht. *Vielleicht könnte es klappen.*

„Ach, ist das nicht …?" Er hielt sich das Bild direkt vor die Nase und tat so, als ob er die Gesichter genau betrachtete.

Ludolf Rapp bemühte sich umständlich, aufzustehen.

„Nein, nein, machen Sie sich nicht die Mühe." Andreas gab ihm ein Zeichen, dass er sich wieder setzen sollte, und kam mit dem gerahmten Bild. „Ich glaube, den kenne ich …" Er hielt seinem Gastgeber das Foto unter die Nase. „Das ist doch, das ist doch dieser Notar? Wie hieß er noch gleich … Nettelbach?" Er zeigte mit dem Finger auf einen der Männer auf dem Bild. Keiner kam ihm auch nur entfernt bekannt vor.

Ludolf Rapp kniff die Augen zusammen und nahm den Rahmen selber in die zittrigen Hände. „Nettelbeck", korrigierte er Andreas.

Der nickte gespielt aufgeregt. „Ihr Freund?"

„Das ist er nicht auf dem Bild." Ludolf Rapp schüttelte den Kopf.

„Aber Sie kennen ihn?"

Jetzt nickte der alte Mann und lächelte schwach.

„Da haben wir ja einen gemeinsamen Bekannten." Andreas nahm sich noch einmal das Bild. „Ist er das wirklich nicht? Ich hätte schwören können, die Statur, die Haare …" Er fühlte sich dabei mies und traute sich nicht, Ludolf Rapp in die Augen zu sehen. Auch wenn er sich fast sicher war, dass dessen trüber Blick nicht mehr genau zwischen Lügen und aufrichtigem Verhalten unterscheiden konnte. „Wie geht es ihm denn, dem Nettelbeck?" Andreas heftete seinen Blick weiter auf das Foto, so als ob er noch immer Zweifel daran hätte, dass es nicht doch Nettelbeck wäre.

Ludolf Rapp überlegte kurz. „Ich glaube, er hat viel zu viel zu tun."

„Ach, ja?"

Der Mann zuckte mit den Schultern. „Er wollte mich sprechen und hat mich wegen einer Angelegenheit extra noch einmal eingeladen. Ich mache inzwischen viel per Post und kann nicht mehr so." Er guckte gequält. „Aber das hat Nettelbeck wohl nicht genügt, er hat mich gedrängt, vorbeizukommen. Ich wollte auch hin, war mir selber nicht sicher, ob ich das Richtige getan hatte. Ich habe mich da ein wenig zu sehr von einer Anlageberaterin panisch machen lassen, was mein Erbe betrifft. Und dann plötzlich wurde der Termin abgesagt."

„Ach, aber das kann immer mal sein … Gerade, wenn er viel zu tun hat. Vielleicht passte es nur an dem Tag nicht?"

„Nein, nein." Jetzt wurde der alte Mann richtig aufgeregt. „Sein Kanzleipartner hat extra angerufen und gesagt, der Termin hätte sich komplett erledigt, alles wäre gut so, wie ich es abgeliefert hätte, und Nettelbeck hätte keine Zeit gerade für solche Kleinigkeiten."

„Ach?"

Der alte Mann nickte abwesend in sich hinein. „Und woher kennen Sie ihn?"

„Ach, hat meinen Hausverkauf besiegelt und so dies und das. Ja, wenn Sie wirklich kein Interesse an unserer Gemeinschaft haben …?" Andreas nahm noch einmal seine Prospekte, die er auf dem Wohnzimmertisch abgelegt hatte, zur Hand. „Soll ich die dalassen?" Er winkte mit den bunten Papieren.

Ludolf Rapp schüttelte den Kopf.

„Dann vielen Dank für Ihre Zeit." Andreas stand hastig auf. Keine Minute wollte er länger als nötig bei dem alten Mann verbringen und ihn weiter anlügen. Seine Kopfschmerzen hatten sich bereits ins Unerträgliche gesteigert. „Ich finde alleine raus."

Vor der Haustür nahm er einen tiefen Atemzug. *Schelderberg.*

Viel später als geplant erreichte Andreas das Krankenhaus. Es gab eine direkte Straßenbahnverbindung bis kurz vor den Haupteingang. Durch den spontanen Besuch bei Ludolf Rapp war schon fast Abendbrotzeit. Sein Magen knurrte laut. Seit dem Frühstück mit Pia hatte er nichts mehr gegessen. Und da sie ihm immer wieder ein paar Sachen vom Teller genommen hatte, um zu probieren, war das auch nicht viel gewesen.

Gleich im Eingangsbereich stand ein Automat mit Süßigkeiten. Er zog sich zwei Schokoriegel, packte beide etwas aus, legte sie übereinander und biss gleichzeitig von ihnen ab. Dann fragte er die Dame am Info-Tresen mit vollem Mund nach der Zimmernummer seines Großonkels.

„Häh?" Die füllige Frau hinter dem Tresen kaute weiter mit offenem Mund Kaugummi und sah ihn fragend an.

Andreas schluckte den ersten Bissen herunter und versuchte es ein zweites Mal. „Nettelbeck, Friedrich."

Sie nickte und gab den Namen in das System ein. „Fahrstuhl hier rechts", sie zeigte hinter sich, „dritter Stock, Station sieben, Zimmer sieben, eins, null."

Er bedankte sich, nahm noch einen Biss von seinem doppelten Schokoriegel und ging kauend zum Fahrstuhl hinter dem Info-Tresen. Keine Intensivstation. Das war schon einmal gut.

Vor dem genannten Zimmer wischte Andreas sich noch einmal die Finger ab. Dann trat er gleich nach einem leichten Anklopfen ein. Es war ein Einzelzimmer. Um das Bett herum standen wieder zahlreiche Apparate, die leuchteten, piepten und blinkten, aber diesmal war Andreas auf den Anblick vorbereitet.

Nettelbeck hatte die Augen geschlossen und schien zu schlafen. Er sah blass aus, aber sein Gesicht wirkte friedlich und entspannt. Als Andreas sich einen der Besucherstühle zum Bett zog, öffnete er leicht die Augen.

„Andreas?"

Seine Stimme klang leise, brüchig und nicht im Entferntesten so, wie er sie aus der Kanzlei in Erinnerung hatte. Andreas ließ den Stuhl auf halben Weg stehen und ging an das Bett.

„Friedrich."

Er nahm die kalte Hand seines Großonkels vorsichtig in seine. Beide lächelten sich an.

„Seit wann bist du wach?"

Nettelbeck zuckte mit den Schultern. „Heute?" Er sah Andreas dabei fragend an.

„Ach, egal. Hauptsache, du bist wieder da." Erleichtert drückte er die kühlen Finger. „Brauchst du was?"

Nettelbeck schüttelte den Kopf.

Andreas ließ kurz die Hand los und zog den Besucherstuhl die letzten Meter zum Bett. Dann zog er seinen Mantel aus, setzte sich ganz nah an Nettelbeck und nahm wieder seine Hand.

„Was machst du denn auch für Sachen?"

Nettelbeck zuckte mit den Schultern und versuchte, sich ein paar Zentimeter aufzurichten. Er stöhnte. „Das hat Hedi mich auch gefragt, sie war hier."

„Und?"

„Ich weiß es nicht …" Nettelbeck ließ sich mit einem Schnauben zurück ins Kissen fallen. „Alles weg. Wie ausgelöscht …"

Er sah aus, als ob er in sich horchen würde, um dort nach Informationen zu suchen. Ein Gerät begann schneller zu piepen.

„Ich hatte einen Unfall …?"

Fragend sah er Andreas an. Der nickte.

„Nicht gut …"

„Kannst du dich an irgendetwas erinnern?"

Wieder wurden die Signale des Gerätes schneller.

„Hedi fragt mich auch immerzu … Ich weiß nichts. Die Ärzte sagen, dass es oft passiert. Man kann sich nach einem schweren Unfall an nichts mehr erinnern. Der Schock. Und irgendwann kommt es dann vielleicht wieder." Er sprach langsam, und das Reden strengte ihn sichtlich an.

„Ja, das wird wieder. Retrograde Amnesie. Haben viele Unfallopfer. Das ist auch gut so. Mach dir keine Gedanken."

Nettelbeck schloss die Augen. Das Gerät gab jetzt wieder in längeren Abständen ein Signal von sich. Kurz darauf entspannten sich seine Gesichtszüge vollständig, und Nettelbeck öffnete den Mund leicht. Er war eingeschlafen.

Andreas blieb neben ihm sitzen, hielt seine Hand ruhig in seiner. Nettelbeck lag nicht mehr im Koma. Die Ärzte hatten ihn zurückgeholt. Er hatte wohl das Schlimmste überstanden. Vor einer Stunde hatte er noch gedacht, er würde neben der betäubten Hülle seines Großonkels sitzen. Jetzt wusste er, dass es bergauf ging. Er lehnte sich so gut es ging, ohne die Hand loszulassen, an die Rückenlehne des Stuhls und merkte, wie sich eine leichte Wärme in ihm breitmachte. Auch von ihm fiel Anspannung ab. Nettelbeck war zurück.

Vom Gang hörte er das Klappern von Plastikgeschirr und Besteck. Stimmen wurden lauter, Türen öffneten sich und Rollwagen wurden auf dem Gang geschoben. Andreas sah auf seine Uhr. Draußen schienen die Vorbereitungen für die Verteilung des Abendbrotes anzulaufen. Er schloss kurz die Augen und war fast weggedöst, als auch Nettelbecks Tür aufging.

Ein Pfleger in weißem Kittel reichte ihm ein Tablett rüber. „Lassen Sie ihn ruhig schlafen. Wir schauen später, ob er noch etwas isst." Der junge Mann verschwand kurz und kam gleich darauf mit einem zweiten Tablett zurück. „Wollen Sie? Ist nichts Besonderes. Brot, Joghurt und Tee."

Andreas nickte dankbar und hatte schon den ersten Bissen im Mund, bevor der Pfleger die Tür zum Krankenzimmer wieder von außen geschlossen hatte. Erst als er fertig war, fiel ihm wieder das kleine Notizbuch ein, das er aus Nettelbecks Aktenschrank mitgenommen hatte. Es steckte noch in der Innentasche seines Mantels.

Er holte es raus und begann, es noch einmal durchzublättern. Sein Großonkel hatte sich darin Notizen gemacht. Aber Andreas konnte damit nichts anfangen. Er war auch überrascht, wie unordentlich und hingeschmiert die Abkürzungen aussahen. *25072012BB, 23092012NK, 11122013LR …* Dann folgten weitere Zahlen und Buchstaben. Er konnte sich nicht zusammenreimen, was das bedeutete, schaute zu seinem schlafenden Großonkel und klappte das Büchlein in einem Anflug von schlechten Gewissen zu. Wenn sein Großonkel langsam wieder wurde, dann sollte er nicht in seinen Sachen schnüffeln.

Die Grundfläche des Baus war von oben deutlich erkennbar. Zwei hellgraue Rechtecke, beide so groß wie ein Becken im Freibad, L-förmig aneinandergesetzt. Das Fundament für die neue Zentrale der Bank. Von hier oben wirkte die Baustelle eintönig und ruhig. Eine trügerische Ruhe, wie Petra wusste. Den ganzen Morgen hatten Kriminaltechniker damit verbracht, auf dem noch aushärtenden Beton Spuren zu sichern. Der Leichensack war noch relativ leicht herauszuziehen gewesen. Von ihrem Fenster aus war sie dazu verdammt, die Entdeckung aus der Ferne zu beobachten, ohne einschreiten zu können.

Seitdem stand die Baustelle still, und die Beamten versuchten über Hebebühnen und ausgefahrene Leitern das frische Fundament abzusuchen. Markierten mit kleinen roten Fähnchen jede kleine Blase, die sich gebildet hatte, weil sie auf einen versunkenen Hinweis, irgendeinen Gegenstand hofften, der zu demjenigen führen konnte, der die Leiche im frischen Beton entsorgt hatte, und somit vermutlich auch zu dem Mörder.

Immer wieder ging sie in Gedanken den Weg durch, den sie zu zweit mit dem Leichensack zurückgelegt hatten. Die Kriminaltechniker lagen eindeutig falsch. Sie wusste nicht, woher die Spuren kamen, war sich aber sicher, dass sie nicht von ihnen kamen. Schließlich hatten sie die Leiche über ein Gerüst an der Seite hochgezogen und dann mit Schwung in das metertiefe weiche Fundament fallen lassen. Zum Glück hatte sie von hier oben einen hervorragenden Blick über das Geschehen und wusste so mehr über den Stand der Ermittlungen, als die Beamten dort unten vermuten konnten.

Trotzdem war sie nervös. Sie musste ihn anrufen.

„Hallo?"

„Petra? Alles klar bei dir?"

„Geht so. Die Polizei ist noch da und sucht Spuren."

„Mach dir keine Sorgen, das ist normal."

„Sie suchen auch falsch, sie denken, wir haben den Sack über den Beton gezogen."

„Trottel … Wie hätten wir das denn machen sollen?"

„Hm, ist ja schon ein paar Tage her. Vielleicht haben die vergessen, dass das Zeug da noch nicht so hart war wie jetzt."

„Polizisten, haben wohl kein Geld mehr, um sich ein Haus bauen zu können … Weiß doch jeder."

„Ja. Aber wir müssen aufpassen. Sonst kriegen wir nicht mehr rechtzeitig den Absprung."

„Ich weiß. Ist bloß gerade ungünstig."

Petra nickte, dann fiel ihr auf, dass der Angerufene sie nicht sehen konnte, und antwortete: „Ja, ich weiß."

„Halt mich auf dem Laufenden."

Dann war die Verbindung beendet.

„A 9 zwischen Kreuz Neufahrn und Kreuz München Nord Stau, Fahrbahnsperrung wegen Unfall, Ortskundige werden gebeten, auf Nebenstrecken auszuweichen." Das Radio stellte sich nach dem Verkehrsfunk von alleine wieder leiser.

Schon ab der Ausfahrt Allershausen war auf der A 9 stockender Verkehr. Jetzt, einen Kilometer weiter, ging gar nichts mehr. Andreas kuppelte aus und trat mit dem Fuß auf die Bremse. Der Transporter rollte noch ein paar Meter und blieb dann stehen.

Andreas streckte sich und gähnte laut. Er hatte nur drei Stunden geschlafen. Seine Schicht hatte sich ewig in die Länge gezogen, auch weil Ed so gut wie ausgefallen war als vierter Mann hinter dem Tresen. Er hatte den Abend mit einer wilden Knutscherei mit der noch immer von ihm begeisterten Yvonne im Lagerraum begonnen, und als Andreas später noch einmal Getränkenachschub holen wollte, konnte er durch die geschlossene Tür trotz der lauten Musik so lautes Stöhnen hören, dass er umdrehte und die nächsten zehn Minuten vom Lager fernblieb. Ed und

Yvonne ließen sich kurz blicken, sie strich sich die Kleidung glatt und verschwand auf der Damentoilette, und dann gingen beide zusammen. Vielleicht nach Hause zu Ed, um da weiterzumachen, wo sie kurz zuvor aufgehört hatten?

Zu Hause blinkte sein Anrufbeantworter. Stefan. Eva sei außer sich gewesen, als sie erfahren habe, dass er mit Andreas telefoniert hatte. Hinter ihrem Rücken. In der Konsequenz, entnahm Andreas dem Monolog, den das Tonband abspielte, dass sie extrem sauer war und selbst die eingelagerten Möbel von Andreas nicht mehr in der geräumigen Garage dulden wollte.

„Bitte, wenn du mir irgendwie den Arsch bei ihr retten willst, dann setz dich sofort ins Auto und hol deine Sachen ab." Das war Stefans letzter Satz, er hörte noch das typische Klicken, wenn das Gespräch getrennt wurde, danach stoppte das Tonband.

Andreas wollte weder *Stefans Arsch bei ihr retten*, wie der es nannte, noch irgendetwas anderes tun, um Evas Nerven zu beruhigen. Sie war schließlich selbst Psychotherapeutin und wusste genauso gut wie er, dass das alles ganz allein nur in ihrer Macht lag. Aber Stefan wusste es nicht.

Andreas war müde und enttäuscht. Noch in der Nacht hatte er über eine 24-Stunden-Autovermietung einen klapprigen Transporter zu einem völlig überhöhten Preis für zwei Tage gemietet und sich nach erfolgreicher Buchungsbestätigung erschöpft ins Bett gelegt, um wenigstens ein wenig Schlaf zu bekommen.

Er gönnte sich morgens nach dem Aufstehen noch einen Kaffee und suchte dabei im Internet nach

Lagermöglichkeiten in der näheren Umgebung seines neuen Zuhauses. Selbst wenn er jeden Quadratzentimeter Platz in seiner jetzigen Wohnung nutzen würde, könnte er nicht alles unterbringen. Und wollte es auch nicht. Er war ganz froh, dass ihn im Augenblick so wenig an sein altes Leben erinnerte, und das sollte auch noch so bleiben.

Ein paar Telefonnummern hatte er sich abgeschrieben, und jetzt, wo er im Stau stand, war eine gute Gelegenheit, um die Vermieter abzutelefonieren.

„Ja, ungefähr den Hausstand aus einem halben Haus. Bett, Regale, Schreibtisch …", erklärte er gerade dem dritten Anbieter. „Nein, keine Bücher, die habe ich schon alle untergebracht, auch keine Elektrogeräte."

Sie wurden sich einig. Für rund hundert Euro im Monat hatte er eine großzügige Doppelgarage nur wenige Kilometer entfernt von seiner Wohnung gefunden. Sofort frei und ab übermorgen beziehbar.

„Stau auf der A 9 … mit Wartezeiten bis zu einer Stunde ist zu rechnen. Ortkundige werden gebeten, den Bereich großräumig zu umfahren …"

Wieder der Verkehrsfunk. Ortskundig war er. Aber trotzdem kannte er keine Möglichkeit, mit einer der Umleitungen Zeit zu sparen. Die Stunde Wartezeit war immer noch zeitlich günstiger, als jetzt abzufahren und einen großen Bogen um München zu machen, um von der anderen Seite nach Bogenhausen zu fahren.

Er nahm wieder das Handy, inzwischen war sein Akku nur noch halb voll. „Stefan, ich bin es, steh im Stau …"

„Wo bist du denn?"

Andreas guckte kurz auf eins der blauen Hinweisschilder, die vor ihm rechts am Rand standen. „Kurz vor Neufahrn. Ich denke, neunzig Minuten brauch ich noch."

„Beeil dich, wir müssen um halb vier wieder beim Revier sein."

Stefan war nicht begeistert. Er hatte Andreas zugesagt, mit zwei Kollegen während der Dienstzeit zu Evas Haus zu kommen. Eigentlich mal Evas und seinem Haus, inzwischen Evas und Stefans. So änderten sich die Zeiten. Sein bester Freund war nahtlos bei ihr eingezogen. Andreas schoss durch den Kopf, ob er wohl in ihrem alten Ehebett schlief. Auf seiner Seite? Er wischte den Gedanken gleich weg.

Sie hatten abgemacht, dass alles erledigt sein musste, bevor Eva nach Hause kam. Stefan wollte sie nicht weiter aufregen und gegen sich aufbringen. Andreas verkniff sich eine Bemerkung und hatte zugestimmt. Die Verzögerung hatten sie nicht eingeplant. Es würde knapp werden. Auf dem Beifahrersitz lagen mehrere Tüten vom Bäcker. Er griff wahllos nach einer und steckte sich das, was er darin fand, in den Mund. Ein Campingbrötchen. Es war weich und süß und schmeckte irgendwie beruhigend lecker. Es stand im kompletten Gegensatz zu seinem heutigen Tag. Der seit dem Abhören von Stefans Nachricht ein hartes, bitteres Gefühl in ihm hinterließ.

Zwei Stunden später fuhr er rückwärts auf seine alte Auffahrt, die er selber gepflastert hatte, dicht an das Tor vom Nebengebäude. Stefan und die beiden Kollegen kamen sofort aus dem Haus. Sie mussten in der Küche gesessen haben. Von da aus hatte man die Auffahrt perfekt im Blick.

Ohne große Worte schloss Stefan das Tor auf. Andreas öffnete die Ladefläche des gemieteten Transporters, und sie begannen gemeinsam, seine Möbel zu verladen. Fast alle stammten von seinen Eltern und seiner Schwester. Ihnen wurde schnell warm, und sie zogen einer nach dem anderen ihre Jacken aus, obwohl es nur knapp über null Grad war. München war zu dieser Jahreszeit deutlich kälter als der Norden. Zum Glück blieb es trocken.

Es dauerte länger, als sie geschätzt hatten. Mehrere Schränke und Regale mussten sie erst auseinanderschrauben, damit alles in dem Transporter Platz fand. Stefan schaute immer öfter nervös auf die Uhr.

„Dienstende?"

Andreas stellte sich neben ihn.

„Schon okay, ich ruf im Revier an, dass es später wird."

„Eva?"

Stefan nickte.

„Sie hat ihre letzte Klientin bis kurz vor vier. Ich glaub, sie kommt bald."

„Ruf sie doch an. Sie fährt sicher gerne noch in einem der Feinkostläden vorbei und macht einen kleinen Stopp auf dem Nachhauseweg."

Andreas ärgerte sich, dass er seinen Mund nicht gehalten hatte. Ihn ging es schließlich nichts mehr an. Sollte Stefan sich doch mit Eva auseinandersetzen.

„Gute Idee."

Stefan war dankbar für Andreas' Rat und zog sein Mobiltelefon aus der Hosentasche. Gerade als er wählte, sah Andreas aus den Augenwinkeln ihr Cabriolet in die Straße biegen. Zu spät.

Für eine Sekunde meinte er, ihr erschrockenes Gesicht durch die Scheibe sehen zu können. Und etwas wie Schmerz. Aber vielleicht war es auch nur die Spiegelung des Glases. Er drehte sich um und ging ohne etwas zu sagen wieder in das Nebengebäude, um den anderen beiden bei dem Auseinanderschrauben eines Schrankes zu helfen. Kurz darauf hörte er Türenschlagen. Ihre Stimme.

„Ich dachte …" Sie hörte sich wirklich empört an. „Stefan, ihr wolltet schon längst fertig sein."

„Stau."

„Das ist ja wohl Absicht …"

„Nein, ich hab es selbst im Verkehrsfunk gehört."

Also hatte Stefan schon überprüft, ob sein Zuspätkommen wirklich unverschuldet war? Toller Freund.

„Geh doch ins Haus …"

Er hörte wieder Stefans beschwichtigende Stimme, die sich ungewohnt devot anhörte.

„Nein."

Das war wieder Eva, kurz, knapp und bestimmt. Das hieß, Stefan musste sich etwas anderes einfallen lassen.

„Fahr doch schon mal zu Giorgio, ich komm nach."

Ach, Evas und sein alter Italiener, das kleine verwunschene Restaurant um die Ecke teilte sie auch mit Stefan.

„Meinst du, ich warte da stundenlang alleine?"

Er hörte Stefan hilflos seufzen. Andreas wusste, was jetzt bei Eva helfen würde. Er kannte ihre Allüren. Er selbst hatte tausende Situationen wie diese mit ihr erlebt. Er wusste ganz genau, was er tun musste, wenn sie in diese kompromisslose Stimmung geriet. Stefan wusste es nicht und litt still und voller Schuldbewusstsein vor sich hin in der Annahme, er hätte einen fatalen Fehler begangen. Er versuchte es tapfer weiter.

„Willst du vielleicht noch etwas Schönes für dich kaufen ...?"

Andreas hörte ihr Schnaufen. Er hielt es nicht mehr aus und legte den Schraubenzieher zur Seite, mit dem er gerade begonnen hatte, eine der Seitenwände des Schrankes von der Rückwand zu lösen. Leise stand er auf und ging nach draußen.

Sie hatte ihn nicht kommen gehört und drehte ihm den Rücken zu.

„Was meinst du denn, Eva, was dir jetzt helfen könnte?"

Sie sah schon, bevor sie seine Stimme hörte, in Stefans Gesicht, dass jemand hinter ihr stand. Blitzschnell drehte sie sich um. Ihr entgleiste die Mimik. Andreas sah Schmerz, Wut, Trauer, und er bildete sich ein, auch einen Hauch Freude zu sehen. Aber vielleicht interpretierte er ihren Gesichtsausdruck auch nicht richtig.

„Andreas!"

Sie stieß seinen Namen aus. Vielleicht hatte er das mit der Freude wirklich falsch gedeutet.

„Eva …"

Er machte einen Schritt auf sie zu, aber sie wich ihm aus. Er machte noch einen zweiten Schritt, und diesmal blieb sie stehen.

„Was denkst du, wäre denn jetzt das Beste?" Andreas machte eine kleine, aber wirkungsvolle Pause, bevor er die nächsten Fragen hinterherschob: „Für dich? Für mich? Für uns alle hier?"

Er sah ihr fest in die Augen und hielt ihrem starren Blick stand, bis sie als Erstes zur Seite schaute. Zu Stefan. Der zuckte nur mit den Schultern.

Stefan, so wird das nichts mit Eva und Dir, schoss es Andreas durch den Kopf. Irgendwie war er erleichtert.

„Ich bin dann bei Giorgio …" Sie drehte sich um und verschwand ohne ein Wort des Abschieds im Wagen. Mit Schwung setzte sie zurück und hätte dabei fast eine der alten Eichen gerammt, die an der Grundstücksgrenze standen.

„Puh!"

Stefan machte eine dramatische Handbewegung, mit der er sich scheinbar Schweiß von der Stirn wischte. Als er näher trat, sah Andreas, dass Stefan die Situation wirklich die Schweißperlen auf die Stirn und an die Schläfen getrieben hatte.

Andreas drehte sich um und tat so, als ob ihm das nicht aufgefallen wäre. Mit neuem Schwung klatschte er in die Hände. „Leute, lasst uns ranklotzen ..." Am liebsten hätte er die Verladeaktion noch künstlich in die Länge gezogen und den Gedanken ausgekostet, dass Eva alleine bei *ihrem* Italiener saß und dabei viel Zeit hatte, um an die vielen schönen Abende zu denken, die Andreas dort mit ihr verbracht hatte. Aber auch so dauerte es noch eine Weile, bis er das letztes Hab und Gut aus seinem alten Leben sicher verstaut hatte.

Nach einem kurzen Dank an Stefans Kollegen machte er sich auf den Weg zurück.

Petra hatte aus der langen Reihe an Raumerfrischern und Duftsprays, die sie im Supermarkt in einer langen Batterie im Regal aufgereiht fand, die ihrer Meinung nach besten rausgesucht. An jedem der Düfte hatte sie gerochen, auch wenn sie schon nach dem vierten das Gefühl hatte, sie nicht mehr unterscheiden zu können. Nur die, die trotzdem einen bleibenden Eindruck bei ihr hinterließen, wurden in den Einkaufswagen gepackt. Ihre erste Ladung, Lavendel und Zitrus, die sie in einem anderen Supermarkt gekauft hatte, konnte den gröbsten Gestank überdecken. Es roch danach etwas frischer, irgendwie nach Abwasch und frisch gewaschener Wäsche. Ein guter Anfang, aber mehr auch nicht.

Jetzt mussten die schwereren Duftrichtungen ran. Maiglöckchen und Orchidee. Sie wusste bis zu dem Zeitpunkt nicht einmal, dass Orchideen einen süßlichen Geruch hatten. Für die Kühltruhe selbst holte sie noch einen Allzweckreiniger mit Raumerfrischer, ganz neu auf dem Markt. Daneben standen im Regal WC-Frischesteine. Rochen die nicht auch gut? Sie konnte sich vage daran erinnern, dass die Klassiker, die rechteckigen Steine, die es zum Nachfüllen für einen billigen weißen Plastikträger gab, den man unter den Rand des Beckens hing, alles überdeckten, was vorher in der Schüssel an Gerüchen war. Sie zählte fünf Doppelpackungen ab und legte sie zu den übrigen Erfrischern in den Wagen.

Gerade als sie ihre Einkäufe aus dem Gang schob, kam von rechts ein anderer Wagen. Sie stießen fast zusammen.

„Frau Bell." Ihr Chef stand vor ihr und war sichtlich überrascht, sie zu sehen.

Sie hatte sich für ihren zweiten Einkauf extra einen etwas außerhalb liegenden Supermarkt ausgesucht, der sonst eher die umliegenden Neubaugebiete als Einzugsgebiet hatte.

„Oh!" Sein Blick wanderte auf ihre seltsame Mischung im Einkaufswagen. Duftsprays, Raumerfrischer, Reinigungsmittel und WC-Frischesteine, dann wieder zu ihr.

Sie lächelte und bemühte sich um eine Antwort. „Guten Tag!"

„Das ich Sie hier treffe …"

In ihrem Kopf ratterte es. Petra hatte sich extra frei genommen, um die letzten Spuren aus ihrem Kellerraum zu entfernen. *Was hatte ich ihm noch einmal als Begründung für mein kurzfristiges Urlaubsgesuch gesagt? Hatte ich überhaupt etwas gesagt?* Sie war sich nicht mehr sicher.

Weiter lächelnd, lehnte sie sich auf den Schiebegriff des Einkaufswagens und nickte betont angeekelt in Richtung ihrer Einkäufe. „Eine Freundin von mir musste kurzfristig umziehen, und ich helfe ihr." Sie verzog das Gesicht. „Die neue Wohnung ist aber so was von verwohnt, und jetzt ist erst einmal Putzen angesagt."

Ihr Chef nickte verständnisvoll. „Ach, ich dachte, Sie machen sich ein paar entspannte Tage. Sie sahen etwas überarbeitet und blass aus in letzter Zeit."

Kein Wunder.

„Ja, das hätte ich gerne, aber in so einer Notsituation ..." Sie machte eine kleine Pause. „Da hilft man ja als Freundin gerne."

Anerkennend nickte er ihr zu. Scheinbar hatte sie gerade Pluspunkte gesammelt. Es konnte ihr egal sein. So wie sich die Dinge entwickelten, musste sie bald einen Abflug machen. Aber bis es so weit war, musste sie den Schein wahren. Warum war er überhaupt hier? An einem ganz normalen Vormittag in der Woche?

Beide wünschten sich einen guten Tag. Petra ging langsam zur Kasse.

Zu Hause verfrachtete sie die neutralen Einkaufstüten alle sofort in den Keller. Im Haus war es ruhig. Sie hatte sich die

Urlaubstage mit Bedacht genommen. Ungern wollte sie schon wieder irgendwelchen Nachbarn über den Weg laufen, die sich über ihr verstärktes Putzverhalten wunderten.

„Ding. Dingdingding. Ding."

Jemand bearbeitete die Klingel zu seiner Wohnung penetrant und weckte Andreas unsanft.

„Jaaa?" Verschlafen krächzte er in die Gegensprechanlage.

„Hey, geht's los?"

Scheiße, das war Ed. War es wirklich schon so spät? Andreas drückte den Türöffner und ging dann schnell noch einmal ins Schlafzimmer zurück, um sich eine Jeans zu suchen.

„Da sind wir!"

Ed und seine beiden Aushilfen aus der Kneipe standen schon in seinem Flur, als er angezogen zurückkam.

„Oh, schlecht geschlafen?" Ed guckte ihn mitleidig an.

„Lange Fahrt."

Ed nickte, die beiden Aushilfen standen stumm hinter ihm.

Andreas bugsierte sie aus dem Flur raus ins Treppenhaus und griff sich die Transporterschlüssel und sein Mobiltelefon. Dann zog er eine dicke Jacke an und zog den Schlüssel aus der Innenseite der Wohnungstür. Er hatte keine Lust, sie hereinzubitten. Im Wohnzimmer stand noch die fast leere Flasche Gin und mehrere Plastikflaschen Tonic Water. Morgens um vier war er wieder hier gewesen. Um halb fünf hatte er endlich einen Parkplatz für den Transporter gefunden. Ein ganzes Stück entfernt. Um fünf war er dann zu Hause gewesen. Auf dem Weg zu Fuß zu seiner Wohnung hatte er noch eine Tankstelle gefunden und sich etwas zu trinken besorgt. Der Rest Gin in der Flasche war nur übrig geblieben, weil er irgendwann völlig erschöpft auf seinem Sessel eingeschlafen war.

Sein Kopf dröhnte noch. Gut, dass er eingeschlafen war. Er konnte sich vage daran erinnern, dass er kurz in Versuchung geraten war, Eva und Stefan anzurufen. Aber das hatte er nicht, oder? Er nahm sein Handy und scrollte die Anrufliste durch. Die letzte Nummer war vom Vortag. Ed. Der hatte ihm sofort zugesagt, ihm noch einen weiteren Tag freizugeben und auch noch, bevor er die Kneipe aufschließen musste, beim Ausladen zu helfen.

Alle vier stiegen in Eds neuen VW Pick-up, und Andreas erklärte ihm den Weg zum Standplatz des Transporters.

„Junge, Junge …"

Als sie kurz vor neunzehn Uhr alles entladen hatten, klopfte Ed ihm auf die Schulter. „Nicht einfach, was?"

Andreas nickte. „Danke, bis morgen."

Dann ließen ihn die drei alleine, um in die Kneipe zu fahren.

Andreas verbrachte noch die halbe Nacht damit, alles in der angemieteten Doppelgarage an seinen Platz zu schieben. Der Raum war angenehm warm. Über ihm sah er zwei dicke

Heizungsrohre über dem Putz verlaufen. Die Wärmeversorgung für die Wohnungen darüber. Als er fertig war, betrachtete er zufrieden sein Werk.

Er hatte Eva alle gemeinsam angeschafften Möbel gelassen. Das, was noch bei ihr eingelagert war, waren ein altes Ehebett, Schränke, Kommoden, Tische, Regale seiner Familie. Alles hatte er nach zusammengehörigen Teilen sortiert und zusammengestellt. Ein Aufbau würde sich hier nicht lohnen. Er musste sich irgendwann Gedanken machen, was er mit den Sachen machen wollte. Trennen konnte er sich im Augenblick nicht davon.

Irgendwann schloss er übermüdet das Tor und brachte den Transporter zurück zu dem Stellplatz.

Die ganze Aktion mit der Wagenmiete, Sprit und der übereilten Anmietung der Garage inklusive eines Deponats und der ersten Monatsmiete hatte ihn über tausend Euro gekostet. Und das, obwohl sie bei der Scheidung vereinbart hatten, dass er die Möbel bei ihr auf unbestimmte Zeit eingelagert lassen durfte.

Langsam wich der Trennungsschmerz, und er spürte, dass er wütend auf sie war. Weil sie nicht an ihn geglaubt hatte. Weil sie ihm auch noch Stefan genommen hatte. Und weil sie ihm immer noch nicht gleichgültig war.

Die Kopien des Unfallberichts sprangen Andreas gleich am nächsten Mittag ins Auge, als er nach einer unruhigen Nacht spät, aber ausgeschlafen aufwachte. Er hatte nicht nur eine neue Flasche Gin geleert, sondern danach noch zwei Bier.

Ihm war übel.

Andreas setzte sich an seinen Esstisch und blätterte beim ersten Kaffee noch einmal die Unterlagen von Pia durch. Er konnte noch immer nicht fassen, wie schnell sie ihm die Polizeiakte kopiert und gefaxt hatte.

Beljajew, Maryna. Der Name der Zeugin hörte sich russisch an. Er blätterte durch ihre Zeugenaussage. Sie wohnte in einer ehemaligen Arbeitersiedlung in der Nähe des Hafens. Sie war auf dem Weg zu Fuß zur nächsten Bushaltestelle, hatte sie ausgesagt, als sie ein dunkles Auto mit hoher Geschwindigkeit an sich vorbeirauschen sah. Noch im Umdrehen sah sie, wie das Fahrzeug in die Unterführung fuhr, ins Schleudern geriet und dann zuerst gegen die rechte Mauer krachte, von der Kraft des Aufpralls zurückgeschleudert wurde und dann gegen die gegenüberliegende Mauer flog, bevor es in der Mitte der Fahrbahnen liegen blieb. Kein Wunder, dass man Nettelbecks Büroschlüssel nicht gleich gefunden hatte. Es musste ein schlimmer Anblick gewesen sein. Die Zeugin wirkte bei der ersten Vernehmung laut Polizeibericht sichtlich aufgeregt. Sie sagte aus, sie könne schwören, dass sich keine weiteren Fahrzeuge in der Unterführung befunden hätten. Auch der Satz war leicht unterstrichen, und am Rand fand er ein handgeschriebenes Fragezeichen.

Es war einige Tage her, seit Pia ihm das Fax geschickt hatte. Vielleicht gab es einen neuen Stand?

„Pia, Andreas hier."

„Hi …"

Sie schien sich sichtlich über seinen Anruf zu freuen. Das hörte er in ihrer Stimme, auch wenn es so schien, als ob er nicht der einzige Andreas war, den sie kannte. Eine klasse Frau wie sie hatte sicher viele Bekannte.

„Ja."

„Wie schön, weißt du was? Ich habe heute Morgen meine Doktorarbeit abgegeben. Endgültig. Ist das nicht toll?", sprudelte es aus ihr heraus. Ihre Art war wirklich ansteckend.

„Super!"

„Ja, toll, was? Feiern wir?"

„Heute geht leider nicht …"

„Ach, wie schade."

Schade? Sie kannte doch sicher tausende Mitstudenten oder Doktoranten, mit denen sie einen draufmachen konnte.

„Wann denn?"

„Hmmm, wir schauen mal … Warum ich anrufe …"

„Wirklich nicht heute?", hakte sie noch einmal nach. Das war Pia. Hartnäckig. „Es ist doch so ein besonderer Tag für mich. Mein Prof schaut noch einmal drüber und dann geht's ab!"

Hoffentlich begann sie nicht zu betteln wie ein junges Mädchen. Aber sie meinte nur: „Morgen?"

„Vielleicht …", wich er ihr aus.

„Vielleicht ist scheiße!" Sogar das klang aus ihrem Mund gut.

„Ich muss das klären, Pia, ich arbeite."

„Okay …"

„Warum ich anrufe …"

„Du wolltest nicht fragen, wie weit ich bin?"

„Äh, nein. Ehrlich gesagt, rufe ich wegen der Unfallakte an, die du mir kopiert hast."

„Ja, fehlt etwa was?"

„Nein, nein", beeilte Andreas sich hastig zu sagen.

„Alles gut. Weißt du, ob die schon weiter sind? Deine Kollegen?"

„Hm, ich kann mal fragen. Hab jetzt ja wieder Zeit ohne Ende."

„Toll!"

„Und dann gehen wir zusammen los und feiern?"

Das ließ sich wohl nicht vermeiden.

„Das machen wir."

Sie schien in das Telefon zu lächeln.

„Bis wann meinst du …?"

„Ich beeile mich, okay?"

„Super."

Andreas' gute Laune hielt sich nicht nur in der Kanzlei, sondern zog sich bis zum Abend, als er wieder bei Ed zur Schicht erschien. Yvonne saß schon am Tresen, als er kam, obwohl sie noch nicht einmal offiziell geöffnet hatten, und schaute Ed mit verliebtem Blick hinterher, als er kurz in dem Gang zu den Toiletten verschwand.

„Du bekommst schon …?" Andreas stellte sich vor sie und winkte mit der Getränkekarte.

„Hmmm, nein, noch nicht. Aber gib mir doch einen Mai Tai."

Das ging ja gut los. Einer der heftigsten Cocktails, die sie auf der Karte hatten, wenn er richtig gemixt wurde. Andreas überlegte sich, ob er ihr ein wenig mehr Saft und weniger Rum in den ersten mischen sollte. Kurz darauf stellte er das Glas vor ihr ab.

„Alles erledigt?", fragte sie ihn vertraulich.

Andreas verstand nicht. „Erledigt …?"

„Dein Umzug …"

„Ach, ja, alles gut gelaufen. Danke."

Ed hatte ihr wohl erzählt, was er die letzten Tage getrieben hatte. Andreas ging noch einmal durch den Raum und wischte die Tische mit einem sauberen Lappen ab. Als er wiederkam, hatte sie schon ausgetrunken.

„Und sag mal, stehst du echt nur auf Jüngere oder war das ein Scherz?"

Andreas stutzte. „Du bist ganz schön direkt."

Sie grinste schief. „Hat mich ja etwas getroffen …" Sie spielte mit den Strohhalmen und dem Eis in ihrem leeren Glas und rührte darin herum. „Interessiert mich nur, bin nicht mehr böse."

Ed kam zurück. Sie lächelten sich an. Es schien wirklich gefunkt zu haben zwischen den beiden. Andreas nutzte die Gelegenheit und machte sich am anderen Ende des Tresens zu schaffen, ohne ihr zu antworten.

„Wow", hörte er hinter sich zwei Männer. Es war kurz nach Mitternacht. Die Musik war laut, die Leute tanzten und Andreas hatte alle Hände voll zu tun, um mit den Bestellungen nachzukommen. Ed war keine große Hilfe gewesen. Erst hatte er noch geholfen, aber seit zwei Stunden saß er nur noch neben Yvonne auf dem Barhocker und knutschte wild mit ihr herum. Ein Wunder, dass die beiden überhaupt noch da waren.

„Echt was, wow …" Noch einmal kommentierten die Männer hinter ihm einen neuen Gast, der scheinbar gerade erst gekommen war. Andreas beachtete die beiden nicht und stellte weiter eine Ladung Getränke auf den Nachbartisch, der gerade bestellt hatte.

„Du …?"

Andreas wurde von der Seite angetickt und drehte sich um. Vor ihm stand Pia. Rechts und links neben sich zwei Männer Anfang dreißig, wie aus dem Modelkatalog. Beide dunkle, gepflegte Bärte, groß, durchtrainiert und männlich. Sie trat einen Schritt vor und fiel ihm in den Arm. Völlig überrascht zog er sie an sich.

„Was machst du hier?"

„Arbeiten …"

„Hier?"

Er nickte.

„Cool!"

Bewunderung schwang in ihrer Stimme mit. Sie drehte sich zu ihren Begleitern um.

„Jungs, wir bleiben!", rief sie ihnen durch den Lärm zu.

Beide nickten brav. Andreas hoffte, dass die beiden nicht mehr als freundschaftliches Interesse an ihr hatten. Er war gerade dabei, ein paar Höflichkeiten mit den beiden auszutauschen, als Ed ihn von hinten am Shirt zog.

„Hey, Andreas. Volker fällt aus, kannst du wieder hinter den Tresen?"

Andreas nickte.

„Also, wenn ihr was wollt, dann müsst ihr rüberkommen, sorry."

Volker, eine der unzuverlässigsten Aushilfen, saß auf einer hochkant gestellten leeren Bierkiste und stierte vor sich hin. Um seine rechte Hand war ein Handtuch geschlungen, das langsam rosa wurde.

„Oh, Scherbe?" Andreas blieb kurz stehen.

Volker nickte. „Willste sehen?"

Bevor Andreas antworten konnte, rollte Volker das Handtuch ab. An seinem rechten Daumen zog sich bis zum Handgelenk ein breiter Schnitt, aus dem unermüdlich Blut quoll.

„Oh, Mann, sieht nicht so gut aus …"

„Taxi kommt gleich. Kannst du die Spüle gleich saubermachen?"

„Klar."

Andreas klopfte ihm auf die Schulter und quetschte sich an ihm vorbei. Dann beeilte er sich, das rotgefärbte Wasser aus dem Becken abzulassen, und zog vorsichtig die spitzen Scherben eines Weinglases aus dem Becken.

Ed hatte sich scheinbar Pias Wünschen und denen ihrer Freunde angenommen, wenigstens bekam er sie kein Mal zu sehen. Erst als es etwas leerer wurde, ziemlich früh für einen Freitag, kamen die drei mit ihren Gläsern zum Tresen und setzten sich auf ein paar freigewordene Barhocker. Yvonne, die noch immer wie angegossen an ihrem Platz ein paar Meter weiter entfernt an der Theke saß, äugte neugierig und unverblümt herüber.

„Hey, wie läuft es denn so …?" Pia warf ihre blonden Haare wie zufällig zurück. Sie hatte einen Lillet mit Sekt vor sich stehen und wirkte noch erstaunlich nüchtern.

„Gut, ganz gut."

„Ja …?“

Sie schenkte ihm einen Blick, der ihn elektrisierte.

„Wollt ihr noch was trinken?“ Er nickte ihren Begleitern zu, die beide vor ihren fast leeren Cuba-Libre-Gläsern saßen. „Nochmal das Gleiche?“

„Ach, übrigens, das sind Freunde von mir …“

Etwas verspätet startete sie eine Vorstellungsrunde. Beide waren bei der Kripo. Kein Wunder, dass sie dort so gerne ihre Praktika machte. Er musste zugeben, dass die beiden Typen wirklich gut aussahen. Und dazu noch völlig uneingebildet und nett. Machten Witze und nahmen Pia ganz offensichtlich auf den Arm mit dem einen oder anderen Scherz, den er mit halbem Ohr mithörte, aber trotzdem charmant und nie verletzend.

Pia hatte offensichtlich einen guten Geschmack.

Er war etwas gespannt, wie sie ihn bezeichnen würde. *Einen Dozenten, Ex-Dozenten und psychologischen Gutachter, der in seiner Heimat offensichtlich Mist gebaut hatte und untergetaucht war?* Andreas spürte, wie er sich verspannte.

Sie beugte sich leicht über den Tresen und fasste ihn sanft am Arm. „Und das ist Andreas …“ Sie machte eine bedeutungsvolle Pause. „Aber … von dem habe ich euch ja schon erzählt …“

Na klasse. Und was hat sie erzählt?

Beide nickten wieder, guckten ernst und behielten ihn dabei im Auge. Lernte man das bei der Polizei?

Dann guckte Pia auf die Uhr, und als ob es ein Stichwort war, tranken beide zügig aus und verabschiedeten sich. Andreas guckte ihnen irritiert hinterher und schaute dann Pia an.

„Die müssen morgen früh raus", erklärte die.

„Ah ja."

„Wochenendschicht."

„Aber die haben nicht den Unfall untersucht, oder?"

„Deinen Großonkel ...?" Sie schüttelte den Kopf. „Die Frau im Beton ..."

„Die Frau im Beton ...?" Er dachte spontan an ein Buch seines derzeitigen Lieblingsautors Connelly.

„Mensch, hab ich dir doch erzählt, die bei der Bank."

„Ach ja."

Wäre ja auch ein Zufall gewesen, wenn sie den Krimi gekannt hätte.

„Du dachtest an Michael Connelly ...?"

„Yep!"

Konnte diese Pia Pracht nicht ein Mal etwas tun oder gut finden, was er bescheuert fand?

Sie schaute ihn mit großen Augen an. „Einen müssen wir aber noch auf meine abgegebene Arbeit trinken ..." Sie drehte am Stil ihres fast leeren Glases und wirkte etwas verlegen.

„Okay, was möchtest du denn?"

Sie machte ein nachdenkliches Gesicht.

„Karte?"

„Nein, Sekt."

„Alles klar."

Langsam gingen die Leute, das Stimmengewirr wurde weniger und zum ersten Mal an dem Abend nahm er das leise Klimpern ihrer Armreifen wahr. Yvonne saß noch immer einige Meter entfernt und beobachtete ihn und Pia zwischen den kurzen Besuchen, die ihr Ed abstattete. Irgendwann stand sie auf, schaute auf die Uhr und griff sich Ed.

„Wir gehen …"

„Gute Nacht!"

Dann sagte Yvonne noch im Gehen mehr zu sich als zu Andreas oder Ed: „Jetzt weiß ich auch, was gemeint war mit *Er steht auf Jüngere* …" Beide verschwanden knutschend durch die Tür in die Nacht.

„War das nicht der Chef?" Pia schaute ihn überrascht an.

„Ja."

„Und der lässt dich hier alleine …?"

„Hmmm, sieht so aus, aber eine Aushilfe ist noch da."

Andreas zeigte in Richtung Lager.

„Der hat ja ein Vertrauen …"

Andreas nickte.

„Wo ist denn dein Drink?" Pia zeigte auf ihr Sektglas.

„Weißt doch, kein Alkohol bei der Arbeit …"

Sie warf ihm einen trotzigen Blick zu und hob provokant ihr Glas. Dabei klimperten ihre Armreifen wieder eine Melodie.

„Einmal anstoßen …"

Sie sah ihn mit gekünsteltem Schmollmund an. Genau das mochte er so an ihr. Sie kannte die Tricks der Frauen und überzog die Art ihrer Geschlechtsgenossinnen so dermaßen, dass er sie allein dafür fast anhimmelte.

„Einen Moment …"

Er öffnete eine Bierflasche und stieß mit ihr an. Dabei sah sie ihm tief in die Augen.

Er ärgerte sich, dass er sie nicht den Abend über bedient hatte. Zu gerne hätte er gewusst, was sie getrunken hatte und vor allem, wie viel. *Ist sie wirklich ernsthaft interessiert? An mir?*

Sie blieb, bis er um vier Uhr morgens den Laden zuschloss. Die andere Aushilfe war längst gegangen, und er hatte ihr zum Abschied das Geld für den Abend in die Hand gedrückt.

„Der Chef vertraut dir ja blind …" Pia hatte ihn an den

Tresen gelehnt beobachtet, wie er die Scheine aus der Kasse nahm.

„Sein Glück, sonst müsste er hier noch stehen", meinte Andreas grinsend.

„Ja, sah aus, als ob er noch etwas vorgehabt hätte."

Beide lächelten sich an.

„Taxi?" Andreas zeigte auf das schnurlose Telefon hinter dem Tresen.

„Lohnt nicht, ist nicht weit."

„Dann komm, ich bring dich nach Hause." Andreas nahm die Kneipenschlüssel aus seiner Jacke und fasste Pia am Arm. Die lehnte sich zufrieden gegen ihn, und er hörte, wie sie an seinem Hals tief einatmete.

Andreas nahm immer zwei Treppenstufen zur Kanzlei auf einmal. Durch den Anruf von Stefan und den darauf folgenden überstürzten Aufbruch nach München hatte er kurzzeitig seine Erkenntnisse von dem Besuch bei Nettelbecks Klienten vergessen. Aber seit er heute Morgen neben Pia wach geworden war, ging ihm die Aussage von Ludolf Rapp nicht aus dem Kopf. Schelderberg hatte den Termin abgesagt. Dabei hatte der nichts mit dem Mann zu schaffen.

Obwohl Samstag war, bemühte er sich, leise zu sein. Der Schlüssel für Nettelbecks Büro passte auch zu dem von Schelderberg. Und auch das Schlosssystem für dessen

Aktenschränke glich dem von Nettelbeck. So wie Schelderberg ihm selbst gesagt hatte.

Andreas hatte den Raum vorher noch nie betreten. Bei seinen Besuchen in der Kanzlei hatte er nur in Nettelbecks Büro und auch mal in einem der Besprechungszimmer gesessen.

Das Reich von Schelderberg wirkte komplett gegensätzlich zu dem Rest der Kanzlei. Gegenüber dem Eingang stand ein fast schwebender Schreibtisch mit einer klavierlackweißen Oberfläche. Die dünnen Beine verschwanden fast vor dem hellen Teppich und den weißen Aktenschränken. Es gab noch eine Besprechungsecke mit zwei cremefarbenen Schwingsesseln und einem weißen Tisch, ebenfalls in weißer Lackoptik. Schelderberg hatte die weißen Wände nur mit einem modernen Druck in Grau-Weiß geschmückt.

Geschmack hatte er jedenfalls. Andreas fragte sich willkürlich, was für ein Interesse ein Rechtsanwalt mit einem so gegensätzlichen Geschmack an einer Kanzleipartnerschaft mit seinem Großonkel haben konnte. Allein die Optik des Büros sollte augenscheinlich eine komplett andere Zielgruppe an Mandanten ansprechen, als es die von Nettelbecks übriger Kanzlei tat.

In den Aktenschränken herrschte Chaos. Neben einem großen Teil relativ ordentlich verstauter Unterlagen schien nachträglich einiges dazugestopft worden zu sein. Mandantenakten, Blöcke, Aktenordner und sogar Socken und ein zweites Hemd lagen dort quer durcheinander. Andreas nahm sich eine der Akten, den Name sagte ihm nichts. Dann holte er eine nach der anderen aus dem Schrank, sichtete die Namen und legte sie zur Seite. Erst in dem zweiten Schrank wurde er fündig. Die Akte von Ludolf Rapp lag dort unter ein paar anderen unordentlich aufeinandergehäuft.

Er öffnete sie und blätterte die Seiten durch. Augenscheinlich fehlte nichts. Er schlug die Akten auf, die Schelderberg darüber gestapelt hatte. Bernhard Buhr, Norbert Kahlfuß, Heinz Stetterling? Keiner der Namen sagte Andreas etwas. Dann folgten weitere unbekannte Namen. Im dritten Schrank sah er auch nichts Auffälliges. Er war gerade dabei, die Tür wieder zuzuschieben, als er einen festen Widerstand spürte. Andreas öffnete sie noch einmal und schaute nach, was sie blockierte. Ganz unten hatte sich eine Akte verkantet, die offensichtlich versteckt worden war.

Der Name stach ihm sofort ins Auge nach den ganzen norddeutschen Namen, die er auf den vorigen Akten entdeckt hatte. Neugierig blätterte er die Seiten durch. Ein Leasingvertrag für ein BMW Cabriolet, 428er, vor wenigen Monaten geschlossen. Unterschrieben von der Frau, deren Akte er in der Hand hielt. Irgendwie kam ihm der russische Name bekannt vor. Er blätterte weiter. Ein Fall von Mundraub und ein angeblicher Diebstahl in einem Einkaufszentrum, bei denen Schelderberg die Mandantin scheinbar vertrat.

Er nahm die anderen Akten noch einmal zur Hand, die in dem ersten Schrank abgelegt waren. Irgendetwas musste mit ihnen sein. Und dann sah er es. Es waren nicht Schelderbergs Akten. Alle Fälle in den Ordnern waren von Nettelbecks Mandanten und waren von ihm betreut worden. Schelderberg schien sie nur zu sich genommen zu haben.

Andreas sah auf die Uhr. Es war noch nicht einmal neun. Wenn er sich beeilte, dann konnte er in einer Stunde die Fälle kopiert haben, die augenscheinlich nicht zu Schelderberg gehörten, und sich dann in Ruhe zu Hause ansehen.

In dem puristischen Büro fand er ebenfalls einen Kopierer. Er war erstaunt, dass es in der Kanzlei drei von den Geräten gab, es waren große Multifunktionsgeräte mit eigener Faxnummer, einem Scan und der Kopierfunktion. Einen bei Mittis Platz, einen neben Nettelbecks Schreibtisch in seinem Reich und den dritten hier. Wenn er auch dezent in einer Nische am Fenster stand. Reine Verschwendung aus seiner Sicht für drei Menschen, deren Arbeit nicht hauptsächlich aus dem Kopieren von Unterlagen bestand.

Der Stapel mit den Akten, die sich Schelderberg offensichtlich aus Nettelbecks Büro geholt hatte, nahm er schon einmal mit zu dem Gerät und löste die einzelnen Blätter aus der Klammerung. Gut, dass Nettelbeck keinen Tacker benutzte, so konnte er die Blätter schnell voneinander lösen und im ganzen Schwung auf den Einzugsschacht des Kopierers legen.

Während er das leise, monotone Rattern hörte, suchte er die kompletten Schränke noch einmal nach Akten ab, die sich Schelderberg von Nettelbeck geholt haben musste. Aber es blieb bei denen, die er bereits entdeckt hatte.

Zwischendurch stellte er sich in die Nische und guckte von da aus auf den Marktplatz, der unter ihm lag. Jetzt, wo die tiefliegende Sonne langsam hochkam und zwischen den

Lücken in den Häuserreihen durchschien, sah der Platz überhaupt nicht mehr düster aus. Ganz im Gegenteil, Andreas staunte, wie schön der historische Stadtkern eigentlich war. Der Dom, die alten Kaufmannshäuser und sogar das Parlamentsgebäude aus den sechziger Jahren des vorigen Jahrhunderts. Er hatte es immer als unpassend empfunden. Aber jetzt, wo die umliegenden Gebäude leicht von den Sonnenstrahlen getroffen wurden, spiegelten sich von seinem Standort aus die Fassaden in der hohen Front, die von acht riesigen Glasscheiben geprägt war. Das Gebäude verschwand für den Betrachter, und die Spiegelungen erweckten den Anschein, dass dort die gleiche beeindruckende Häuserreihe stand wie gegenüber.

Der Kopierer stoppte und riss Andreas aus seiner Faszination. Er öffnete die nächste Akte und löste die Blätter zum Kopieren heraus. Als er fertig war und alles zurückgelegt hatte, bemüht, den Stapel ebenso unordentlich in den Schrank zu stopfen, wie er ihn vorgefunden hatte, lag nur noch eine auf Schelderbergs Schreibtisch. Es war die, die hinter den anderen versteckt worden war. Andreas blätterte sie noch einmal durch. Eindeutig keine Mandantin von Nettelbeck. Trotzdem stimmte etwas nicht mit ihr. Er nahm die Unterlagen und machte sich ebenfalls eine Kopie. Flüchtig schaute er noch einmal auf den Namen. *Natalia Beljajew.*

„Sie ist so anders."

Ed nickte und goss sich eine Cola ein. Die Kneipe hatte noch geschlossen, und alles war für den Ansturm des Abends vorbereitet. Andreas trank einen großen Schluck

Mineralwasser direkt aus der Flasche.

„Sieht auch super aus."

„Das ist es aber nicht. Sie ist so ein Lichtblick hier."

„Hmmm ..."

„Du bist verliebt?"

„Nein. Das meine ich nicht. Ich bin hier hergekommen, und alles war so mittelmäßig. Das Wetter, die Witze der Leute, sogar die Unibibliothek und die Klamotten in den Schaufenstern."

„Aha?"

„Du wohnst hier schon ewig, kein Wunder, dass du mich nicht verstehst."

„Nee, versteh ich auch nicht."

„München ist einfach schön. Die Leute geben sich Mühe mit den Klamotten. Die Läden sind alle liebevoll eingerichtet. Alle. Hier ist es mal jeder zehnte, sonst scheint es den Leuten egal. Bei uns sind die Bäckereien so lecker. Hier haben billige Ketten ihre Backshops. Selbst der Wein, wenn man Essen geht oder in die Kneipe, ist meist aus dem Supermarkt. Dabei kostet es nicht mehr, einen besseren anzubieten."

„Brötchen und Alkohol? Was hat das mit deiner Studentin zu tun?"

„Sie ist etwas Besonderes. Unerwartet und so, dass alles andere keine Wahl mehr ist."

„Ich versteh's nicht. Du bist doch verliebt?"

Andreas zuckte mit den Schultern.

„Schmeckt dir mein Wein nicht?"

„Darum geht es nicht."

„Und, schmeckt er?"

„Ich habe schon besseren getrunken."

„Ist eine Frage des Preises."

„Nicht unbedingt. Gibt sicher bessere, die du bekommen könntest."

„Mir schmeckt er."

„Genau, darum geht es ja. Die Leute, die hier wohnen, haben vielleicht einen anderen Geschmack. Ihnen schmeckt der. Für mich ist er das Geld nicht wert."

Ed holte eine Flasche Weißwein aus dem Kühlschrank und las das Etikett. „Weißt du, Andreas, ich glaube, das ist normal."

„Hm?"

„Dass sie anders ist."

„Ja?"

„Das war deine Frau sicher auch. Damals, als ihr euch kennengelernt habt."

„Ex-Frau."

„Neu und anders und unbeschwert."

„Hm."

„Wie alt seid ihr gewesen?"

„Knapp über zwanzig."

„Siehst du?"

„Nichts auf dem Zettel und den Kopf voller Träume."
Andreas musste lächeln, als er an früher dachte. An sein
Kennenlernen mit Eva. Auf dem Campus. Sie war die
schönste Studentin der Uni. Und er wollte sie haben. Um
jeden Preis.

„Warte mal ab, bis deine Schnecke so weit ist und ein paar
Jahre gearbeitet hat. Dann ist von ihrer Unbeschwertheit
auch nichts mehr übrig."

Trotzdem, Pia war anders. Es war nicht ihre Lockerheit, die
ihn verwirrte. Sie schien gar nicht auf die Idee zu kommen,
irgendetwas an ihm kritisieren zu wollen. Das war es, was
ihn an ihr interessierte.

Eva war da anders gewesen. Gleich von Beginn an. Sie hatte
ein Ziel, und er war ihr nützlich, um dieses zu erreichen.
Wenigstens nachdem er ihr glaubhaft versichert hatte, dass
er Psychologie viel spannender als sein derzeitiges
Studienfach Volkswirtschaft fand und sowieso wechseln
wollte. Das machte ihn für sie attraktiv. Vielleicht war er
von Anfang an auch nur Mittel zum Zweck gewesen. Aber
das hatte ihn nicht gestört. Er wollte Eva haben, er war ein
Jäger und hätte alles dafür getan, dass er sie bekam. Auch
wenn das hieß, ihre Laufbahn einzuschlagen, um ihr ein

Gefühl von Nähe zu vermitteln.

Seinen eigenen Weg war er trotzdem gegangen. Hatte schnell nach der Therapeutenausbildung begonnen, nebenbei noch als Gutachter tätig zu sein. Hatte Fortbildungen besucht und sich darum bemüht, so viel wie möglich außerhalb ihrer Gemeinschaftspraxis zu tun zu haben. Sicher ein erster Schritt, sich doch entsprechend seiner Interessen weiterzuentwickeln und nicht mehr hundertprozentig ihren Wünschen zu folgen.

Damals hatte es die ersten heftigen Streitgespräche gegeben. Und Ehekrisen, weil sie seine Abnabelung von ihrem ihrer Ansicht nach gemeinsamen Traum nicht verstand. Sie empfand es als Rückzug aus ihrer Beziehung. Dabei hatte er damit genau das Gegenteil erreichen wollen. Er wollte ihr näher kommen, indem er mehr von dem tat, was ihm wirklich gefiel.

Für sie war es wie ein Verrat. Trotz ihrer beider Wissen um Beziehungen, Liebe und Abgrenzung konnte oder wollte sie nichts gegen ihre Überzeugung tun. Dabei hatten sie in ihrem gemeinsamen Bekanntenkreis einige Paartherapeuten, die auf ihrem Gebiet sehr erfolgreich waren. Aber die hatten vielleicht auch nicht die nötige professionelle Distanz, redete Eva ihm damals ein. Sie tat alles dafür, um nicht an ihrem Weltbild rütteln zu lassen und hatte es auch lange aufrechterhalten können.

Erst als er ihr versprach, jede Woche mindestens zwanzig Stunden in ihrer gemeinsamen Praxis weiter als Therapeut zu arbeiten, kam ihre Beziehung wieder in etwas ruhigeres Fahrwasser. Trotzdem wurde er dabei immer unglücklicher.

Durch diesen Konflikt wurde er aber auch wachgerüttelt. Ihm wurde das bei sich selbst klar, was er bei anderen Menschen auf den ersten Blick sehen konnte. Seine Beziehung zu Eva beruhte darauf, dass sie jemanden brauchte, der bereit war, alles mit ihr zu teilen und jede Minute Zeit mit ihr zu verbringen. Das größte Maß an Nähe. Er durfte sie haben, wenn er alles dafür gab, was ihm wichtig war und ihm etwas bedeutete. Immer wenn er begann, seinen eigenen Weg zu gehen, entzog sie ihm systematisch ihre Zuneigung und Aufmerksamkeit. Sogar den Sex. Bis er sich leidend wieder ihren Vorstellungen fügte, um nicht emotional zu verhungern. Trotzdem kam irgendwann der Knall. Der Verrat, wie sie es nannte.

Er glaubte, Pia tickte ganz anders. Und das war es, was ihm gerade ein so gutes Gefühl bei ihr gab. Sie wirkte so frei in ihren Gefühlen und hatte einen Plan für ihre Zukunft, der nicht darauf beruhte, dass jemand anders sich ihren Vorstellungen beugte.

„Hast du mit der was angefangen? Ich meine, sie ist schon eine Frau. Hab gesehen, wie alle geguckt haben, als sie reinkam."

Ed riss ihn aus seinen Gedanken.

„Hm."

„Hast du?"

„Hey, was geht …?"

Eine der Aushilfen kam in den Laden, weit vor der Zeit. Sie ersparte Andreas die Antwort und weitere Fragen.

Andreas hatte sich alle kopierten Akten durchgelesen. Sie hatten Gemeinsamkeiten, deutlich mehr als die, dass sie alle Nettelbecks Mandanten waren. Er hatte sich nicht getraut, die Papiere mit in die Kanzlei zu nehmen, und hatte alles bei sich zu Hause auf dem Fußboden ausgebreitet. Nicht alle von ihnen waren langjährige Klienten von Nettelbeck. Einige Akten enthielten auch nur ein Testament. Und teilweise die Beglaubigung von Andreas. Andere hatte Nettelbeck durch dick und dünn begleitet. Über Höhen, wie großen Firmen oder Immobilienkäufen, und Täler, wie Scheidungen, Unterhaltsklagen und andere juristische Herausforderungen.

Er nahm sich die Akte von Heinz Stetterling vor. Ganz zu oberst ein Testament, von Nettelbeck beglaubigt. Es musste in seinem Beisein unterschrieben worden sein, auch wenn die Unterschriften auf jeder Seite etwas anders aussahen. Sie hatten den dachziegelförmigen Anstieg, das Merkmal, das ihm auch schon bei seinem ersten unklaren Fall ins Auge gestochen war. Aber wer sollte den Mandanten in Nettelbecks Büro unter Druck gesetzt haben? Andreas schaute sich die Seiten noch einmal genauer an. Die Schrift lag noch immer im Rahmen der Toleranz, die es bei der Echtheitsprüfung gab. Nettelbeck hatte unterschrieben, dass der Mandant persönlich vorstellig war.

Auch die zweite Akte, die eines Bernhard Buhr, enthielt ganz vorne ein Testament. Die gleichen Merkmale in der Unterschrift, dachziegelförmig aufsteigend, und auch bei den Begünstigten gab es einiges an Ähnlichkeit. Die Organisationen, an die gespendet werden sollte, klangen ähnlich. Bei Norbert Kahlfuß und den weiteren Mandanten, dessen Akten er bei Schelderberg gefunden hatte, das

Gleiche. Alle hatten Teile ihres Vermögens ganz oder teilweise drei Vereinen zugedacht.

Er guckte auf die Daten der Unterschriften von Nettelbeck und Heinz Stetterling. Elfter Dezember letzten Jahres. Zumindest das neuste Testament in den ganzen kopierten Akten, das von Heinz Stetterling, konnte nicht wirklich in Nettelbecks Beisein unterzeichnet worden sein. Nettelbeck musste sich versehen haben. An dem Tag hatte Andreas seinen endgültigen Umzug von München gemacht. Bei seiner Ankunft hatte er den Wohnungsschlüssel für seine neue Bleibe von Mitti aus der Kanzlei abgeholt. Nettelbeck und Hedi waren die gesamte Woche auf Sylt, damit Hedi sich von ihrer schweren Operation weiter auskurieren konnte.

Die Begünstigten in den Testamenten waren immer Vereine. Manchmal ausschließlich, bei manchen nur zu einem Teil, der aber meist beträchtlich war.

Andreas musste in die Kanzlei. Er notierte sich die Namen der Klienten und die Daten der Testamentsunterzeichnung und fuhr los. Mitti hatte sicher irgendwo ihre alten Terminkalender, und er konnte überprüfen, wann die Mandanten und Nettelbeck sich wirklich getroffen hatten.

Gut, dass Sonntag war. Er schloss die Tür zur Kanzlei leise auf und horchte dann eine Weile, bevor er eintrat. Vorsichtig drückte er die Klinken zu den vier Türen auf. Nicht dass Schelderberg das Wochenende nutzte, um zu arbeiten. Aber alle waren verschlossen. So konnte er in Ruhe Mittis Schubladen durchsuchen. In der untersten wurde er fündig. Ordentlich aufgestapelt lagen da mehrere Reihen länglicher Terminplaner übereinander. Er setzte sich auf ihren Schreibtischstuhl und fuhr ihn mit der Hydraulik ein Stück nach oben. Mitti war deutlich kleiner als er. Dann legte er den ersten Packen der Kalender auf sein Knie. Es waren die Jahre von zweitausendacht bis zweitausenddreizehn. Auf der Vorderseite stand *Friedrich Nettelbeck*.

Andreas guckte noch einmal in die Schublade. Auf einem zweiten, viel kleineren Stapel stand *Lars von Schelderberg*. Es waren nur zwei Kalender übereinander. Zweitausendzwölf und zweitausenddreizehn. Er griff sich den obersten seines Großonkels und schlug fast die gesamten Seiten über die Spiralbindung zurück. Oktober. Er blätterte weiter. November, Dezember. Da war sie, die Arbeitswoche vom zehnten bis zum fünfzehnten Dezember. Der sechzehnte und siebzehnte waren frei von Notizen. Das Wochenende.

Auf der Wochenübersicht war kein Termin eingetragen. *Sylt* stand in großen Buchstaben über die Seite geschrieben. Mittis Schrift. Er nahm den Kalender genauer unter die Lupe. Sie hatte wohl ein paar Termine abgesagt, damit Nettelbeck mit Hedi wegfahren konnte. Andreas sah neben einigen Uhrzeiten noch Reste von grauem Stift und leichte Schatten. Aber Mitti hatte mit dem Bleistift nicht genug aufgedrückt, um die Namen auch jetzt noch zu erkennen, wo sie wegradiert waren.

Andreas zog die Übersicht mit den anderen Mandantennamen vor. Sie waren aus den letzten beiden Jahren. Er verglich jedes Datum der Unterschrift von Nettelbeck mit den Terminen, die Mitti für Nettelbeck in den Kalender eingetragen hatte.

Bernhard Buhr, der Mandant hatte angeblich am

fünfundzwanzigsten Juli zweitausendzwölf sein Testament in Nettelbecks Beisein unterschrieben. An dem Tag war sein Großonkel scheinbar den ganzen Tag in der Kanzlei gewesen. Aber es reihte sich ein Termin an den nächsten. Lückenlos. Sogar zum Mittagessen war ein Merker von Mitti, dass Nettelbeck sich mit einer befreundeten Richterin traf. Keine Lücke von morgens bis abends. Und keiner der Mandanten, der für diesen Tag vorgemerkt war, hieß Bernhard Buhr. Nicht einmal ähnlich.

Bei Norbert Kahlfuß das Gleiche. Dreiundzwanzigster September zweitausendzwölf. Der ganze Terminkalender war an diesem Tag prall gefüllt mit Terminen, aber keiner war mit dem Klienten vereinbart, der angeblich an diesem Tag sein Testament bei und mit Nettelbeck unterschrieben hatte.

Andreas blätterte weiter. Was er fand, wunderte ihn nicht. An den Tagen, an denen Nettelbeck angeblich die Mandanten bei der Testamentsunterzeichnung betreut hatte, passte kein Name seiner eingetragenen Termine zu demjenigen, der auf Andreas' handgeschriebener Übersicht vermerkt war. Bei einigen Terminen war er auch augenscheinlich gar nicht im Büro gewesen. Entweder war er im Urlaub oder bei Hedi zu Besuch in der Herzklinik und später in ihrer Reha-Einrichtung.

Und noch eins fiel ihm auf, als er die einzelnen Jahre durchblätterte. Andreas war überrascht, wie viel sein Großonkel noch vor zwei Jahren gearbeitet hatte. Inzwischen hatte er kaum noch Termine. Das konnte er deutlich aus dem aktuellen Kalender sehen, den Mitti von ihm auf dem Schreibtisch hatte. In den Wochen vor seinem

Unfall waren pro Tag maximal zwei, wenn es hochkam, drei Eintragungen. Fast alles Namen, die Andreas kannte, weil er die Unterschriften der Leute für Nettelbeck geprüft hatte. Ob Hedis Gesundheit damit zu tun hatte? Oder hatte Nettelbeck genug gearbeitet und einfach die Lust verloren?

Er legte den Stapel wieder zurück und blieb ein paar Minuten ratlos sitzen. Dann zog er noch einmal die beiden Kalender aus den zwei Vorjahren hervor, die Mitti für Schelderberg führte. Andreas musste grinsen. Die Arbeitsweise passte zu dem Bild, das er von Schelderberg hatte. Termine frühestens ab zehn Uhr morgens, lange vorgemerkte Mittagspausen, die für Termine scheinbar tabu waren, und dann am späten Nachmittag noch ein bis zwei Mandanten. Vor dem zweiten April zweitausendzwölf war der Kalender komplett leer. Der zweite April, ein Montag, begann mit einer kleinen Feier, wie er aus den Eintragungen vor sich sehen konnte. Sicher sein Einstand in die Kanzlei.

Andreas saß wieder über den Kopien, die er noch immer auf dem Fußboden seines Esszimmers ausgebreitet hatte.

Aus der unteren Etage kamen wieder Geräusche. Undefinierbar. War Nettelbecks Verwandte zurück aus dem Krankenhaus? Es war kurz still. Dann ein lautes Poltern. Ein Krachen. Glas, das sprang. Fluchen von rauen Männerstimmen.

Er ging leise aus der Wohnung die Treppe zu ihr runter. Für den unwahrscheinlichen Fall, dass es Einbrecher waren, die den Lärm verursachten. Schon in der Tür sah er, dass er sich irrte. Mit dem Rücken zu ihm stand ein Schrank von einem

Mann, der mit beiden Händen eine Vitrine umklammert hielt. Vor ihm lagen große Glassplitter. Auf seinem roten Arbeitsanzug prangte ein fetter Schriftzug: *Bonga – Umzüge aller Art.*

„Zieht Frau Merz aus?" Andreas sprach den roten Rücken an.

Der drehte sich etwas zu ihm, ohne die Vitrine loszulassen. „Scheint so, oder?"

„Wohin denn?"

„Da müssen Sie ihre Söhne fragen." Dann machte der Mann eine Bewegung mit dem Kopf in Richtung Wohnung. „Da drin. Aber erst muss ich raus." Mit den Worten schob er sich mit einer fast elegant wirkenden Drehung trotz des offensichtlich schweren Möbelstücks in seinen Händen an Andreas vorbei. Scherben knirschten unter seinen Füßen.

Andreas klopfte an den Türrahmen und stieg, als er von drinnen kein Zeichen hörte, über das kaputte Glas. Die beiden Söhne befanden sich im hinteren Teil der Wohnung und verpackten den Inhalt ihrer Schlafzimmerschränke in große Umzugkartons. Er sah einen Bademantel, Kleider und sogar unförmige Unterwäsche in den Regalen.

„Entschuldigung." Er räusperte sich.

Beide Männer blickten fast synchron zu ihm auf.

„Entschuldigung. Ich habe nur von oben Geräusche gehört und wollte nachsehen, ob alles in Ordnung ist."

Der weniger grauhaarige der Männer, Peter Merz, den

Andreas für den jüngeren hielt, ergriff das Wort. „In Ordnung. Sie sehen ja. Wir packen."

„So schlimm?"

„Sie kann nicht mehr alleine sein. Wir suchen gerade einen Pflegeplatz für sie."

„Oh."

Andreas war doch überrascht, auch wenn die alte Frau Merz extrem schrullig war, hatte er sie noch nicht für pflegebedürftig gehalten.

„Weil sie zusammengebrochen ist?", hakte er nach.

„Nein. Sie ist krank."

Der Grauhaarigere der beiden klinkte sich in das Gespräch ein. „Im Krankenhaus haben sie mit ihr eine ganze Reihe von Tests gemacht. Blutuntersuchungen. MRT, CT, Röntgen, alles um herauszufinden, warum sie zusammengeklappt ist und was mit ihr nicht stimmt."

„Und was kam dabei heraus?"

„Eine relativ seltene Form von Demenz. Morbus Pick, auch FTD genannt. Ist Ihnen das Verhalten unserer Mutter irgendwie aufgefallen? War sie Ihnen gegenüber merkwürdig?"

Der Name der Krankheit kam Andreas bekannt vor. Vielleicht aus dem Studium. „Hm, komisch war sie schon etwas …" Was noch höflich von ihm formuliert war.

Die beiden Männer sahen etwas verloren aus zwischen den

übergroßen altmodischen Kleidungsstücken.

„Kann ich helfen?" Andreas deutete auf den Stapel Kleidung, der schon aus den Schubladen einer Kommode auf das Bett getürmt war.

Der ältere der beiden Brüder nahm das Angebot dankbar an.

Nach ein paar Stunden war alles in der Wohnung von ihnen sauber verpackt und mit dem Umzugsunternehmen und dem jüngeren der Brüder auf dem Weg zu dessen Haus. Für das Ausladen würden sie dort keine weitere Hilfe brauchen. Der verbliebene Sohn bedankte sich überschwänglich bei Andreas.

„Ich bekomme langsam Hunger. Zu tun haben wir hier nichts mehr. Gibt es hier etwas in der Nähe?"

Andreas überlegte kurz. „Ja, einen ordentlichen Griechen, gleich zwei Straßen weiter."

„Darf ich Sie einladen? Als Dank? Jetzt haben Sie uns schon zum zweiten Mal geholfen. Erst finden Sie unsere Mutter, und dann helfen Sie auch noch beim Umzug."

„Ach, das ist schon okay …"

„Trotzdem würde ich mich freuen."

Andreas guckte auf die Uhr, es war kurz nach sechs abends. Dann fiel ihm ein, dass Sonntag war und Ed ihm freigegeben hatte.

„Dann gerne. Ich hole nur meine Jacke."

„Ich bin übrigens Frank."

„Andreas."

Sie gaben sich die Hand.

Nicht mal eine halbe Stunde später hatten die beiden einen großen Teller mit einem Berg Fleischspieße, Hackröllchen und Gyrosfleisch vor sich. Das Essen duftete würzig. Frank bestellte sich ein großes Bier und einen Ouzo. Andreas hielt sich an Cola.

Während sie aßen, erzählte Frank von sich und seinem Bruder. Von der Mutter, Andreas' Nachbarin, die zu ihnen immer abweisender wurde, bis sie sie gar nicht mehr besuchten. Jetzt tat es den beiden schrecklich leid, und sie zerfraßen sich vor schlechtem Gewissen, weil sie ihre Mutter so vernachlässigt hatten.

„Erst wurde sie immer amüsanter", erinnerte sich Frank.

„Sie rief oft an. Lustig, gut gelaunt, und erzählte Geschichten. Alles, was sie den Tag über erlebt hatte. Nach einer Weile schlug es um. Aber sicher erst ein Jahr später. Sie begann, Wörter in den Mund zu nehmen, die sie vorher nie benutzt hatte. Schimpfte über Nachbarn und Verwandte und beleidigte sie zutiefst, wenn ihr danach war. Uns auch."

Andreas hörte auf zu kauen und sah ihn verständnisvoll an.

„Wir wussten nicht, dass sie zu anderen auch so war. Sie hat nur am Telefon plötzlich immer schlecht über alles und jeden gesprochen. War wegen jeder Kleinigkeit, die ihr nicht passte, böse und richtig aggressiv, dabei war sie früher ein friedliebender Mensch." Frank nahm einen Bissen von seinem Fleischspieß und fuhr fort: „Sie hat uns gegeneinander ausgespielt, wenigstens hatten wir den Eindruck. Und irgendwann haben wir den Kontakt zu ihr abgebrochen." Jetzt kniff er die Augen zusammen. „Oh, Mann."

Andreas sah, dass Frank gegen die Tränen ankämpfte.

„Wir haben gedacht, sie wird einfach nur boshaft."

Andreas nickte zum Zeichen, dass er zuhörte.

„Dabei ist es die Krankheit."

„Demenz macht sowas?" Andreas konnte es nicht glauben.

„Nein, nicht nur Demenz. Diese Form. Morbus Pick. Es ist eine andere Form der Demenz. Nicht so, wie wir sie im Allgemeinen kennen mit Gedächtnisverlust und so."

„Und was bewirkt sie dann?"

„Das Gedächtnis bleibt zunächst noch intakt. Nur fängt die Persönlichkeit langsam an, sich zu verändern. Die Ärzte sagen, der Krankheitsverlauf unserer Mutter sei typisch. Die Betroffenen werden verhaltensauffällig, ändern sich in für sie typischen Verhaltensweisen." Frank überlegte kurz und fand dann ein Beispiel. „Unsere Mutter war früher ein sehr schüchterner und ruhiger Mensch. Sie tat keiner Fliege etwas zuleide. Die Krankheit tritt oft erst ab sechzig auf, haben sie im Krankenhaus gesagt, und als ich überlegt habe, wann ihre Veränderungen losgingen, war das auch um ihren sechzigsten Geburtstag herum. Sie wurde immer bunter, von der Kleidung, und geselliger. Dann ist es irgendwann ins Negative gekippt, und sie wurde immer verletzender.

Hat sich auf einer Familienfeier fast mit Hedi Nettelbeck geprügelt, weil ihr deren kalte Art nicht gepasst hat. Viele haben den Kontakt zu ihr abgebrochen. Hätten wir das bloß gewusst."

Frank nahm den Kopf in beide Hände und bedeckte sein Gesicht. Als die Bedienung an den Tisch kam, bestellte er sich noch ein großes Bier und einen Ouzo.

„Das tut mir leid."

Andreas sah zu, wie sein Gegenüber einen großen Schluck von seinem Bier nahm. Dann schaute Frank auf die Uhr und schlug sich gegen die Stirn.

„Oh, Mist! Ich habe total vergessen, dass ich mir heute noch ein Pflegeheim angucken muss." Er warf einen Blick zu seinem Glas, das schon halb leer war. „Ist jetzt wohl nicht mehr so eine gute Idee … Mein Bruder wird sauer sein. Ist ganz schön schwierig, eine Einrichtung zu finden, die Menschen wie meine Mutter aufnimmt. Die meisten schreckt das Krankheitsbild ab."

„Warum?"

„Zu störend für die anderen Patienten."

„Soll ich fahren? Heute ist Sonntag. Ich hätte Zeit."

Frank zog sein Handy aus der Tasche und wählte eine Nummer. Nach einem kurzen Gespräch mit der Pflegeeinrichtung legte er auf. „Die Inhaberin ist noch eine Stunde da. Bis zwanzig Uhr. Wenn wir uns beeilen, klappt es."

Beide stopften sich den Rest ihres Fleischbergs in den Mund und spülten ihn runter.

Das Pflegeheim lag etwas außerhalb der Stadtgrenzen. Ein langgezogener Flachdachbau aus den siebziger Jahren. Andreas wartete eine Weile im Auto, nachdem Frank durch den freundlichen Eingangsbereich ins Innere des Gebäudes verschwunden war. Irgendwann wurde ihm zu kalt, und er beschloss, sich drinnen aufzuwärmen.

Hinter der Eingangstür schlug ihm warme, abgestandene Luft entgegen. Vor ihm lag ein gemütlicher Wartebereich mit einem Sofa, Sesseln und einem kleinen Tisch, auf dem Broschüren der Einrichtung lagen. Dahinter konnte er den breiten Gang zu den Stationen erahnen, verdeckt durch gemauerte halbhohe Wände und einen Mittelbereich, in dem sich die Gästetoiletten befanden. Gegenüber der Sitzecke zierte eine überdimensionale runde Uhr im Stil von Bahnhofsuhren die Wand. Sogar ein Blinder hätte darauf die Zeit ablesen können. Es waren kaum Geräusche zu hören. Das Abendessen war längst vorbei, und er vermutete, dass die meisten der Bewohner bereits schliefen.

Andreas setzte sich und blätterte die Werbeprospekte durch. Er wurde langsam schläfrig von der abgestandenen Luft. Frank blieb verschwunden. Inzwischen zeigte die große Uhr auf halb neun. Hatte die Inhaberin nicht nur Dienst bis acht? Andreas legte die Prospekte zur Seite und stand wieder auf. Langsam ging er den Gang in die Richtung, in die Frank verschwunden war.

An den Backsteinwänden hingen große Bilder. Die meisten waren abstrakt und farbenfroh. Einige erinnerten ihn entfernt an Kunstwerke berühmter Künstler, die wohl als

Vorlage gedient hatten. Eins stach ihm besonders ins Auge. Eine Klatschmohnwiese, durch deren hohes Gras eine Frau mit Hut und Sonnenschirm und ein Mädchen gingen, im Hintergrund war ein großes Haus zwischen Bäumen, fast wie ein Gutshof. Das Original musste von *Monet* sein. Er guckte unten links in die Ecke, in der Monet immer signierte. Kein Name. Dann wanderte sein Blick in die untere rechte Ecke, voller Neugier, ob sich der talentierte Nachahmungskünstler dort verewigt hatte.

Plötzlich stand Frank hinter ihm und klopfte ihm auf die Schulter. „Danke, hat länger gedauert. Wir können los."

Andreas drehte sich um und meinte, aus dem Augenwinkel auf dem Bild noch einen Namen lesen zu können.

Petra drehte sich noch einmal in dem Kellerraum um und versuchte, die Gerüche auszumachen, die von ihren Raumerfrischern und Sprays überdeckt wurden. Zur Kontrolle. Es roch zwar etwas intensiv, aber nur nach den künstlichen Duftstoffen, alle Reste des penetranten Leichengeruchs waren verschwunden.

Sie hatte schon beim Entsorgungsamt der Stadt angerufen. Natürlich nicht unter ihrem Namen, sondern unter dem der Mieterin, die ganz oben wohnte. Die Entsorger wollten das Gerät gleich am Montagmorgen abholen und zum Wertstoffhof bringen. Auf ihre Bitte wurde ihr zugesagt, dass der Fahrer sie auf dem Handy anrief, wenn er da sein würde. „Ich bin sowieso im Keller und kann die Klingel nicht hören. Versuchen Sie es bitte gar nicht erst." Dann hatte sie eine Handynummer hinterlassen, die zu einem alten

Prepaid-Handy gehörte, das sie vor einer Weile in einem Taxi gefunden hatte und vorausschauend eingesteckt hatte.

Dann war sie diese Sorge los. Blieben noch die anderen. Die Spurensuche der Polizei. Und die Identifizierung der Leiche.

Andreas musste sich getäuscht haben. Unten rechts in der Ecke meinte er, *L. von Schelderberg* gelesen zu haben.

„Ich glaube, es klappt." Frank sah deutlich erleichtert aus.

„Wohin jetzt?"

Frank überlegte kurz und zuckte mit den Schultern. Es war klar, dass er nicht mehr selber mit dem Auto nach Hause fahren konnte.

„Hast du zufällig noch Bettzeug und eine Luftmatratze? Dann schlaf ich in der Wohnung meiner Mutter."

„Hab ich nicht. Aber schlaf bei mir auf dem Sofa."

„Danke. Ist heute mein Glückstag." Er lachte erleichtert. „Die Heimleiterin ist super. Hatte schon viele wie meine Mutter. Ihre Pflegekräfte sind ganz gut darauf eingestellt und kennen sich mit dem Krankheitsbild aus."

Auf der Rückfahrt erzählte Frank ausführlich von dem Gespräch.

„Was sind das denn für Leute, die in dem Heim sind?"

„Hauptsachlich sind die auf Demenz ausgelegt, Alzheimer, alles, was eine besonders intensive Art der Betreuung erfordert."

„Auch andere Krankheiten?"

„Ich glaube nicht, warum fragst du?"

„Ach, hab ein Bild gesehen und dachte, ich kenne den Maler."

„Ja, kein Wunder, sind alles Kopien berühmter Kunstwerke von Patienten an der Wand. Hat die Leiterin erzählt."

Andreas klärte das Missverständnis nicht auf.

„Sagt sie zumindest. Die haben wohl ein paar richtige Talente dabei … und dabei gehabt", setzte Frank traurig nach. „Viele sterben in den Jahren nach der Diagnose."

„Ist die Krankheit so tödlich?" Andreas war ehrlich überrascht.

„Scheinbar. Das Gehirngewebe wird kontinuierlich abgebaut. Und vererbbar ist die Krankheit auch. Über ein Drittel der Kinder von Morbus-Pick-Kranken trägt die Krankheit in sich."

„Aber es gibt doch sicher Medikamente und Therapiemöglichkeiten …?" Andreas drehte sich kurz zu Frank, als sie an einer roten Ampel warteten.

Der schüttelte den Kopf. „Nicht gegen die Krankheit, nur gegen die Begleiterscheinungen. Das gleiche Zeug, das man bei Demenz gibt, teilweise dazu noch Antidepressiva. – Mein Bruder und ich wollten uns im Krankenhaus vor ein paar Tagen untersuchen lassen, ob wir die Krankheit in uns haben, aber auch das ist nicht möglich. Die Ärzte stellen die Diagnose anhand der Symptome, die du zeigst. Das heißt, du musst erst ein bestimmtes Stadium der Krankheit erreicht haben und dich auffällig benehmen, damit die Ärzte überhaupt darauf kommen, was du hast. Und Gewissheit hat man erst, wenn man tot ist und das Gehirn obduziert wird. Gut ist, es geht meist erst mit sechzig Jahren los." Frank grinste schief. „Da haben wir noch ein paar Jahre."

Erst als Andreas Franks Auto vor dem Haus parkte, griff sein Beifahrer das Thema noch einmal auf. „Eigentlich kann meine Mutter froh sein. Die Pflegeleiterin hat mir vorhin von ihrem jüngsten Fall erzählt. Eine junge Frau, noch nicht einmal dreißig. Von ihr sind viele der schönen Bilder."

Beide schwiegen eine Weile und blieben im Auto sitzen. Erst, als der Wagen auskühlte, nahm Frank den Griff der Tür und stieg aus.

„Ihr Name ist …?"

„Maryna Beljajew."

„Geboren?"

„In Staraya Myotcha."

„Das ist …?", hakte der gemütlich wirkende, füllige Polizeibeamte Lorenz nach und sah an seinem Computer vorbei auf die dunkelhaarige Frau, die ihm gegenübersaß.

„In Weißrussland, ungefähr hundert Kilometer östlich von Minsk."

„Bitte buchstabieren …" Er sah sie dabei über die halb auf seiner Nase sitzende Brille an.

„S…t…a…r…a…y…a…" Sie wartete, bis er mit dem Tippen fertig war. „M…y…o…t…c…h…a…"

„In Ihrem Ausweis steht aber Minsk." Der Beamte nahm noch einmal ihr Dokument, das vor ihm lag.

„Das ist bei uns so gewesen. Etwas ungenau."

Prüfend schaute der Polizist auf das Bild in ihrem Pass. Dann wieder auf die Frau, die vor ihm saß. Er fand, dass sie nicht gut getroffen war. Ihre Haare waren deutlich kürzer als jetzt. Aber der Pass war vor zwei Jahren ausgestellt worden, und er wusste, wie schnell sich Menschen verändern konnten. Besonders Frauen, wenn sie ihre Frisur änderten.

Er lehnte sich zurück. Froh, dass sie so gut Deutsch sprach, dass er für ihre Aussage augenscheinlich keinen Dolmetscher benötigte. Bis auf die etwas harte Aussprache gab es keinen Hinweis darauf, dass sie erst vor zwei Jahren nach Deutschland gekommen war. Nachdem er ihre Zeugenaussage von der fraglichen Nacht gelesen hatte, hätte er mit mehr Verständigungsproblemen gerechnet und hatte vorsorglich einen Übersetzer auf Abruf für die Befragung geordert. Den brauchte er jetzt glücklicherweise doch nicht.

„Gut, dann erzählen Sie bitte noch einmal, was Sie gesehen haben."

„Also, ich bin auf dem Weg nach Hause gewesen, zum Bus." Sie wartete kurz und tat so, als ob sie in ihren Erinnerungen kramen musste, um sich den gewünschten

Augenblick wieder ins Gedächtnis zu holen. Wie bei der Suche nach ihrem Autoschlüssel, der regelmäßig in ihrer übergroßen Handtasche verloren ging. „Ich war in Gedanken, und es war ruhig auf der Straße. Dann plötzlich kam ein Auto mit hoher Geschwindigkeit von vorne. Ich habe hochgeschaut, aber da war es schon an mir vorbei."

„Und Sie sind sicher, dass es der Wagen des Verunfallten war?"

Die Frau schaute ihn irritiert an.

„War es der Wagen des Verunfallten?"

Sie überlegte. „Sie meinen das Auto des Mannes, der den Unfall hatte?", fragte sie unsicher nach.

„Ja, genau."

„Es war der Wagen."

„War noch mehr Verkehr auf der Straße?"

Sie schüttelte den Kopf.

„Autos auf der Gegenfahrbahn?"

Sie verneinte.

„Kamen Fahrzeuge nach dem Unfallauto in die Unterführung?"

„Nein."

„Wie haben Sie den Unfall sehen können? Sie gingen ja von der Unterführung weg Richtung Bushaltestelle."

„Ich habe das Auto an mir vorbeirasen sehen und habe mich erschrocken. Habe mich umgedreht, um zu sehen, was es für ein Wagen war. Er ist in die Unterführung gefahren. Viel zu schnell. Ich habe nur einen schwarzen Schatten gesehen, und dann gab es auch schon den lauten Knall."

Der Beamte nickte ihr aufmunternd zu. „Also keine anderen Fahrzeuge? Vielleicht etwas Rotes?"

Die Frau erstarrte. Dann schüttelte sie nachdrücklich den Kopf. „Nein. Es war nur das schwarze Auto." Wieso fragte der Polizist? Wie kam er auf Rot?

Er hörte ihr noch immer zurückgelehnt in seinem Schreibtischstuhl zu. „Und dann?", ermutigte er sie, weiterzusprechen.

„Dann habe ich die Polizei gerufen."

„Sind Sie zu der Unfallstelle hingegangen?"

„Nein. Ich hatte Angst, dass ich in der Unterführung überfahren werde. Es war dunkel. Alles lag voll Autoteile. Ich hatte kein Licht dabei. Ich habe dort gewartet, wo ich stehen geblieben bin, um dem Wagen hinterherzuschauen."

„Das war wo genau?"

„Hinter dem Gebäude der Spedition. Auf dem Gehweg." Sie hatte mit ihrer Schwester extra noch einmal einen Ausflug zu diesem Ort gemacht, um genau zu gucken, von wo aus man als Fußgänger einen Blick in die Unterführung hatte.

„Ist Ihnen sonst noch etwas aufgefallen?"

Sie schüttelte wieder den Kopf.

„Gut, dann nehme ich jetzt Ihre Zeugenaussage auf, Frau Beljajew."

Der Beamte rollte mit seinem Stuhl dichter an seinen Computer und tippte langsam das, was ihm zuvor erzählt wurde, auf der Tastatur. Dabei las er jedes Wort laut vor. Schaute ab und zu hoch, und ließ sich von ihr die Richtigkeit des Tathergangs mit einem Nicken bestätigen. Zum Schluss druckte er ihr sein Protokoll aus und las es ihr vor.

Sie nickte.

„Dann unterschreiben Sie bitte hier, wenn ich alles richtig wiedergegeben habe." Der Polizist hielt seinen rechten Zeigefinger auf die Unterschriftenzeile am Ende der getippten Aussage.

Sie unterschrieb.

„Danke."

„Übrigens sprechen Sie sehr gut Deutsch, dafür, dass Sie erst so kurz hier sind."

„Ach, in den sieben Jahren in Deutschland habe ich viel gelernt." Dann verschwand sie durch die Tür.

Der Beamte schaute ihr irritiert nach. Hatte in der ersten Zeugenaussage die Beamtin vor Ort nicht erwähnt, dass Maryna Beljajew erst vor zwei Jahren nach Deutschland gekommen war? Zum Glück hatte sie sich versehen, und er benötigte den Dolmetscher nicht. Das ersparte ihm einiges an Zeit und Arbeit. Zufrieden lehnte er sich wieder in seinem Stuhl zurück und zog die oberste Schreibtischschublade auf. Seine Frau hatte ihm Brote geschmiert und ein wenig Gurke in einer Tupperdose mitgegeben. Damit er nicht in der Polizeikantine das fettige Essen zu sich nehmen musste. Über ihrer Fürsorge vergaß er die kleine Ungereimtheit.

„Pünktlichkeit ist wohl nicht Ihre Stärke …" Rechtsanwalt Kohler, ein kleiner, gebeugt gehender Mann in feinem Seidenanzug schüttelte Andreas die Hand. Er hatte einen extrem harten Händedruck.

„Das stimmt." Andreas war froh, dass er Kohler zu einem zweiten Treffen überreden konnte, nachdem er ihn nach Tagen endlich ein zweites Mal ans Telefon bekommen hatte.

„Ehrlich biste ja." Noch immer schüttelte Kohler Andreas die Hand. „Das gefällt mir." Dann lachte er in sich hinein.

„Tut mir leid wegen neulich. Ich wollte Sie nicht versetzen. Sie haben etwas gefunden?"

„Ja, ja, komm rüber …" Er winkte Andreas in eine Besprechungsecke. „Der Großneffe vom Friedrich … Wie war dein Name?"

„Tewill. Andreas Tewill."

„Könntest mein Sohn sein …"

„Äh, ja."

Vor ihnen lagen drei kleine Stapel Unterlagen. Auf dem ersten Stand *WOC – World Orphan Charity*, auf dem zweiten *OCF – Orphan Career Funding* und auf dem dritten *CSO – Career Support Orphans*.

Kohler lehnte sich in seinem Stuhl zurück. „Vorletzte Woche, da habe ich deinen Großonkel getroffen. Er kam auf Ludolf. Alter Bekannter von uns. Hat mir erzählt, dass ihm etwas an seinem Testament komisch vorkam. Ludolf selbst war etwas wortkarg, als Friedrich ihn aufs Testament ansprach."

Also hatte sich Nettelbeck gleich gekümmert.

Kohler schob ihm die drei Stapel rüber. „Hier, ich war fleißig. Sind die drei Organisationen, die er bedenken will."

Andreas las sich noch einmal die Deckblätter durch. „Orphans …?" Er musste kurz überlegen. „Waisen …?"

Kohler nickte.

„Sieht sehr professionell aus. So international."

„Ist es aber nicht."

„Nicht?"

„Nein." Er nahm sich einen der Stapel zurück und blätterte durch ein paar Kopien. „Hier …" Er zeigte auf ein offiziell aussehendes Dokument.

Es war ein Auszug aus dem Amtsregister der Stadt. Die Vereinsgründung. Andreas blätterte und las. Hinter der Urkunde über die Bestellung des Vorstandes fand er eine mehrseitige Satzung. Unter anderem waren dort auch die Gründungsmitglieder genannt.

Kohler zeigte auf die Auflistung der Namen und las laut vor. Alles typisch deutsche Namen aus der ersten Hälfte des neunzehnten Jahrhunderts.

„Nicht besonders international", bemerkte Andreas.

„Vorsitzende ist eine Susanne Schwarz." Kohler zeigte auf die Kopie der Urkunde. Er zog die anderen beiden Stapel zu sich herüber. Wieder blätterte er und hielt Andreas die Papiere vor die Nase und zeigte mit dem Finger auf den Namen der Vorstände des zweiten und dritten Vereins. „Susanne Schwarz, Susanne Schwarz."

Dann zeigte er Andreas die Satzungen mit den Namen der Gründungsmitglieder. Sie klangen ähnlich alt wie die zuvor.

„Auf jeden Fall eine gute Idee, die Vereine so zu nennen. Hört sich irgendwie professioneller an", überlegte Andreas laut. Ihm fiel wieder das erste Telefonat mit Kohler ein und sein blödes Spielchen. „Was haben Sie denn mit denen zu schaffen? Oberdock … Unterdock?"

Kohler schüttelte den Kopf. „Eigentlich nichts. Aber ich habe für eine alte Bekannte Privatdetektiv gespielt. Sie hat ein kleines Café in der Stadt und vermisst eine ihrer früheren Zöglinge. Sie hat diese drei Vereine, die der Rapp bedacht hat, gegründet."

„Frau Beljajew?"

„Die ist im Urlaub." Eine faltige Frau in bunten Kittel beugte sich weit aus dem Fenster.

„Ach, ja, wann kommt sie denn wieder?"

Kommissar Lorenz trat einen Schritt von der Haustür zurück und guckte zu der alten Dame, die sich aus einem der Hochparterrefenster gelehnt hatte.

Die zuckte mit den Schultern. „Ist gerade gestern erst los."

„Und Sie sind?"

„Ich bin nur die Nachbarin, gieße die Blumen."

„Wie nett von Ihnen."

Die Frau nickte, dabei bewegte sich die Haut unter ihrem Kinn und schwang leicht hin und her.

Der Beamte blieb unschlüssig stehen. Eigentlich hatte er gehofft, Maryna Beljajew ihren Ausweis zurückgeben zu können, den sie heute Morgen auf dem Revier vergessen hatte.

„Was wollen Sie denn von Frau Berjajew?"

„Sie hat ihren Ausweis vergessen." Der Mann winkte mit dem Dokument, das er in der Hand hielt.

„Bei der Polizei?"

Die Stimme der Frau klang neugierig.

„Ja."

„Was hat sie denn verbrochen?"

„Nichts, sie war Zeugin eines Unfalls."

„Das hat sie mir gar nicht erzählt."

Der Beamte zuckte mit den Schultern.

„Ich mach Ihnen auf, dann können Sie ihr den Ausweis hinlegen. Erster Stock rechts."

Er ging die wenigen Treppenstufen hoch und stand vor der neugierigen Nachbarin.

Sie ließ ihn in den Flur der Wohnung. „Einen Moment, wollen Sie ihr noch etwas schreiben? Ich suche einen Zettel."

Sie verschwand, und er hatte Zeit, sich die Fotos an der Wand näher anzuschauen. Zwei Frauen mit starker Ähnlichkeit lächelten darauf in die Kamera. Die Linke, mit den längeren Haaren, war seine Zeugin von heute früh. Als die Nachbarin zurückkam, zeigte er auf die rechte Frau auf dem Bild.

„Die Schwester von Frau Beljajew?"

„Nein." Die Nachbarin war irritiert. „Das ist Frau Beljajew, das daneben ist ihre Schwester. Natalia."

Pia rief Andreas auf dem Handy an. „Du, wolltest du nicht was Neues von mir wissen?"

„Klar."

„Irgendwas stimmt da nicht mit dem Auto von deinem

Großonkel."

Andreas fielen wieder die Kommentare auf seinen Kopien der Polizeiakte ein.

„Das habe ich mir gedacht. Und, hast du was Konkretes?"

„Die von der Technik haben rote Lackspuren gefunden."

„Stand schon im Bericht."

„Ja und jetzt haben die bei der Analyse festgestellt, dass es ein zweites Fahrzeug gegeben haben muss. Der ganze linke Kotflügel vom Auto deines Großonkels ist voll fremden Lackspuren. Sieht aus, als wurde er abgedrängt."

Andreas schwieg.

„Hallo? Bist du noch da?"

„Hm."

„Er kann auch nicht so schnell gewesen sein, wie die Zeugin ausgesagt hat."

„Aha."

„Ja, sonst wäre der Wagen noch stärker durch den Aufprall beschädigt worden."

„Also hat ihn jemand vorsätzlich von der Fahrbahn gedrängt?"

„Könnte so sein, aber die Ermittlungen dauern noch an. Ist alles etwas schleppend bei den Jungs gerade."

„Noch immer die Leiche im Beton?"

„Yes. Total verwest, die Analysen laufen, aber sie passt zu keiner vermissten Person, die in den letzten Jahren verschwunden ist. Das Bundeskriminalamt hat keine Treffer bisher. Dabei haben die in ihrer Datenbank siebentausend Fälle von Menschen, die einfach so bei uns in Deutschland verschwunden sind."

„Hm."

„Kaum zu glauben, oder? Die meisten werden innerhalb des ersten Monats wiedergefunden oder tauchen von alleine wieder auf. Danach wird es immer unwahrscheinlicher, eine Person zu finden. Die Spuren werden unzuverlässiger, dürftiger oder verschwinden, wenn es überhaupt welche gab. Aber eins wissen die wohl. Es war eine Frau. Mit langen, schwarzen Haaren. Die Kollegen haben sie Schneewittchen getauft."

„Hm. Tut mir leid, Pia. Ich bin gerade in Gedanken noch bei meinem Großonkel."

„Klar."

„Kann ich irgendetwas tun, um die Ermittlungen zu beschleunigen?"

„Ist er noch im künstlichen Koma?"

„Nein."

„Dann frag ihn doch, bevor es die Polizei tut."

„Er hat keine Erinnerung mehr an den Unfall."

„Aber manchmal kommt die Erinnerung wieder. Das habe

ich an der Uni gelernt. Traumatherapie."

Andreas wusste, dass sie recht hatte. Auch wenn das nicht sein Fachgebiet war, hatte er einige Kollegen, die sich mit dem Thema befassten. Und Eva natürlich. Auch wenn die sich auf eine andere Art von Trauma spezialisiert hatte.

„Ich weiß, du brauchst keinen Rat von mir …" Pias Stimme kam sanft durchs Telefon. „Aber ich würde es versuchen an deiner Stelle. Jeden Tag."

„Ich weiß nicht …"

„Ja, ich weiß, dass es nach Expertenmeinung oft auch gut sein kann, dass sich Opfer nicht mehr erinnern. Es ist ein persönlicher psychologischer Schutzmechanismus, das muss ich dir ja nicht erzählen … Trotzdem …" Pia wartete einen Augenblick.

„Ja?"

„Ich habe mir die Kopien auch angesehen. Sorry, aber mich hat es interessiert, und ich wollte ja wenigstens wissen, wofür ich meine tolle Praktikumsstelle gefährde. Ich finde, der Unfall hört sich verdammt danach an, als ob die Zeugin gelogen hätte."

„Das habe ich auch gedacht."

„Tja, und da es ja augenscheinlich keine weiteren Zeugen gibt, ist es doch wichtig, dass dein Großonkel sich erinnert. Falls es noch andere Unfallbeteiligte gab, haben die sich ja schließlich aus dem Staub gemacht."

„Sieht so aus."

„Aber nicht, ohne vorher mit der Zeugin zu sprechen. Vielleicht ist sie geschmiert worden?"

„Ganz schön gewagt …"

„Oder sie war gar nicht da …?", spekulierte Pia weiter. „Schließlich hat sie in der Unfallnacht ausgesagt, dass das Auto mit rasender Geschwindigkeit in die Unterführung gefahren ist. Die Polizistin vor Ort hat irgendwas von geschätzten hundertzwanzig Stundenkilometern notiert."

Andreas erinnerte sich, das im Bericht gelesen zu haben. „Und?", hakte er nach.

„Er kann nicht schneller als sechzig gefahren sein. Sagt die Technik, die den Wagen untersucht hat."

„Vielleicht hat er vorher noch gebremst, als er gemerkt hat, dass er die Kontrolle verliert …"

„Es gibt aber keine Bremsspuren. Die wären im Bericht erwähnt, die sieht jeder Anfänger. Außerdem stinkt es dann ziemlich nach Gummi."

„Kann er nicht vorher etwas gerammt haben, was die roten Kratzer erklärt?"

„Kann sein. Aber wenn du ihn nicht fragst, es nicht wenigstens versuchst, dann tappst du weiter im Dunkeln."

„Du hast ja recht."

So hatte Andreas zwei Gründe, Nettelbeck in der Klinik zu besuchen.

Natalia war sauer. Wieso wusste sie nichts davon, dass es Spuren am Auto dieses alten Typen gab? Hatte er es auch nicht gewusst, oder wollte er ihre Schwester ans Messer liefern? Er liebte sie doch. Da konnte er sie doch nicht in so eine Situation bringen. Empört versuchte sie mehrmals, ihn anzurufen. Aber er ging nicht ran.

Dann rief sie ihre Schwester an und meldete sich auf Russisch. „Maryna, ich bin es. Natalia."

„Hallo."

„Wie geht es dir?"

„Gut, gut."

„Ist auch gut gelaufen."

„Ja?"

„Sicher, die Polizei hat nichts gemerkt. Sie denken, du warst da."

„Gut."

Natalia brachte es nicht übers Herz, ihr die Wahrheit zu sagen. Von ihrem komischen Bauchgefühl zu berichten, als der Polizist immer wieder das Foto auf dem Ausweis, den sie ihm vorgelegt hatte, mit der Frau verglich, die vor ihm saß. „Wo bist du?"

„Bei Tante Alenka."

„Du brauchst keine Angst zu haben. Die Zeugenaussage ist durch. Mehr kann die Polizei nicht von dir wollen."

„Aber ich will weg."

„Bleib hier, bitte. Es ist vorbei. Ich habe hier doch sonst niemanden."

„Aber du hast ihn. Und was ist, wenn die Polizei mir noch mehr Fragen stellen will? Wenn sie zu mir nach Hause kommen? Mich verhaften?"

„Wir sind in Deutschland, hier gibt es so etwas nicht. Nicht bei solchen Kleinigkeiten. Das hat er gesagt. Ich habe ihn extra noch einmal gefragt. Er sagt, du kannst ganz sicher sein. Schlimmstenfalls schickt dir die Polizei eine neue Vorladung. Und dann gibst du sie mir." Natalia war nicht wohl bei dem Gedanken. „Ich geh wieder hin. Falls es einen zweiten Termin überhaupt gibt. Versprochen."

„Tante Alenka lässt sich von Danil abholen und fährt ein paar Wochen zurück nach Hause. Sie sagt, ich kann mit …"

„Maryna, bitte … nicht."

„Nur ein paar Wochen. Es muss sein. Dann habe ich die Sache vergessen und komme wieder."

Natalia schwieg.

„Komm vorbei und gib mir meinen Ausweis, damit ich fahren kann."

Nettelbeck sah nicht besser aus als bei Andreas' letztem Besuch. Noch immer lag er blass und eingefallen in dem übergroß scheinenden Krankenhausbett.

Auf gut Glück hatte Andreas ihm eine große Schachtel mit Schokoladentäfelchen mitgebracht. Von der Sorte, die Nettelbeck auch bei sich im Aktenschank hatte. Die Süßigkeiten waren in weniger als zehn Minuten aufgegessen. „Sag mal, kriegst du hier nichts Anständiges zu essen?", fragte er scherzhaft.

Mit vollem Mund antwortete Nettelbeck.

Andreas verstand nur die Hälfte. „Wie bitte?"

Nettelbeck schluckte zufrieden den letzten Rest Schokolade runter. „Nichts Süßes gibt es hier. Die halten mich ganz schön knapp." Seine Wangen nahmen eine leicht rosige Farbe an.

„Echt?"

Andreas schielte zu dem Tablett, das vom Mittagessen noch nicht abgeholt worden war. Er konnte eindeutig zwei Schalen mit Resten von Pudding oder irgendeiner süßen Creme sehen. Beide waren fast saubergekratzt.

„Echt! Wegen des Herzanfalls, vorsorglich …"

„Aha."

„Holst du mir noch was? Die haben hier doch sicher irgendeinen kleinen Kiosk im Krankenhaus."

„Klar."

Nettelbeck drehte sich umständlich zu seinem schwenkbaren Beistelltisch und kramte in der kleinen Schublade. „Hier, nimm das Geld mit." Er hielt Andreas seine Geldbörse hin.

„Auf keinen Fall. Was willst du? Ich zahl."

„Schokolade."

„Eine bestimmte Sorte?"

„Irgendwas Gutes."

Andreas stand auf und ging zur Tür. „Bin gleich wieder da."

„Bring ruhig mehr mit. Und auch noch Gummibärchen …", rief ihm sein Großonkel hinterher.

Zehn Minuten später war Andreas zurück. In der Hand eine kleine Tragetasche, die die Verkäuferin ihm gratis dazugegeben hatte, damit er seine Einkäufe tragen konnte. Andreas zog ein paar Pralinenschachteln aus der Tüte. Nettelbeck bekam einen wachen Blick. Dann folgten noch mehrere Tüten Gummibärchen und Schokoladentafeln.

„Hmmm, das sieht gut aus." Nettelbeck richtete sich überraschend schnell etwas in seinem Bett auf. „Reich gleich mal was rüber."

Andreas zog die Augenbrauen hoch.

„Na ja, probieren werde ich doch sicher dürfen."

Nettelbeck grinste schwach, und Andreas hielt ihm mehrere Schachteln zur Auswahl hin.

„Sag mal, Friedrich, kannst du dich jetzt an irgendetwas erinnern?"

Nettelbeck dachte kurz nach. „Du meinst, den Unfall?"

Andreas nickte.

„Noch immer nicht. Hedi fragt auch immer. Sie denkt, ich habe getrunken. Aber ich weiß es nicht. Nicht mal das."

„Getrunken hast du nicht."

„Sicher?"

„Ja."

„Aber woher weißt du das?"

Andreas biss sich auf die Zunge und suchte nach einer Notlüge. Sein Blick fiel auf die Krankenakte, die an Nettelbecks Fußende vom Bett geklemmt hing. „Ich glaub, ich habe es in deiner Krankenakte gesehen, als ich dich im anderen Krankenhaus besucht habe."

„Puh, das beruhigt mich. Hedi unterstellt mir schon länger, dass ich mehr trinke, als gut für mich ist."

„Und, hat sie recht?

„Eigentlich nicht."

„Eigentlich …?" Andreas sah, wie das Gespräch Nettelbeck anstrengte, und ärgerte sich über seine Nachfrage.

„Du, Friedrich, vergiss es. Mach dir keine Sorgen wegen des Trinkens." Die Schachtel mit Schokoladenpralinen war nebenbei schon leer geworden. „Sag mal, bist du dir sicher, dass du sonst genug zu essen bekommst?"

„Schmeckt hier nicht so."

„Was sagen denn die Ärzte?"

„Ein paar Wochen muss ich noch bleiben. Ich glaub, zwei."

„Und wie fühlst du dich?"

„Wie vom Auto überfahren." Nettelbeck grinste wieder. Der Humor kam langsam durch. Ein gutes Zeichen.

„Na, dann sieh mal zu, dass du bald wieder fit bist."

„Wie läuft es in der Kanzlei?"

„Ganz gut. Hab ein wenig den Alltagskram mit Mitti besprochen und alle Klienten vertröstet." Dass es gar nicht so viele waren, wie Andreas immer von einer gut gehenden Kanzlei vermutet hatte, verschwieg er. „Sag mal, Friedrich, weißt du noch, was mit dem einen Mandanten war, kurz vor deinem Unfall?"

„Ich weiß nicht. Wer denn?"

„Ludolf Rapp."

„Lass mich überlegen."

Es entstand eine längere Pause. Nettelbeck versuchte dabei, sich weiter aufzurichten. Aber ihm fehlte die Kraft. Andreas wollte ihm helfen und legte eine Hand an den Rücken seines Großonkels, aber der wehrte ab.

„Lass mal, lass! Ich brauch noch etwas. Die blöden Quetschungen …" Erschöpft ließ er sich wieder in seine Kissen sinken und schloss die Augen.

Andreas merkte, dass Nettelbeck am Ende seiner Konzentration und seiner Kräfte war, und schnitt das Thema nicht noch einmal an. Als er eingeschlafen war, blieb Andreas noch eine Weile bei ihm sitzen. Seinen Wintermantel hatte er über den Stuhl gelegt, auf dem er saß. Irgendetwas drückte ihn im Rücken. Er durchsuchte den Mantel, zog das kleine Notizbuch von Nettelbeck hervor, das er noch immer in seiner Manteltasche aufbewahrte, und einen Armreif. Den Armreif, den Pia bei ihm zu Hause vergessen hatte, als sie bei ihm übernachtet hatte.

Petra Bell dachte zuerst, sie würde überreagieren. Ihr Herz klopfte wild. Gerade hatte sie in einer kleinen Pause zwischen zwei Beratungsgesprächen beobachtet, wie zwei Männer sich das gerade abgebaute Gerüst neben dem neu gegossenen Fundament näher anschauten. *Es sind die Angestellten von der Gerüstfirma*, redete sie sich ein. Als sich ihr Puls wieder beruhigte, sah sie, wie einer der Männer etwas Kleines aus seiner Tasche zog. Etwas blinkte in der Sonne. Wie ein Glasröhrchen. Mehr konnte sie auf die Entfernung nicht erkennen. Dann zog er sich zwei Handschuhe an und kratzte mit einem Gegenstand etwas von den Holzstegen. Sein Kollege, der ein paar Meter weiter eine der Metallstreben betastete, drehte sich zu ihm um. Er schien gerufen worden zu sein. Sofort kam er rüber und ließ sich etwas zeigen.

Hätte Petra ein Fernglas dabei gehabt, sie hätte nicht gezögert, es hervorzuholen. Nebenbei tastete sie zum Telefon. „Mareen, bitte lass den Kunden noch kurz warten. Ich brauch noch etwas hier."

„Aber ... er wartet hier schon eine Weile."

„Ja, mein Computer geht nicht, ich kann seine Daten nicht aufrufen und ohne kann ich das Gespräch nicht führen."

„Warte ..."

Petra Bell hörte Tippen durch den Hörer. Dann ein leises Juchzen.

„Bei mir geht es ohne Probleme, ich druck es dir aus."

„Nein, halt. Warte." Nervös versuchte sie das Geschehen unten auf der Baustelle weiter zu beobachten und sich gleichzeitig auf eine neue Ausrede zu konzentrieren.

„Petra, du weißt, dass wir die Premium-Kunden nicht warten lassen. Und das ist in den letzten Wochen bei dir echt oft gewesen. Wenn jemand im Wartebereich sitzt, dann sieht es auch für die anderen Berater doof aus."

Petra rollte verzweifelt mit den Augen. „Mir geht es nicht gut. Bitte, ich habe Magenkrämpfe. Gib mir zehn Minuten. Sonst übergebe ich mich gleich noch auf den Tisch, vor dem Kunden. Das will doch auch keiner?!"

Sie hörte Mareen am anderen Ende seufzen. „Dann gute Besserung."

Petra legte auf, ohne ihren Blick von den beiden Männern zu lösen. Was taten die da unten? Am liebsten wäre sie mit einer Ausrede zu den beiden gegangen und hätte ihre Hilfe angeboten. Aber sie hatte auf der Baustelle nichts zu suchen, sie war Anlageberaterin. Alles, was sie Ungewöhnliches tat, würde sie verdächtig machen. Nervös beobachtete sie, wie die beiden Männer immer wieder, jetzt gemeinsam, die abgebauten Gerüstteile inspizierten und sich gegenseitig auf Auffälligkeiten aufmerksam machten. Der eine, der auch das erste Röhrchen aus seiner Tasche gezogen hatte, nahm dann eine Probe und verstaute das Ganze wieder.

Ein leises Klopfen riss sie aus ihrer Starre. Ihr Termin. Sie wischte sich die schweißnassen Hände an ihrem Kostüm ab und setzte ein professionelles Lächeln auf, gerade rechtzeitig, als die Tür zu ihrem Büro sich öffnete.

„Guten Tag, Frau Bell."

Sie versuchte, sich auf den Mann, der gerade durch ihre Tür kam, zu konzentrieren, und begrüßte ihn höflich.

Natalia bekam die Nachricht beim Kaffeetrinken. Nicht, dass sie nicht damit gerechnet hätte. Irgendwann. Bloß nicht so schnell.

„Natalia?" Die Kollegin aus der Tagschicht war am Apparat. Sie betreuten zu dritt rund um die Uhr die gleichen alten Leute über den Pflegedienst.

„Ich esse."

„Du brauchst heute erst später anfangen. So um acht."

„Klasse."

„Die Frau, die du als Erstes auf der Liste hast, ist tot."

„Die Gerdes?"

„Ja."

„Ach, was hatte sie denn?"

„Herz. Morgen kriegst du einen neuen Einsatzplan, sagt der Chef. Er sitzt gerade dran. Aber für heute kann er niemanden umlegen."

„Bin nicht böse drum."

„Hab ich mir gedacht."

Dann legten beide auf.

Natalia wählte aufgeregt die Nummer, die ganz oben in ihren Kontakten stand. „Um Friedel Gerdes brauchst du dir keine Sorgen mehr zu machen. Ist heute gestorben." Die Freude in ihrer Stimme war nicht gespielt.

„Alles klar", kam es trocken von ihm zurück.

„Keine Freude?" Sie war enttäuscht. „War dir doch so wichtig …", schob sie schmollend hinterher.

„Ach, die Zeiten ändern sich."

„Was? Was meinst du?"

„Eigentlich hättest du aufhören können mit den Tabletten bei ihr …"

„Und das sagst du mir jetzt?" Ihr Tonfall drückte deutlich aus, was sie davon hielt.

„Beruhig dich. Ich wusste ja nicht, dass es so schnell geht, ich hätte dir ja noch was gesagt."

„Na, aber du hast ja gesagt, ich soll ihr alle auf einmal geben von den blöden grünen Tabletten."

„Nicht alle, alle drei. Ihre Tagesration. Damit deine Kolleginnen sich nicht tagsüber über die neuen Tabletten in der Dosierungsbox wundern."

„Du hast *alle* gesagt!"

„Quatsch!"

„Doch!"

„Nie, bist du bescheuert?"

Sie schwieg beleidigt.

„Wie viele waren es denn?", hakte er nach.

„Viele. Wir hatten ja erst angefangen, die Packung war noch fast voll." Ihre Stimme wurde immer leiser.

„Sag mal, spinnst du? Ich weiß doch nicht mal, ob man die in so einer hohen Dosis nicht doch nachweisen kann. So ein Scheiß." Er war jetzt richtig sauer, und seine Stimme bekam einen unfreundlichen lauten Klang.

„Geh hin zu deinem Pflegedienst, jetzt gleich, und finde raus, ob die wissen, ob es einen Verdacht gibt."

„Ich glaube, das fällt auf …" Sie flüsterte fast.

„Geh. Und ruf mich danach an."

„Und wenn die etwas gemerkt haben? Dann bin ich dran."

„Woher sollen die jetzt schon wissen, dass du es warst?

Wenn wirklich der Arzt etwas gemerkt hat, dann dauert es Tage, bis die alle Angestellten befragt haben. Und bis dahin bist du verschwunden."

„Ich bin verschwunden? Und du? Ich dachte, wenn jemand etwas merkt, dann gehen wir zusammen?" Tränen stiegen ihr in die Augen, und obwohl sie nicht wollte, musste sie ein paar Mal schlucken, bevor sie weitersprechen konnte. „Du hast es mir versprochen …"

Er atmete kräftig aus. Es hörte sich durch das Telefon an wie ein Schnauben. Dann bemühte er sich um einen sanfteren Ton, auch wenn er etwas gepresst klang. „Ja, ja, du hast recht. Entschuldige. Du kannst ja nichts dafür. Wenn sie wirklich etwas merken, dann verschwinden wir, klar. Aber du musst zuerst weg aus der Schusslinie. Ich brauche nur ein paar Wochen, um die ganzen Spuren zu verwischen. Dann komme ich nach."

„Wie versprochen?"

Er hörte aus ihren Worten Hoffnung, und er konnte ihr nicht die Wahrheit sagen. Noch nicht. Weder, dass er vergeben war, noch, dass er sie gar nicht liebte. Sie nie geliebt hatte. Sie die unverhoffte und so nahe liegende Lösung der ganzen Probleme war, die sich mit der Zeit aufgetürmt hatten. Vielleicht musste er es auch gar nicht sagen. Er konnte sich auch einfach aus dem Staub machen. Mit Petra. Der Frau, die er von ganzem Herzen liebte. Der Frau, die ihm in Gerissenheit und Geldgier in nichts nachstand. Der Frau, die ihn zum ersten Mal nach dem grausigen Tod seiner Frau wieder um den Verstand gebracht hatte. Vielleicht sogar der ersten Frau, die es geschafft hatte, denn Lena, die viel zu früh starb, war ganz anders gewesen.

Zu gut behütet, zu ehrlich, zu berechenbar. Zusammengefasst zu langweilig. Aber sie hatte ihn mit seiner verrückten Art abgöttisch geliebt und seinen Heiratsantrag, den er ihr aus einer Laune heraus gemacht hatte, so dankbar angenommen, dass er nicht mehr zurückkonnte.

„Versprochen?" Natalia fragte zögernd nach, nicht sicher, ob er sie auch verstanden hatte.

„Ja, klar. Versprochen."

Er hoffte, dass er nicht zu unverbindlich klang. Aber im Zweifelsfall würde sie die feinen Nuancen nicht heraushören. Schließlich war es nicht ihre Muttersprache, in der sie sich unterhielten.

„Du, ich muss Schluss machen. Fahr da jetzt hin. Und ruf mich an, wenn du etwas weißt." Dann legte er auf.

Natalia blieb wie versteinert vor ihrem halb aufgegessenen Kuchen sitzen und schob den Teller weit von sich weg. Der Appetit war ihr vergangen.

Nachdem sie die Standards durchgegangen waren, wie die aktuellen Anlageobjekte, Stand der Aktienkurse des aktuellen Portfolios und die Entwicklungsprognosen für die Zukunft, lehnte sich Petras Kunde zufrieden zurück. „Frau Bell, ich habe über Ihre Empfehlung nachgedacht. Sie haben mich ja jetzt schon so lange bearbeitet."

Sie sah ihn abwesend an. Ihre Gedanken kreisten noch immer um das, was sie unten auf der Baustelle beobachtet hatte. Auch, wenn sie nicht wollte, war ihr Blick während ihrer Ausführungen immer wieder am Kunden vorbei zum Fenster geschweift. Zum Glück schien er es nicht zu merken.

„Sie hatten mir doch geraten, mich mit der Weitergabe meines Vermögens auseinanderzusetzen. Falls mit mir etwas sein sollte." Er räusperte sich. Das Thema Tod fiel keinem leicht.

Petra versuchte, ihm einen verständnisvollen Blick zu schenken. Sie war sich nicht sicher, ob ihr das gelang.

„Ich kann mir vorstellen, nicht nur einen Teil, sondern mein gesamtes Vermögen an diese wohltätigen Organisationen zu spenden. Sie wissen ja, ich habe ein wenig gebraucht, um mich mit dem Gedanken anzufreunden, aber eigentlich … tja … eigentlich haben Sie vollkommen recht."

Petra nickte langsam. Mit diesem Sinneswandel hatte sie bei diesem Kunden nicht gerechnet. „Ich wollte Sie aber nicht in eine bestimmte Richtung drängen, bitte verstehen Sie das nicht falsch."

„Nein, nein, schon gut. Sie machen sich ja zu recht Gedanken über mein Geld. Dafür habe ich Sie ja."

Sie schaute noch einmal auf ihren Computer und öffnete die Stammdatenseite des Kunden.

„Sie hatten doch gesagt, dass wir das zusammen aufsetzen können. Wie hieß noch einmal der Notar, den Sie mir zum Hinterlegen des Testaments empfohlen hatten?"

Eigentlich war er zu jung. Sie hatte ihn für sich als

mittelfristigen Interessenten abgespeichert. Jetzt, mit der Ermittlungsarbeit der Polizei direkt vor sich, ein paar Meter weiter unten an der Baustelle, wurde sie unsicher. Wenn ein schneller Abgang nötig werden sollte, dann wollte sie keine verdächtigen Parallelen bei ihrem Kundenstamm hinterlassen. Sie musste jetzt beginnen und ihn dazu bringen, in seinem Testament andere Organisationen zu begünstigen.

„Das mit den Waisen war nur eine Idee." Sie spielte nervös mit ihrem Kugelschreiber.

„Sie können ja auch in den Tierschutz, in kulturelle Organisationen oder der Kirche spenden."

„Ja, das habe ich auch überlegt, aber Sie haben gute Arbeit geleistet. Sie haben mich überzeugt. Ich finde Ihre ersten Vorschläge gut."

Petra überlegte. „Haben Sie denn wirklich keine Verwandten?"

Der Kunde schüttelte den Kopf. „Wie ich schon sagte …"

„Es gibt trotzdem zu dem, was ich Ihnen vorgeschlagen habe, ein paar gute Alternativen. Sie sind relativ neu und deswegen muss ich mich selber noch ein wenig einlesen. Warten Sie doch ein paar Wochen, ich mache uns einen neuen Termin und dann stelle ich Ihnen noch weitere Optionen vor."

Er zögerte. „Eigentlich bin ich klar."

„Ja, aber vielleicht können Sie bei Ihrem Vermögen auch über die Gründung einer eigenen Stiftung nachdenken.

Dann hätten Sie etwas, was bleibt. Mit Ihrem Namen."

Der Kunde dachte nach. „Aber Sie hatten doch davon abgeraten …?"

„Ja, aber vielleicht sollten wir es doch noch mal ganz genau beleuchten, bevor Sie sich festlegen." Petra brach der Schweiß aus. So einfach war es noch nie gewesen. Wie oft hatte sie die Kunden fast nötigen müssen, um ihren letzten Willen hier bei ihr zu bekunden, und sie gleich danach zur Kanzlei zu schicken, bevor sie es sich anders überlegten. Der hier war der Erste, der unbedingt wollte, und jetzt konnte sie es nicht riskieren, das Angebot anzunehmen. Es war schon fast vorbei. Sein Ableben würde sie nicht mehr miterleben. Zum Glück nickte er ihr nachdenklich zu.

Als er aus ihrem Büro ging, hatte sie große dunkle Schweißflecke unter den Achseln, die sich unschön auf ihrer grauen Seidenbluse abzeichneten.

Die Männer auf der Baustelle waren nicht mehr zu sehen.

Direkt vor der Kneipe stand ein großer Lastwagen. Getränkeanlieferung für die kommenden Tage. Andreas zwängte sich zwischen den ausgeladenen Kisten vorbei, die den Eingang versperrten.

„Sorry, zu spät", nuschelte der Fahrer ihm zu.

„Andreas, wir müssen das zukünftig ganz anders machen." Ed begrüßte ihn ernster als sonst, als er in die Kneipe kam. Wie üblich eine halbe Stunde vor Ladenöffnung, das hatte er sich angewöhnt.

„Was denn?"

Er schnappte sich den Lieferschein vom Tresen, blätterte die Seiten durch und hakte mit einem Kugelschreiber die Getränke ab, die der Fahrer auf einem großen Rollkarren an ihnen vorbei ins Lager brachte.

„Alles …"

„Besseren Wein? Besseren Sekt?" Das hoffte Andreas wenigstens.

Ed grinste. „Das vielleicht auch. Aber vielleicht kannst du da ja mitentscheiden."

Andreas zog überrascht die Augenbraue hoch. „Gerne. Wie kommst du darauf …?"

„Yvonne!"

„Yvonne? Hat sie sich über die Getränkeauswahl beschwert?"

„Neee, darüber nun gerade mal nicht …"

„Sondern?"

„Meine Buchführung."

„Na super. Bleibt ihr nicht genug Geld von deinem Gewinn für schöne Geschenke …?"

Ed lachte. „Das auch."

„Und was noch?"

„Sie ist beim Finanzamt."

„Oh!" Andreas vermutete, dass nicht nur er von Ed bar, direkt aus der Kasse, bezahlt wurde, sondern die anderen Aushilfen auch.

„Ja. Ich glaub außerdem, das wird was mit uns."

„Klasse, freut mich."

„Sie hat mich ein wenig in die Mangel genommen, als ich letztens Volker seine Bezahlung für den Abend direkt aus der Kasse gegeben habe, als er sich geschnitten hat. Und dann hat sie mir wegen Krankenversicherung und so die Hölle heiß gemacht."

„Verstehe."

„Sie hat ja recht."

„Was willst du machen?"

„Yvonne sagt, ich soll mal überlegen, ob ich mein Geschäftsmodell nicht ändern will. Mit einem eigenen Geschäftsführer."

„Hört sich gut an."

„Dann könnte ich auch mehr Zeit mit ihr verbringen, sie ist ja manchmal morgens schon beim ersten Kaffee, wenn ich hier fertig bin, und geht dann zur Arbeit. Das ist einfach blöde."

„Kann ich mir denken. Ist ja endlich mal eine Frau, für die du dein eingefahrenes Leben überdenkst."

„Ich weiß. Aber nicht nur. So oder so glaube ich, ewig kann das so nicht weitergehen. Jeden Abend den ganzen

Hühnerstall hier. Und sie hat ja recht, sie meint, ich könne vieles ja trotzdem, tagsüber, machen. Das hier zum Beispiel." Ed zeigte auf den Lieferanten, der mit der nächsten Ladung Getränke an ihnen vorbeikam. Andreas las die Markennamen auf den Kästen und strich nebenbei auf dem Lieferschein die weiteren Getränke ab.

„Und hast du schon jemanden, den du einstellen willst?"

„Ja."

„Schön, wann kommt er denn?"

„Ist schon da." Ed grinste ihn wieder an.

„Den Lieferanten meinst du wohl kaum?"

„Neee, dich natürlich."

„Ich bin Psychologe!"

„Ich auch irgendwie, das braucht man in dem Job."

„Ich habe von der ganzen Buchhaltung und dem allen überhaupt keine Ahnung."

„Weiß ich doch …" Ed klopfte ihm auf die Schulter. „Aber guck mal, was du hier machst. Du kommst her, kümmerst dich um das, was gemacht werden muss, und kannst nebenbei noch verdammt gute Getränke mixen. Übrigens, das Einzige, was ich konnte, als ich den Laden hier aufgemacht habe."

„Danke."

„Und, was ist? Yvonne und ich haben schon ein paar

Zahlen kalkuliert, willst du sie hören? So mit fixem Gehalt und so …"

Andreas dachte wieder an den Abend kurz vor Weihnachten, als er völlig durchgefroren und durchnässt durch die Straße an der Kneipe vorbeigegangen war, weil er vor Nettelbecks Kanzlei in die falsche Straßenbahn gestiegen war und nun orientierungslos den Weg zu seiner Wohnung suchte. Es war die erste Woche nach seinem Umzug, und es ging ihm nicht gut. Eds Kneipe war eine willkommene Gelegenheit, um sich kurz aufzuwärmen und nach dem Weg zu fragen. Es war noch früh, und er war der erste Gast. Ed hatte Zeit, mixte ihnen beiden einen Drink nach dem anderen und Andreas erzählte ihm dabei seine Lebensgeschichte. Irgendwann kamen die ersten Gäste, und Ed hatte gut zu tun. Andreas war überrascht, wie schnell sich der Laden füllte und wie souverän Ed alle Bestellungen jonglierte und nichts vergaß. Irgendwann fragte er auch Andreas nach einem weiteren Getränkewunsch. „Sorry, dass du wartest. Viel zu tun. Meine Aushilfen haben mich mal wieder sitzen lassen. Sch… Studenten." Andreas war sofort eingesprungen. Und am Abend danach. Und an dem danach. Die ganzen Weihnachtstage hatte er mit Ed und einer Horde feierwütiger Gäste verbracht, die ihr Weihnachtsgeld höchstwahrscheinlich schneller in Getränke investierten, als sie es verdient hatten. Kurz vor Silvester hatte Ed ihn dann gefragt, ob er jeden Abend kommen könnte. Richtig fest. Bis auf meistens Sonntag, da war nicht so viel los. Andreas hatte zugestimmt.

„Also, was ist, Großer?"

Ed riss ihn aus seinen Gedanken.

„Unter einer Bedingung. Kein Festgehalt, sondern eine dicke Umsatzbeteiligung."

Ed umarmte ihn. Dabei drückte er Andreas fast die Luft ab. „Super, du machst mich zum glücklichsten Mann der Welt."

Andreas schob Ed etwas von sich. „Na, das macht hoffentlich Yvonne."

Der Getränkelieferant war inzwischen mit seiner Entladung fertig und kam mit den ersten Fuhren Leergut aus dem Lagerraum zurück.

Ed klopfte Andreas noch einmal auf die Schulter. „Abgemacht?"

„Ja."

„Dann stört es dich ja sicher nicht, wenn wir gleich schon einmal üben. Ich fahr zu Yvonne."

„Hey, und den Lieferschein ...?"

„Unterschreib du, ist ja bald offiziell." Damit war Ed verschwunden.

Andreas blieb verdutzt zurück.

Sie konnte den Abend mit ihm nicht genießen. Sie waren extra in ein Restaurant weit außerhalb gefahren. Er hatte ein gutes Hotelzimmer gebucht, gleich in der Nähe. Sehr exklusiv. Er hatte einen guten Geschmack, und eigentlich sollte sie sich darauf freuen, dass sie bald mehr Zeit füreinander haben würden. Viel mehr Zeit. Aber es war noch so vieles zu klären. Die Konten, auf die das Geld transferiert werden sollte. Wollten sie sich unter ihrem richtigen Namen irgendwo niederlassen? Oder bestand doch die Gefahr, dass man sie suchte. Er meinte ja, es wäre bombensicher. Er hätte keine Spuren hinterlassen. Und die alten Leute waren eines natürlichen Todes gestorben, laut Totenschein. Blieb nur noch ihre ehemalige Nachbarin. Was würde passieren, wenn Petra einfach ihre eigene Wohnung kündigte?

Und dann die komische Russin, die er aufgerissen hatte. Darüber war sie sowieso nicht begeistert gewesen. Sie wusste sofort, worauf die aus war. Für Geld oder einen Versorger würde die alles machen. Aber sie war sich nicht so sicher wie er, dass die auch wirklich den Mund hielt, wenn es hart auf hart kam.

„Die Kühltruhe ist schon weg", versuchte sie, das Gespräch in Gang zu bringen.

„Klasse. Und die Nachbarn?"

„Haben nichts gemerkt. Hab aber überlegt, ob wir nicht noch ein kleines Feuer im Keller legen sollten. Dann wird der Rest der Spuren auch noch zerstört."

„Und wenn es zu doll brennt? Nachher sind eure beiden Wohnungen im Erdgeschoss betroffen und dann wird *sie* plötzlich gesucht."

„Stimmt. Bin bloß froh, dass keiner was merkt. Obwohl ich ihre blöde ehemalige Ersatzmutti letztens im Nacken hatte."

„Was?"

„Ja, war echt blöd."

„Das hast du mir ja gar nicht erzählt!" Er war ehrlich empört.

„Ach, war so eine doofe Situation. Die Nachbarn fragen ja immer, wo sie ist und was ich weiß, weil sie wissen, dass ich mich um ihre Post kümmere und bei ihr in der Wohnung nach dem Rechten sehe … Und da hab ich mal die Perücke genommen und mir ihre alten Batikklamotten angezogen und bin mit einer großen Mütze von ihr auf dem Kopf aus dem Haus gegangen. Hatten auch ein paar gesehen, und dann höre ich von hinten ihren Namen und eine Frau, die schnell hinter mir herkommt."

„Mist."

„Kannst du wohl sagen. Ich bin dann abgehauen und habe stundenlang in einer billigen Kneipe gesessen, bis ich mich wieder nach Hause getraut habe. Die hätte mich ja sofort entlarvt."

„Ist wohl gut, wenn wir bald abhauen."

„Ja."

„Was willst du erzählen? Bei der Bank?"

„Neuer Job in London."

„Hört sich cool an."

„Und du?"

„Weiß nicht, muss ja noch ein wenig warten, bis der Alte wieder da ist."

„Ach, ich dachte, der wäre erledigt?"

„Der wird wieder."

„Aber das hatten wir doch anders abgesprochen. Wolltest du nicht dafür sorgen, dass sein Herz versagt, wenn das mit dem Unfall nichts gebracht hat?"

„Der ist zäh wie sonst was. Außerdem kann er sich an nichts erinnern."

„Trotzdem ..." Sie sah ihn bittend an und nahm seine beiden Hände über dem Tisch in ihre.

„Geht nicht. Sein blöder Großneffe ist noch da."

„Und? Dann kannst du ja weg."

„Der ist ein Luchs, wenn ich zu schnell die Biege mache, dann wirft das Fragen auf."

„Na gut."

„Ich dachte, ich bau da eine Story auf, erzähle, dass ich weit von meiner toten Frau weg mit einer neuen Liebe etwas aufbauen will, ohne Vorbelastung und mit Abstand."

„Ich würde es dir glauben."

„Ich mir auch. So etwas kann ich gut."

„Wir müssen uns bloß bald überlegen, wohin es geht." Sie sah ihm tief in die Augen.

„Ich muss das Geld so lenken, damit wir problemlos rankommen. Auch wenn sie uns doch auf die Spur kommen und namentlich suchen."

„Kriegst du das hin?"

„Klar. Darin bin ich gut."

Petra beugte sich über den Tisch und gab ihm einen langen Kuss. Kurz darauf verschwanden sie im Hotel.

„Friedrich, wie geht es dir?" Andreas freute sich, seinen Großonkel bei seinem Besuch wach vorzufinden.

„Etwas besser."

„Und geben sie dir jetzt ordentlich zu essen?"

„Noch immer nicht." Nettelbeck griff zu seinem Portemonnaie und winkte damit Andreas zu. „Würdest du? Das Gleiche wie letztes Mal?"

„Okay, aber ich zahle."

Kurz darauf kam Andreas mit einer prall gefüllten Plastiktüte vom Krankenhauskiosk zurück. Nettelbeck lehnte sich zufrieden in sein Kissen und griff sich eine Tafel Schokolade aus der Tüte.

„Sag mal, kannst du dich schon an was erinnern?"

„Leider nein." Sein Großonkel lächelte ihn entschuldigend an. „Alles wie ausgelöscht."

„Schade."

„Warum fragst du?"

Andreas zögerte. Er ging davon aus, dass die Polizei Hedi noch nicht über den neusten Ermittlungsstand informiert hatte. „Nur so. Bin ja Psychologe. Ist ein interessantes Phänomen."

Nettelbeck lächelte ihn an. „Du bist schon einer, mein Junge."

„Sag mal, kann ich dich mal was zu deinen Fällen fragen?"

Sein Großonkel kicherte. „Klar. Aber ich weiß nicht, bin ganz schön raus durch den Unfall. Was gibt es denn?"

„Deine Beglaubigungen …"

Sein Großonkel runzelte die Stirn. „Ich meine, deine Beurkundungen, die notariellen …"

„Ja?!"

„Warst du immer dabei, wenn jemand eine Unterschrift geleistet hat?"

„Was glaubst du denn?" Sein Großonkel kicherte wieder.

„Ich weiß es nicht …"

„Meist war ich dabei."

„Aber nicht immer?"

„Ach, wenn der Schelderberg ein paar Sachen angenommen hatte von mir, dann habe ich es manchmal auch so beglaubigt."

„Was?!" Andreas war ehrlich entgeistert.

„Klar. Kam schon mal vor, dass er mir was von meinen Mandanten in die Hand gedrückt hat, die ihm über den Weg gelaufen sind, oder von neuen, die er persönlich kannte."

„Und da hast du nicht nachgehakt und die noch mal herbestellt?"

Nettelbeck guckte ihn beleidigt an. „Warum?"

„Du bist Notar."

„Ich weiß, was ich bin." Nettelbeck lachte jetzt, so gut es mit seinen Verletzungen möglich war.

„Klar, entschuldige, Friedrich."

„Und Schelderberg ist mein Partner."

„Aber dann hättest du mich gar nicht gebraucht."

„Doch, doch, mein Junge."

„Und wozu?"

„Manchmal dachte ich doch, ich sollte Schelderberg nicht so glauben."

„Ach."

Nettelbeck reagierte nicht.

„Ach, und bei denen hast du trotzdem so getan, als ob sie mit dir an einem Tisch gesessen hätten, um ihren letzten Willen zu bekunden?"

Sein Großonkel nickte fröhlich. „Ja, es war ja auch so gut wie persönlich."

Andreas schüttelte den Kopf. War das sein Nettelbeck? Der korrekteste Mensch, den er kannte? Er warf ihm einen langen Blick zu. Nettelbeck war zur zweiten Tafel Schokolade übergegangen und hatte ein wenig davon auf der Bettdecke verschmiert. Andreas musste an den Stapel Marmorkuchen denken, den er in der Küche von Anneliese Merz gesehen hatte, und an das, was ihr Sohn ihm über ihre Erkrankung erzählt hatte, und ihm kam ein böser Verdacht.

Andreas war froh, dass ihn der nahende Beginn seiner Schicht dazu gezwungen hatte, sich von seinem Computer zu trennen. Er hatte das Krankenhaus überstürzt verlassen und war sofort nach Hause gegangen, um nach den Symptomen im Internet zu suchen. Den Symptomen, die Nettelbecks Verwandte, Anneliese Merz, immer stärker zeigte. Dem, was ihr Sohn Frank ihm über die Krankheit erzählt hatte, und das, was er selber über diverse Internetsuchmaschinen fand.

Nettelbeck könnte Morbus Pick haben. Das würde vieles erklären. Die Vorräte, die Süßigkeiten. Das Verhalten, wie betrunken. Die Sorglosigkeit seiner Sorgfaltspflicht als Notar. Es war so vieles, was passte. Zu viel. Das machte ihm Angst. Er versuchte sich mit Gesprächen abzulenken.

„Ed hat erzählt, du bist beim Finanzamt?"

Noch bevor die Kneipe geöffnet hatte, kam Yvonne reingeschneit und nahm sich wie selbstverständlich einen der Barhocker am Tresen.

„Ja."

„Toll, und was machst du da?"

„Ach, ich prüf Unternehmen und Vereine und so was."

„Vereine?" Andreas wurde neugierig. Ihm fiel die Talkshow ein, dessen Wiederholung er vor einigen Wochen nachts im Fernsehen gesehen hatte.

„Ja, aber das ist nicht so spannend. Besser sind die Unternehmen. Die Kaninchenzüchter und Brieftaubenvereine haben meist nicht so viel, was man prüfen kann."

„Und was prüfst du so?"

„Ach, alles. Immer Stichproben."

Andreas holte ein Sektglas hervor und schenkte Yvonne ungefragt ein Glas ein. „Das ist ja interessant. Erzähl doch mal …"

„Ist nicht interessant, wirklich nicht. Also bei den Unternehmen, da machen wir es so …" Dann begann sie, ohne Punkt und Komma von ihrer Arbeit zu erzählen. Statt den Redefluss zu stoppen, schenkte Andreas ihr dezent nach. Nur ab und zu entfernte er sich, um die restlichen Arbeiten vor der Kneipenöffnung wenigstens einigermaßen ordentlich zu erledigen.

„Sag mal, und kann man mit so einem Verein auch betrügen?"

„Klar."

„Und sich bereichern?"

„Aber immer."

„Dann lass uns doch einen gründen", scherzte Andreas. Er war zwar in Gedanken bei seinem Onkel, wollte sich aber ablenken, da er während seiner Schicht nichts anderes tun konnte.

Yvonne schien den Witz nicht mehr ganz zu verstehen und guckte streng. „Ich bin bei der Steuer."

„Ja, klar. War nicht ganz ernst gemeint. Entschuldige. Noch etwas zu trinken?" Sie nickte, und er schenkte ihr das Sektglas wieder voll. „Aber mal ehrlich. Was müsste ich denn machen, wenn ich einen Verein hätte und damit Geld machen will?"

„Das ist so was von einfach …"

„Dann erzähl!"

„Also … wir spielen das mal mit einem gemeinnützigen Verein durch. Du suchst dir ein Thema, das du offiziell unterstützen willst. Was hättest du denn gerne?"

„Tierschutz", antwortete Andreas wie aus der Pistole geschossen.

„Also gut. Dann brauchst du erst einmal sieben Gründungsmitglieder, eine Satzung, eine Wahl des Vorstandes und den Eintrag im Vereinsregister."

„Und dann?"

„Dann gehst du los und sammelst Spenden mit deinen Leuten. Oder, noch besser, du beauftragst eine Agentur, ich sag mal … eine Firma, die deine Frau zufällig gerade gleichzeitig gründet oder vorher gegründet hat."

„Ich habe keine Frau …"

„Na, oder eine Cousine, ein Schwager, ein guter Freund, such dir was aus. Je weniger mit dir in Verbindung zu bringen ist, desto besser."

„Ein Freund."

„Das ist gut. Der Freund hat eine ganze Agentur für alles, rund um die Vermarktung von Unternehmen und Vereinen, und hat auch noch Mitarbeiter oder Aushilfen, die sich mit Sammeldosen bei Wochenmärkten hinstellen."

„Verstehe."

„Dann macht dein Freund noch billige oder nicht so billige Werbebroschüren und Mitgliederzeitschriften, in denen der Tierschutzverein für die Tierrettung wirbt. Ein paar Fotos aus dem Internet mit gruseligen Bildern von Tierquälerei findet man überall und kann sie fast gefahrlos nutzen. Der Profi würde sogar ein paar Euro ausgeben und selber Fotos bei Hühnerhöfen schießen oder an anderen Orten, an denen Tiere in engen Zwingern gehalten werden. Je nachdem, wie viel Kosten man haben will. Alles in allem habt ihr so jede Menge Werbematerial. Und er kann auch Briefe entwerfen, die in alle Briefkästen in einer Stadt oder bundesweit geworfen werfen. Oder auch Mails."

„Na, damit habe ich aber noch kein Geld verdient, sondern nur Ausgaben gehabt."

„Ja, das stimmt." Yvonne lachte.

„Aber das ist gut investiertes Geld. Denn wenn ihr diese Grundausstattung habt, dann könnt ihr offensiv Gelder überall da sammeln, wo die Leute großzügig sind. Bei Pferderennen, bei Hundeschauen, auf den Wochenmärkten oder auch in der Stadt. Eigentlich darf man das nicht einfach so, aber mit einer kleinen Sammelbüchse, die man leicht verstecken kann, ist das Entdeckungsrisiko gering."

„Aber reich bin ich dann noch nicht …", warf Andreas ein.

„Ja, ja, du hast ja recht. Aber du kannst ja auch auf Firmen zugehen oder auf reiche Leute, auf Mütter im Streichelzoo, auf alle, die ein soziales Bewusstsein haben und das auch zeigen wollen. Du kannst den potenziellen Spendern auch anbieten, dass du sie ab einer gewissen Summe namentlich in deinem Mitgliedermagazin erwähnst. Und dann nimmst du noch aktuelle Anlässe …"

„Aha?"

„Ja, wenn wieder ein Hühnerhof wegen Massentierhaltung und untragbaren Zuständen durch die Presse geht, dann schwimmst du auf der Welle und sammelst für ein besseres Leben von Hühnern. Oder von Schweinen, Rindern, was auch immer."

„Was krieg ich da zusammen?"

„Schwer zu sagen, wirklich schwer …" Yvonnes Stimme wurde langsam auch schwer und träge, obwohl das, was sie sagte, klar und logisch war.

„Am besten hast du noch ein paar Leute mit Geld, alte Leute, die deinem Tierschutzverein ihr Erbe spenden. Du kannst sogar, wenn du ganz gemein bist, ein paar zwielichtige Leute suchen, die in Pflegeheimen arbeiten, und die alten Leute, die kurz vor dem Sterben sind, überreden, deinen Verein in ihrem Testament zu bedenken. Natürlich nur, wenn die noch klar im Kopf sind."

„Aber ich muss doch die Spenden an gemeinnützige Projekte weiterleiten ..."

„Neee, nicht wirklich." Yvonne kicherte.

„Nicht?"

„Na ja gut, einen Teil. Aber erst einmal schreibt dir dein Freund, der mit der Firma, die deine Werbung und Mitgliederzeitung macht und Spenden sammelt, eine fette, fette Rechnung für das, was sie alles für dich getan hat. Viel zu überteuert und mit viel mehr Dingen, die sie dir ..." Yvonne löste die Hände vom Tresen und tickte ihn an. Sie begann auf ihrem Barhocker erst leicht zu schwanken, dann gefährlich weit nach rechts und links. Aber sie fing sich wieder und knüpfte nahtlos an ihren angefangenen Satz an. „... in Rechnung stellt. Ach, und dann könnt ihr in dem Verein natürlich alles Mögliche steuerlich geltend machen, so Ausgaben im Namen des Vereins. Und du könntest so tun, als ob du bestimmte Tierschutzprojekte unterstützt, und dir eine Weile von ausländischen Organisationen Quittungen ausstellen lassen. Am besten im Osten. So Bulgarien, Rumänien und solche Länder. Da kannst du Spendenquittungen für eine kleine Mark kaufen, denen Geld überweisen als Spende und dann kriegst du in der Regel auf irgendein Nummernkonto siebzig bis achtzig Prozent zurück."

„Und wozu?"

„Damit du uns gegenüber belegen kannst, dass du gemeinnützig bist und keine Steuern zahlen musst."

„Aber bisher habe ich noch kein Geld, wenn ich das mache, was du sagst."

„Doch, klar. Du hast das Geld auf dem Nummernkonto. Du kriegst von deinem Freund mit der Medienagentur von der überteuerten Rechnung einen Teil schwarz zurück, du hast fast das ganze Geld, das die Leute für dich in der Öffentlichkeit sammeln. Da gibt es ja keine Quittungen, und man kann alles in die eigene Tasche stecken. Dann kannst du dir deinen Aufwand, Reisen und so weiter, auch noch von den Einkünften abziehen."

„Nicht schlecht."

Andreas drehte sich kurz weg, um die Bestellung eines Gastes aufzunehmen. Als er wieder zu Yvonne schaute, war sie verschwunden. Ein paar Gäste neben ihr guckten irritiert nach unten, dann bückte sich einer und half ihr hoch. Sie war tatsächlich vom Barhocker gefallen. Zum Glück sah er gleich darauf ihre beiden Hände von unten an den Tresen krallen und dann ihr Gesicht, das langsam hochkam. Sie schien sich nichts Ernstes getan zu haben.

Ed war noch immer nirgends zu sehen. Er rief ihn auf dem Handy an. „Ed, Yvonne muss nach Hause."

„Bei der Leiche, die bei Bauarbeiten auf dem Gelände des Bankhauses in der Innenstadt gefunden wurde, handelt es sich um eine fünfundzwanzig- bis dreißigjährige Frau. Die Polizei geht davon aus, dass sie einem Gewaltverbrechen zum Opfer gefallen ist."

Petra guckte im Fernsehen die Wiederholung der lokalen Nachrichtensendung vom Vortag.

„Wer hat diese Frau im Zeitraum bis zu ihrem Tode vor drei Jahren gesehen und kann eventuell sogar etwas über ihren Verbleib sagen?"

Ein Phantombild wurde eingeblendet. Petra erstarrte für einen Augenblick und guckte genauer hin. Aber die Polizeizeichner hatten Susanne schlecht getroffen, zu schlecht. Sie hatten ihr tiefe Schatten unter die Wangen gemalt, so dass ein harter, strenger Gesichtsausdruck entstand. Die Haare fielen auf der Zeichnung in leichten Wellen knapp auf ihre Schulter. Dabei hatte sie lange, glatte Haare gehabt. Tiefschwarz, das konnte man auf dem Bild ebenfalls nicht erkennen. Also bestand kaum unmittelbare Gefahr, dass jemand sie wiedererkannte. Außerdem war die Frau, die in dem Beton gefunden wurde, ja offiziell gar nicht vermisst.

„Die Frau könnte sich vor ihrem Tode im Rotlichtmilieu der Stadt aufgehalten haben."

Wie kamen die denn darauf?

„Sachdienliche Hinweise nimmt die Polizei unter ..." Es folgte eine Telefonnummer der Kripo. „... entgegen."

Petra verstellte das Fernsehprogramm auf einen Musiksender und begann, sich anzuziehen. Jemand in dem Videoclip klatschte ununterbrochen in die Hände und sang dabei *Because I'm happy*. Petra war sich sicher, dass sie beide aus der Nummer gut rauskommen würden.

Andreas hatte nichts mehr zu Essen im Haus, und auch der Kaffee war alle. Er hatte Mitti versprochen, morgens kurz in die Kanzlei zu kommen. Obwohl er fand, dass sie dort alles wunderbar im Griff hatte, merkte er, dass sie sich wohler fühlte, wenn er da war und ihr bei einigen Dingen sagte, was zu tun war. Danach wollte er gleich zu Hedi, um mit ihr über Nettelbeck zu sprechen. Seine Befürchtungen hatten ihn schlecht schlafen lassen, und als er dann endlich träumte, da war es ein Traum von Tod, Verwirrung, Krankheit und Vereinsbetrug.

Auf dem Weg über den Marktplatz sah er, dass das Café neben der Kanzlei schon geöffnet hatte. In seinem Portemonnaie hatte er das Geld der letzten Woche, das Ed ihm gestern ausgezahlt hatte. Mit dem Trinkgeld ganz passabel. Er steuerte direkt auf die Auslagen im Fenster zu. Belegte Brötchen, Croissants, kleine Törtchen. Durch die Scheibe sah er eine Bewegung. Die Inhaberin winkte ihm vorsichtig zu. Er trat ein.

„Guten Morgen."

„Ich grüße Sie."

„So früh geöffnet?"

„Immer. Ab halb acht."

„Ich brauch als Erstes einen starken Cappuccino."

Andreas griff sich eine der Tageszeitungen, die fein säuberlich auf einem Tisch am Eingang ausgelegt waren, und suchte sich einen ruhigen Platz am Fenster. Er hatte freie Auswahl. Außer ihm waren nur noch eine Gruppe Touristen da, die zwei Tische im hinteren Bereich belegt hatte. Er blätterte im Lokalteil, als sie mit dem Cappuccino an den Tisch kam. Andreas legte die Zeitung aufgeschlagen zur Seite und nahm die Speisekarte mit den Frühstücksangeboten an, die sie ihm reichte. Während er blätterte, sah er, wie ihr Blick zu der Zeitung wanderte und kurz hängen blieb.

„Erkennen Sie die Tote?" Andreas zeigte auf den ganzseitigen Artikel über die Frau, die im neu gegossenen Fundament der Bank gefunden worden war. Oben rechts auf der Seite war eine große Phantomzeichnung der Leiche platziert.

Sie guckte genauer. „Darf ich?" Fragend zeigte sie auf die Zeitung.

„Klar. Ist ja Ihre." Andreas hielt sie ihr hin.

Sie nahm die Zeichnung direkt vor die Augen und hielt sie dann wieder weiter weg. „Nein. Zum Glück nicht." Die Erleichterung in ihrer Stimme war deutlich zu hören. „Ich dachte für einen Moment … Aber nein." Dann nahm sie Andreas' Frühstücksbestellung auf.

Er nahm sich kurz Zeit für Mitti und versuchte dann, Hedi zu erreichen. Andreas musste sie fast bedrängen, damit sie ihn vorbeikommen ließ. Nur widerwillig stimmte sie zu und das auch erst, als er ihr sagte, es gehe um Nettelbecks Existenz. Auch wenn das etwas dramatisiert von ihm war.

„Andreas! Was unterstellst du uns?" Hedis neutrales Gesicht

bei seiner Ankunft wandelte sich von einer Sekunde zur anderen, als er ihr zu erzählen begann. Sie krallte ihre Hände in den Sessel, auf dem sie saß.

„Hedi, es ist nur eine Frage. Ich will dir nicht zu nahe treten und Nettelbeck auch nicht."

„Dass du es wagst, über uns solch ungeheure Behauptungen aufzustellen …"

„Hedi, es war eine Frage …"

„Gerade du?" Sie unterbrach ihn scharf und spuckte ihre Worte fast aus. So wütend war sie. „Wie kommt es überhaupt, dass jemand wie du es wagt, sich in unsere Angelegenheiten einzumischen?"

Sein Handy klingelte. Pia. Er drückte den Anruf weg und atmete tief durch. „Hedi, zum einen: Ich mache mir Sorgen."

„Du?"

Ihr Sarkasmus tat weh.

„Ja. Und zum anderen: Es kann für Nettelbeck Konsequenzen haben. Und die sind gar nicht ohne."

„Misch dich nicht ein. Kehr erst einmal vor deiner eigenen Haustür, bevor du Nettelbeck unterstellst, er würde seinen notariellen Eid nicht so genau nehmen. Das tut er nämlich und das schon länger, als du aus den Windeln raus bist."

„Ich weiß. Trotzdem ist mir da etwas aufgefallen …"

„Was schnüffelst du überhaupt herum und urteilst? Das

grenzt an Verleumdung. Und das gerade von einem Mann, der von ihm abhängige Frauen sexuell nötigt."

„Hedi, das stimmt nicht."

„Das hat das Gericht anders gesehen. Und ich glaube daran, dass gerechte Urteile gefällt werden."

„Ich versuche es dir gar nicht zu erklären, es bringt ja nichts. Aber es war nicht so."

„Ach, und mit Eva, das war auch nicht so? Dass du ausgerastet bist und sie geschlagen hast? Sie hatte Todesangst, hat sie mir am Telefon erzählt."

Eva und Hedi hatten telefoniert? Wann das?

„Es war anders. Aber das scheint dich ja nicht zu interessieren."

„Stimmt."

„Hedi, es geht hier nur um Nettelbeck. Bitte, hör mir zu." Wieder hörte er sein Telefon. Er ließ es klingeln.

„Du hast kein recht dazu."

„Doch, habe ich. Er ist mein Großonkel, und ich gehöre zur Familie. Vielleicht nicht zu deiner, aber zu seiner." Sein Ton wechselte von genervt zu geduldig, als er fortfuhr. „Es ist nur ein Verdacht. Eine Vermutung. Und die ist gar nicht so weit hergeholt. Ich habe nur ein paar Fragen."

Andreas wartete ihre Reaktion nicht ab, sondern holte einen Zettel aus seiner Hosentasche. Eine Checkliste, die er sich vorher ausgedruckt hatte. „Hat er sich verändert? Ist er gutmütiger geworden in letzter Zeit, lustiger, lockerer und unterhaltsamer?"

Sie reagierte nicht und blickte auf ihre Hände.

„Kauft er immer mehr Vorräte, hortet er zum Beispiel Essen oder andere Dinge? Ich habe drei Multifunktionsgeräte in seiner Kanzlei gesehen. In jedem Büro eins und bei Mitti. Die Dinger kosten ein Schweinegeld."

Hedi rührte sich nicht.

„Hat er Heißhunger auf Süßigkeiten und isst maßlos? Benutzt er plötzlich ungewöhnliche Ausdrücke? Vergisst er Namen?"

Jetzt zuckte sie kurz zusammen, änderte ihre Haltung aber nicht und hielt den Blick weiter gesenkt.

Treffer.

„Stolpert er öfter und ist unkoordiniert?"

Wieder keine Reaktion.

„Vergisst er immer öfter Namen von Menschen oder Bezeichnungen von Gegenständen?"

Hedi hob langsam den Kopf. Ihr Blick wirkte traurig, als sie leicht nickte. „Meinen Namen sogar", flüsterte sie und sagte entschuldigend dazu: „Aber es ist doch nur normal. Das Alter."

„Hedi, das könnten Symptome sein. Anneliese Merz hat die Krankheit auch. Es ist erblich. Beide sind verwandt. Hast du mir nicht selbst erzählt, wie merkwürdig seine Verwandtschaft ist?"

Hedi schüttelte wieder den Kopf und sagte jetzt wieder so stur und kompromisslos, wie er sie kannte: „Das ist das Alter, Andreas. Das ist normal. Wir werden älter. Alle. Er ist nicht krank."

Andreas stand auf. „Hedi, es ist noch etwas. Seine Beglaubigungen. Ich habe Ungereimtheiten entdeckt."

Sie schüttelte den Kopf.

„Sprich mit einem Arzt. Er ist ja noch im Krankenhaus."

Hedi schwieg.

„Sonst mach ich es …"

„Wenn du es wagst …"

Den Rest bekam er nicht mehr mit. Am Ende des Satzes war er schon aus der Tür, und seine Schritte auf dem Parkett übertönten ihre letzten Worte.

Sein nächster Besuch galt dem Pflegeheim, das Frank für seine Mutter vorgesehen hatte. Mit dem Bus statt dem Auto war es ein weiter Weg. Fast zwei Stunden Fahrt, weil die Verbindung so schlecht war und er beim Umsteigen lange warten musste. Trotzdem löste er sich am Hauptbahnhof eine Fahrkarte und machte sich auf den Weg.

Das letzte Stück ging er zu Fuß. Sicher zwei Kilometer am Fahrbahnrand. Aber das war ihm egal. Nach dem unfreundlichen Gespräch mit Hedi konnte er frische Luft und etwas Bewegung gut gebrauchen. Er musste unbedingt wieder anfangen, Sport zu treiben.

Jetzt, am Nachmittag, herrschte in der Pflegeeinrichtung richtig Betrieb. Besucher kamen und gingen. Angehörige wurden abgeholt und kamen von Ausflügen zurück. Blumensträuße und Kuchen für die Heimbewohner wurden von ihren Gästen mitgebracht. Andreas war überrascht, wie viel hier an einem ganz normalen Wochentag los war.

Er mischte sich im Eingangsbereich unter die Leute und betrachtete die dort ausgestellten Bilder, die ihm schon beim letzten Mal aufgefallen waren. Er hatte sich richtig erinnert. Unter dem Monet-Bild stand *L. von Schelderberg*. Andreas ging weiter durch das große Foyer und dann zu dem Trakt mit den Dienstzimmern. Ein buntes Bild hing neben dem anderen. Und einige der besonders schönen trugen die Unterschrift von Schelderberg.

„Kann ich Ihnen helfen?" Nach einer Weile sprach ihn eine junge Pflegerin an.

Er guckte weiter verträumt auf die Malereien.

„Schöne Bilder, oder?"

„Ja, sehr. Wer hat sie gemalt?"

„Ach, ich glaube, eine junge Frau."

„Eine Pflegerin?"

Sie schüttelte den Kopf. „Leider nein. Eine Patientin."

„Oh. Ich dachte, Sie hätten nur Demenzfälle hier in der Einrichtung."

„Ja, aber die trifft manchmal auch junge Menschen."

Andreas schaute sich um.

„Jetzt haben wir gerade keinen. Zum Glück nur alle paar Jahre. Bei denen geht es dann auch besonders schnell abwärts."

„Abwärts?"

„Ja, zu Ende. Geistiger Abbau, körperlicher …"

„Und trotzdem kann man so malen?"

„Eine kurze Zeit, ja. Manche blühen hier noch einmal richtig auf … Ich glaub, die Frau war noch nicht einmal dreißig. Lena. Hatte eine seltenere Form von Demenz. Ist dann auch schnell gestorben. Ihr Mann hat uns die Bilder überlassen. Er wollte sie nicht."

„Dabei sind sie wunderschön."

L. von Schelderberg. Nicht Lars, sondern seine verstorbene Frau. Doch kein Krebs. Aber warum hatte der nichts gesagt, als Andreas von seiner Schwester erzählt hatte?

Er verabschiedete sich hastig und ging nach draußen. In seinem Kopf wirbelten die Informationen wild durcheinander, doch während er zur Bushaltestelle zurückging, formte sich langsam ein Bild. Noch lückenhaft, aber trotzdem ein Anfang. Ein Puzzle, in dem noch ein paar entscheidende Teilchen fehlten, um das Motiv zu erkennen.

Lena von Schelderberg hatte eine seltene Form von Demenz. Er war sich fast sicher, dass es Morbus Pick war oder etwas Ähnliches. Lars musste sich gut mit der Krankheit auskennen. Er hatte sie ja aus nächster Nähe erlebt. Vor drei Jahren war seine Frau gestorben. Und kurz darauf wurde er Partner bei Nettelbeck, der jetzt selber Symptome zeigte … Waren die beiden verwandt?

Schelderberg schien ein ausgeprägtes Interesse an Nettelbecks Akten zu haben. Besonders an bestimmten Akten. Und er war damit nicht alleine. Zumindest an dem Tag, an dem Andreas von ihm in der Kanzlei überrascht wurde und sich unter dem Schreibtisch versteckt hielt, hatte er zwei Telefonate belauscht. Und daraus wurde klar, dass noch jemand wusste, dass Schelderberg in den fremden Akten wühlte.

Dann die Akten. Alles Leute, die in ihrem Testament etwas an diese Vereine spenden wollten. Irgendetwas musste mit den Vereinen nicht stimmen. Und womöglich steckte Nettelbeck mit Schelderberg unter einer Decke. Das erklärte auch, warum der nach seinem Unfall sofort die Akten zu sich geholt hatte. Aus Angst, jemand anderes könnte ihnen auf die Schliche kommen. Er musste zu diesen Vereinen recherchieren. Besser er wusste es, bevor jemand anders Nettelbeck auf die Schliche kam.

„Ich hab was Blödes gemacht." Natalias Stimme war kleinlaut. Unsicher hielt sie das Telefon ans Ohr.

„Was denn?"

„Der Ausweis. Von Maryna. Hab ich verloren. Glaube ich. Habe überall gesucht und nirgends gefunden."

„Ja und? Kann dir doch egal sein."

„Jetzt fährt sie ohne ihn weg und hofft, nicht an der Grenze angehalten zu werden. Aber wenn ich noch mal hin muss, dann kann ich mich nicht ausweisen."

„Scheiße." Er war richtig sauer.

„Wo kann er denn sein? Überleg!"

Sie dachte laut nach. „Vielleicht habe ich ihn verloren, als ich beim Einkaufen mein Geld rausgeholt habe. Ich könnte noch einmal nachfragen."

„Mach das."

„Oder auf der Straße irgendwo."

„Dann geh deinen Weg ab. Wann hattest du ihn denn zuletzt? Bei der Polizei musstest du ihn doch zeigen?"

Bei der Polizei. Klar, da liegt er noch. Sie musste schnellstmöglich dort hin und ihn abholen. Natalia wurde nervös.

„Du, ich glaub, ich weiß, wo er ist. Ich melde mich."

Sie war aus der Wohnung raus, noch bevor sie ihre Jacke anhatte, und stieg in ihren BWM. Das Verdeck ließ sie geschlossen. Nicht wegen des regnerisch trüben Wetters. Ihr war nicht danach, aufzufallen. *Bitte, bitte, lass den Polizisten nichts gemerkt haben.* Aber schon an der Pforte zum Revier hatte sie ein Problem. Keiner wollte sie reinlassen, ohne dass sie sich ausweisen konnte. Daran hatte sie gar nicht mehr gedacht. Ihr fiel ihr eigener Ausweis wieder ein, der in ihrer Handtasche lag, aber den durfte sie ja nicht zeigen. Natalia bat den Mann an der Pforte, den Polizisten ans Telefon zu holen, der ihre Zeugenaussage aufgenommen hatte. Bloß hatte sie seinen Namen vergessen und auch die Vorladung nicht dabei, die Maryna ihr gegeben hatte.

„Bitte holen Sie ihn ans Telefon, er hat mich wegen des Unfalls befragt."

„Den Namen?"

„Ich weiß es nicht, aber er hat mich befragt wegen des Unfalls in der Unterführung. Ich war Zeugin."

„Unfälle haben wir viele …"

„Aber nicht mit Totalschaden …"

„Doch. Den Namen des Polizisten benötige ich. Sonst kann ich nichts für Sie tun."

Der Pförtner schien ihr nicht helfen zu können. Oder zu wollen. Frustriert drehte sie sich zum Gehen um. Hinter ihr öffnete sich die Tür, und ein paar Polizisten kamen gemeinsam in das Gebäude. Ganz vorne ein bekanntes Gesicht. Er schien sie nicht zu bemerken.

„Er hat mich befragt." Aufgeregt drehte sie sich wieder zum Pförtner und zeigte mit dem Finger auf den Mann, der an der Spitze der Gruppe ging.

„Ach, Kommissar Lorenz. Na, da ist er ja." Der Pförtner nickte ihr zu.

Sie machte einen Schritt auf die Polizisten zu. „Hallo? Herr Lorenz?"

Der Angesprochene guckte sie überrascht an.

„Ich bin es, Maryna Beljajew."

„Ah, Sie noch einmal."

„Ja, ja, schön, dass Sie mich erkennen." Sie reichte ihm die Hand.

„Hallo noch einmal." Er nahm ihre Hand und drückte sie fest, zu fest für ihren Geschmack, und guckte ihr fest in die Augen. Nicht unfreundlich, aber prüfend. „Was machen Sie hier?", fragte er ohne Neugier in der Stimme.

„Mein Ausweis. Ich vermisse ihn. Habe ich ihn bei Ihnen liegen gelassen?"

„Nein." Mehr sagte er nicht und gucke sie dabei weiter an.

„Sicher?"

„Ja."

„Darf ich noch einmal selber gucken?"

„Nein."

„Aber ich vermisse ihn, seit ich hier war."

„Das kann ja sein."

„Ich glaube, Sie haben ihn mir nicht zurückgegeben." Sie wurde etwas mutiger, schließlich brauchte sie das Dokument unbedingt.

„Ich hatte ihn nie."

„Doch. Sie haben doch meine Daten aufgenommen, und dafür wollten sie ihn haben."

„Ja, wollte ich."

„Und ich habe ihn rübergereicht."

„Nein."

„Doch, erinnern Sie sich denn nicht?" Ungläubig schaute sie ihn an.

„Ich erinnere mich, dass Sie mir einen Ausweis gereicht haben …"

„Also doch!", unterbrach sie ihn.

„Aber es war nicht Ihrer. Frau Beljajew. Oder nimmt man das bei Ihnen auch nicht so genau?"

Andreas surfte im Internet auf den Seiten der drei Vereine, die Ludolf Rapp im Falle seines Ablebens bedacht hatte. Alle drei Auftritte waren ähnlich aufgebaut. Kein Wunder, sie hatten ja auch die gleiche Frau als Vorstand, Susanne Schwarz. Und auch die Agentur, die die Webseiten gestaltete, war die Gleiche. Warum überraschte ihn das nicht?

Er öffnete die Seiten des Online-Telefonbuchs und gab in das Nachnamefeld *Schwarz* ein. Dreißigtausend Treffer. Dann *Susanne Schwarz*. Zuerst mit Ortsangabe. Kein Treffer. Dann nahm er den Wohnort aus dem Suchfeld raus und startete noch einmal die Suche. Als Ergebnis wurden hundertfünfzig Treffer angezeigt. Er ging sie einzeln durch. Keine hatte ihren Wohnort auch nur in der Nähe. Er wusste, dass es nichts bedeuten musste. Aber bei vielen stand auch noch eine Berufsbezeichnung. Er war sich fast sicher, dass die Frau bei dem Engagement nicht auch noch einen weiteren Beruf ausüben würde.

Dann gab er in die Suchmaske nacheinander die Gründungsmitglieder der drei Vereine ein, die ihm Rechtsanwalt Kohler geliefert hatte. Einige waren bei allen drei Vereinen bei der Gründung dabei gewesen. Und jeder von ihnen wohnte in der Stadt. Nicht mal einer im näheren Umland. Er war sich fast sicher, dass er sie auch in der Stadt finden würde.

Andreas rief Ed an. „Ed, du kennst doch Leute beim Einwohnermeldeamt?"

„Ja!"

„Meinst du, du kannst von einer Frau die Adresse rausfinden?"

„Vielleicht. Sag mir erst, wozu."

„Irgendetwas stimmt nicht mit ein paar Fällen von meinem Großonkel, und ich glaube, es kann jemand Licht ins Dunkel bringen."

„Hm. Mal sehen, wer mir da noch einen Gefallen schuldet. Ist die Kleine nicht bei der Polizei? Pia?"

„Praktikantin. Ich will sie nicht reinziehen."

„Na gut."

„Susanne Schwarz." Andreas hörte, wie Ed mit dem Telefon umherging und etwas zum Notieren suchte.

„So, jetzt hab ich Stift und Papier. Susanne Schwarz?"

„Ja."

„Hört sich nach einem Allerweltsnamen an. Da gibt es sicher mehrere …"

„Dann bitte von allen die Adressen, wenn es keine Umstände macht."

„Mir ist nicht ganz wohl. Was hat dein Großonkel denn mit der? Ich denke, er ist wieder wach?"

„Das ist nicht so ganz einfach, aber unter uns, ich weiß nicht, ob er nicht etwas ganz Dummes getan hat."

„Verstehe."

Eine Stunde später hatte er die Adressen von Ed. Es waren fünf.

Natalia packte gerade noch ihre Reisetasche, als er klingelte. Verschwitzt öffnete sie ihm die Tür und strich sich eine feuchte Haarsträhne aus dem Gesicht.

„Du?"

„Was machst du?" Er hatte an ihr vorbei einen kurzen Blick in die Wohnung werfen können und dabei die zwei Koffer gesehen.

„Ich muss weg!"

„Nein! Das geht nicht!"

„Doch, der Polizist hat gemerkt, dass ich nicht Maryna bin. Er hat mich noch einmal vorgeladen. Und ihren Ausweis hat er auch noch."

„Hey, bleib ruhig." Er legte ihr eine Hand auf die Schulter und machte gleichzeitig einen Schritt durch die Tür in die Wohnung.

„Wie denn?"

Er spürte, wie angespannt sie war. „Dir kann nichts passieren. Ein falscher Ausweis, eine Falschaussage ... Das kannst du geradebiegen. Alles kein Problem."

„Das sagst du ..."

„Das ist so. Wenn du jetzt abhaust, dann kommt dein Pflegedienst vielleicht auf dumme Gedanken. Stell dir vor, die prüfen alle Todesfälle in letzter Zeit. Und nicht nur den letzten. Was ist denn mit Stetterling und den anderen?"

Sie zuckte die Schultern. „Na und? Dann bin ich schon weg."

„Na klasse. Und mit internationalem Haftbefehl gesucht."

Sie senkte den Kopf.

„Du kannst dann nie wieder zurück."

„Ich?"

„Ja, du!"

„Aber du kommst doch nach?"

„Ja, aber wir wollen doch nicht ewig untertauchen?"

Sie blickte ihn unsicher an. „Müssen wir das denn?"

„Du auf jeden Fall, wenn alles rauskommt."

„Der Osten ist groß. Da werden wir nicht gefunden."

„Das würde ich gerne glauben." Er nahm sie sanft am Arm und begleitete sie in die Küche. „Komm, setzt dich. Lass uns reden. Was war mit dem Polizisten?"

„Ich habe ihren Ausweis dort vergessen. Er war schon bei Maryna und wollte ihn zurückbringen."

„Und sie hat ihm geöffnet? Ich denke, sie ist weg?"

„Ist sie. Eine Nachbarin hat ihn reingelassen, die alte Kuh. Sie hat ihm ein Bild von ihr und mir gezeigt und erzählt, dass Maryna im Urlaub ist. Da wusste er Bescheid."

„Und jetzt?"

„Er sagt, ich kriege eine Vorladung."

Lars atmete erleichtert aus. „Na also."

„Was? Ich muss noch einmal hin. Was soll ich denen denn erzählen?"

„Hey, irgendetwas. Es ist nicht schlimm."

„Das glaube ich nicht."

„Natalia, hier musst du keine Angst vor der Polizei haben. Die haben anderes zu tun. Es ist nur eine Ordnungswidrigkeit, die du begangen hast. Jedenfalls können wir das so aussehen lassen. Du bekommst vielleicht eine kleine Geldbuße, aber das kann nicht viel werden."

„Und wenn sie mich einsperren?"

„Es ist keine Straftat. Du erzählst, dass du die Zeugin gewesen bist und nur den Ausweis deiner Schwester dabei hattest. Und dann hast du Angst bekommen, weil die Polizei in deiner Heimat so korrupt ist und brutal, hast ihnen den falschen Ausweis gezeigt."

„Meinst du?" Sie hörte sich noch zögerlich an.

„Bleib locker." Er nahm ihre Hand. „Warst du schon bei der Arbeit und hast etwas herausgefunden?"

„Nein."

„Dann warte, bis deine Schicht beginnt. So aufgelöst, wie du bist, bringst du die nur auf doofe Gedanken."

Sie nickte.

„Ich muss los. Packst du deine Taschen wieder aus und bleibst?"

Sie nickte wieder.

„Ich habe von Ihrer Organisation gehört und möchte

spenden." Den Satz sagte Andreas jetzt schon zum dritten Mal. Aber jede der Frauen, die ihm öffnete, guckte ihn fragend an. Auch sah keine der Damen aus, als ob sie einem Geflecht von Vereinen vorsitzen würde. Die erste Susanne Schwarz, die er in einer ruhigen Wohngegend am südlichen Stadtrat antraf, war eine fünffache Familienmutter mit fettigem blonden Kurzhaarschnitt und deutlichem Übergewicht. Ihre Kinder schoben sich hinter ihr an die Tür in der Hoffnung, dass der Besucher etwas Aufregung in den langweiligen Alltag mit ihrer trägen Mutter bringen würde.

„Organisation?", krähte sie ihn an und zeigte auf die Jungen und Mädchen hinter sich. „Das ist meine Organisation. Alleinerziehende Mutter mit Großfamilie. Und wenn Sie spenden wollen, dann mir einen Urlaub ohne die Bälger."

Er sah sofort, dass er falsch war, und entschuldigte sich für die Störung. Die zweite Susanne Schwarz war eine junge Studentin, keine zwanzig Jahre alt, mit naivem Gesichtsausdruck, im obersten Stock eines Mietshauses, in der Nähe der Uni. Sie war freundlich und offen. Sagte ihm aber sofort, dass er sich versehen haben müsste. Er glaubte ihr sofort.

Jetzt stand er vor der dritten Adresse und sprach seinen Satz in die sich öffnende Tür. Eine etwa fünfzigjährige Frau erschien im Türrahmen. Sofort breitete sich Bratengeruch um sie herum aus. Ihr Gesicht war rot und verschwitzt vom Wasserdampf. Er hatte sie aus der Küche geholt.

„Ich habe keine Organisation."

„Sind Sie denn Susanne Schwarz?"

„Nein, die Mutter."

„Oh, und Ihre Tochter?"

„Was soll das denn für eine Organisation sein?"

„Für Waisen."

Sie schüttelte den Kopf. „Susanne ist bei der Arbeit, aber da kann ich Ihnen ganz klar sagen, mit so etwas haben wir gar nichts zu tun. Sie haben sich vielleicht in der Adresse geirrt?"

„Vermutlich. Schönen Tag noch."

Andreas wartete, bis sie die Tür wieder geschlossen hatte, und guckte dann auf die Adresse, die er als Nächstes besuchen wollte. In der Stadt, in der Nähe des Stadions. Er nahm ein paar Stationen den Bus und ging die letzten Meter. Das Haus der vierten Susanne Schwarz lag an einer Kreuzung. Es hatte zwei lange Fronten, die an der Ampel zusammenliefen. Aber nur einen Eingang. Andreas studierte die Klingelschilder. In der unteren Reihe waren nur zwei. Auf dem einen stand *P. Bell* und auf dem anderen *S. Schwarz* und darunter, etwas kleiner, *WOC, OFC, CSO.*

Petra hatte gerade das Radio ausgemacht und wollte zurück in ihre Wohnung, als es an der Tür klingelte. Um etwas Leben in der Nachbarwohnung vorzutäuschen, für die Nachbarn, hatte sie den Papierkram für den Verein wieder in die unbewohnte Wohnung verlegt und nutzte sie als Büro für die Vereinsarbeit.

Sie schlich zum Spion. *Bitte nicht wieder die neugierigen Nachbarn.* Aber vor der Wohnungstür stand niemand. Also musste jemand draußen vor dem Haus geklingelt haben und nicht direkt an der Wohnung. Das war schon einmal gut. Sie schlich trotzdem so leise es ging zum Wohnzimmerfenster, von dem aus sie durch die halbgeschlossenen Gardinen einen schrägen Blick nach draußen werfen konnte. Sie drückte sich so gut es ging an die Wand und versuchte die Person zu erkennen, die vor der Haustür zu dem Mehrparteienhaus stand. Ein Mann. Nicht unattraktiv. Sogar ganz gut aussehend, soweit sie es erkennen konnte. Vielleicht Mitte vierzig. Dunkle Locken. Sie hatte ihn noch nie gesehen. Er beugte sich etwas zur Seite, und sie konnte ihn im Profil sehen. Sie kannte ihn nicht. Da war sie sich sicher.

Es klingelte noch einmal. Dann, nach einer kurzen Pause, ein drittes Mal. Dann sah sie, wie er sich in ihre Richtung wendete und versuchte, in die Fenster der Wohnung zu schauen. Instinktiv trat sie einen Schritt zurück in den Schatten des Raumes, obwohl sie wusste, dass er sie nicht entdeckt haben konnte. Die Wohnungen lagen im Hochparterre und waren vom Fußweg und von der Straße nicht einsehbar.

Sie wartete kurz und guckte dann noch einmal vorsichtig raus. Der Mann war verschwunden. Petras Herz klopfte. Schnell guckte sie durch den Spion und, als sie sah, dass auch niemand auf dem Flur war, verschwand sie wieder in ihrer eigenen Wohnung.

Andreas versuchte, um das Haus zu gehen. Das

Klingelschild von Susanne Schwarz war ganz unten links in einer Zweierreihe und ließ vermuten, dass ihre Wohnung die im Hochparterre links war. Auf der Rückseite gab es einen großen gepflasterten Platz, eine Reihe Garagen und gute Sicht auf die Balkone, die sicher wegen der Geräusche der Straße nach hinten hinaus lagen.

Er ging wieder zur Haustür und drückte die Klinke runter. Sie ließ sich nicht öffnen. Er wollte sich gerade umdrehen, als er von drinnen laute Schritte auf der Treppe hörte. Ein Junge polterte mit seinen Fußballschuhen lautstark nach unten. Ohne sich umzusehen, riss er die Haustür auf und verschwand mit einer schwer aussehenden Sporttasche über der Schulter in Richtung Stadion.

Die Tür zog sich langsam wieder zu, und kurz bevor sie ins Schloss fiel, konnte Andreas seinen Fuß dazwischenstellen und sie wieder öffnen. Im Treppenhaus war es angenehm warm, und es roch gut nach Putzmitteln und Duftspray. Ein gepflegtes Haus. Vor ihm lagen ein paar Treppenstufen und dann zwei Wohnungstüren. Er guckte auf das Klingelschild links. *Susanne Schwarz.* Unschlüssig blieb er stehen. Im Haus waren keine Geräusche zu hören. Auch nicht aus der Wohnung. Leise trat er direkt vor die Tür, lehnte sich leicht dagegen und versuchte, die Klinke herunterzudrücken. Sie öffnete sich sofort. Überrascht ging er rein und schloss sie hinter sich. Irritiert blieb er eine Weile stehen.

„Hallo?" Andreas flüsterte, viel zu aufgeregt, um mehr als das eine Wort herauszubringen. Er war so leise, dass ihn wahrscheinlich selbst dann niemand gehört hätte, wenn noch jemand in der Wohnung gewesen wäre.

„Hallo?" Er ging von Raum zu Raum. Eine schöne

Wohnung. Kleine Küche, eine Art Büro und ein Schlafzimmer nach hinten raus zu dem Hof, in dem er zuvor war. Nach vorne der Wohnraum und der Essbereich. Der Kühlschrank in der Küche war leer, aber er war in Betrieb. Die Heizung lief auf Sparflamme. Susanne Schwarz schien verreist zu sein. Kein Wunder, bei den weltweiten Projekten, die ihre Vereine laut Homepage betreuten.

Nur das Büro sah aus, als ob dort regelmäßig jemand wäre. Er trat an den Schreibtisch. Briefe und Rechnungen waren ordentlich in Ablagekörben sortiert, auf denen *erledigt* und *noch offen* stand. Er blätterte in der Post. Ganz oben war ein Schreiben, das auf vorgestern datiert war. Im Mülleimer fand er den passenden Briefumschlag mit Absender der Firma. Der Poststempel hatte das gestrige Datum. Also musste sie heute hier gewesen sein. Überrascht schaute sich Andreas in der ganzen Wohnung um und öffnete sogar die hohen Schränke im Schlafzimmer.

Plötzlich fielen ihm ein paar Gegenstände entgegen, die weiter oben gelegen haben mussten. Er hatte ein schwarzes Bündel in der Hand und guckte es ungläubig an. Eine Perücke. Andreas drehte sie mit seinen Händen so, dass die Haare glatt herunterfielen. Schwarze lange Haare und ein gerader Pony. Die Haare fühlten sich echt an. Er hatte von Asiatinnen gehört, die ihr langes Haar an fliegende Händler verkauften, die es für viel Geld an Hersteller von Echthaarperücken verkauften.

Die Kleidung in dem Schrank sah bunt aus. Frisch und etwas alternativ. Susanne Schwarz schien auf Ethno-Look und Hippie-Stile zu stehen. Sie musste etwas kleiner sein als er, aber sehr schlank, der Kleidung nach zu urteilen. Aus der

Nachbarwohnung hörte er undeutlich eine aufgeregte Frauenstimme. Sie schien zu telefonieren, wenigstens konnte er keine zweite ausmachen. Oder war das ein laufender Fernseher?

Er schloss den Schrank und ging wieder ins Büro. Für ihre Vereine hatte die Frau eine ganze Wand voll Aktenordner, die alle in Griffhöhe in Regalen standen. Andreas zog einen willkürlich raus und blätterte ihn durch. Es war ein Volltreffer. Es war der Ordner mit den Einnahmen und Ausgaben des Vereins WOC. Sauber war aufgelistet, was wie an Spenden reinkam. Das meiste waren Erbschaften. Für das vergangene Jahr über zwei Millionen Euro. Andreas blätterte überrascht weiter. So viel Geld waren Menschen bereit, für den vermeidlich guten Zweck zu spenden? Dann sah er die Ausgaben für Werbung, Drucksachen, Vereinsarbeit und Spesen. Über die Hälfte der Spenden gingen scheinbar dafür drauf. Er dachte an Yvonne und ihre Erzählungen, wie leicht man bei gemeinnützigen Einrichtungen betrügen konnte. Den Namen seines Großonkels fand er glücklicherweise in keinem der Dokumente erwähnt. Trotzdem wollte er recherchieren und notierte sich den Namen der Marketingagentur für später.

Irgendwo im Haus hörte er, wie eine Tür sich öffnete. Aber es hörte sich nicht nach der schweren Eingangstür des Hauses an. Deswegen machte er sich keine Sorgen, setzte sich an den Schreibtisch und vertiefte sich in die Unterlagen.

Als er meinte, dicht hinter sich ein Geräusch zu hören, war es zu spät. Ein harter Schlag traf ihn auf den Hinterkopf. Kurz konnte er noch den dumpfen Schmerz spüren, sackte zur Seite und rutschte von dem Stuhl. Den Aufprall auf dem

Dielenboden nahm er noch wahr, dann wurde es dunkel um ihn.

Natalia kam etwas früher als sonst zur Arbeit. Den BMW hatte sie schweren Herzens zu Hause gelassen und war mit der Bahn gekommen. Heute hatte sie genug Nervenkitzel. Weiterer wäre ihr zu viel gewesen.

Der Leiter des Pflegedienstes schob ihr einen neuen Plan zu. „Für Sie, Frau Beljajew. Hat sich ja leider mal wieder etwas geändert."

Mit höflich gesenktem Kopf nahm sie ihre neue Schichteinteilung entgegen. „Was ist denn genau mit Frau Gerdes passiert? Wie ist sie gestorben? Ich war ja am Tag vorher noch bei ihr, sie war etwas blass, aber sonst ist mir nichts an ihr aufgefallen."

„Ihr Herz."

„Oh, die Arme."

„Sie wird eingeäschert. Schon bald. Vielleicht möchten Sie ja zur Beerdigung gehen?"

„Natürlich", sagte Natalia etwas zu eifrig. Eine Beerdigung war die beste Gelegenheit, um das Thema abzuschließen und sich sicher zu sein, dass wirklich keiner an ihrem natürlichen Tode zweifelte.

Sie guckte sich ihren neuen Ablauf an. „Oh, eine neue Kundin." Sie freute sich. Der Name von Hedwig Nieberg war auf ihrer Liste. Dann hatten sich ihre heimlichen kostenlosen Sondereinsätze gelohnt.

Zwischendurch meinte Andreas, Stimmen zu hören. Ein Mann und eine Frau. Die eine kam ihm bekannt vor. Aber dann versank er wieder im dunklen Nichts.

Irgendwann weckte ihn der Durst. Ihm tat alles weh. Er lag zusammengekauert irgendwo im Dunkeln. Er brauchte einen Augenblick, um sich daran zu erinnern, wo er war. Und dann meinte er, den schwachen Geruch eines Frauenparfums wahrzunehmen und einen Hauch frische Wäsche. Er vermutete, dass man ihn in den Kleiderschrank gelegt hatte. Groß genug war der ja. Die Haut um seinen Mund juckte fürchterlich. Er versuchte sich zu kratzen. Aber seine Hände waren stramm auf den Rücken gefesselt. Er versuchte, mit der Schulter an seinem Mund zu reiben. Aber auch das blieb ohne Erfolg. Sein halbes Gesicht schien mit Klebeband verschnürt zu sein. Nur die Nase war frei. Jetzt spürte er auch etwas Stoffartiges im Mund. Sie hatten ihn geknebelt. Andreas ruckte an seinen Händen, ein scharfer Schmerz durchzuckte seine Rippen, aber die Fesseln blieben stramm.

Du musst nachdenken, sagte er sich. *Was ist das und was wollen diese Leute von mir? Ob die Polizei kommt und mich rettet?* Ihm fiel wieder ein, was er kurz vor dem Schlag entdeckt hatte. Solche Leute riefen nicht die Polizei. Dafür stand zu viel Geld auf dem Spiel.

Vorsichtig bewegte er seinen Oberkörper, so gut es mit den Schmerzen und den Fesseln ging, und machte eine Bestandsaufnahme. Er hatte noch immer seinen Mantel an.

Der Mantel. Dann musste irgendwo auch sein Handy sein. Aber das war in der Innentasche. So weit konnte er nicht greifen. Er tastete weiter und spürte etwas Rundes, Hartes. Pias Armreif. Mit etwas Geschick konnte er ihn aus der Außentasche ziehen. Als er ihn in der rechten Hand hielt, drückte er einmal die Mitte zusammen. Es machte *klack*, und schon war der Reifen in zwei Teile gebrochen. Dann nahm er die spitzen Bruchstellen und versuchte, das Klebeband, mit dem seine Hände aneinander gefesselt waren, zu durchlöchern.

Ein wenig konnte er sich befreien, aber es war zu viel Fessel und sie ließen ihm kaum Spielraum. Wenigstens konnte er jetzt seine Arme etwas mehr bewegen, auch wenn ihn dabei ein höllischer Schmerz durchfuhr. Er versuchte seinen Mantel immer weiter nach oben zum Gesicht zu schieben und so an die Innentasche mit dem Handy zu kommen. Nach einer halben Ewigkeit hatte er es geschafft. Langsam ging ihm die Puste aus in dem geschlossenen Schrank. Er musste langsam machen und flach atmen, um nicht die restliche Luft zu schnell zu verbrauchen. Mit dem Handy zwischen Kopf und Schulter lehnte er sich erschöpft gegen die Schrankwand. Er war am Ende. Wenn ihn nicht bald jemand finden würde, dann würde er ersticken. Oder verdursten. Kein schöner Gedanke.

Er döste wieder weg und wurde durch ein leichtes Vibrieren geweckt. Sein Mobiltelefon. Das Signal vor dem Klingeln, das einen eingehenden Anruf ankündigte. Andreas konnte nicht sehen, wer der Anrufer war. Er drückte mit aller Kraft das Gerät zwischen Kopf und Schulter und hoffte, dass er dabei die Rufannahme traf. Dann hörte das Klingeln auf. Er machte ein paar undeutliche Geräusche, das Einzige, was er mit seinem Knebel zustande brachte. Aber es blieb am anderen Ende still. Er hatte aus Versehen das Gespräch beendet.

Gerade als er wieder wegzudösen drohte, spürte er wieder das Vibrieren und danach den Klingelton. Diesmal drückte er vorsichtiger mit dem Gesicht auf das Telefon und versuchte, die Tastatur links zu treffen, da, wo man die Gespräche annahm. Wieder hörte das Klingeln auf, dann hörte er eine Stimme, Pias Stimme direkt an seinem Gesicht.

„Andreas?"

„Hmmmpf."

„Bist du es?"

„Hmhm."

„Was ist los?"

Er versuchte, ihr ein Signal zu geben. „Hmmmmmmmm. Hm. Hmmmmmmmmmm." Lang – kurz – lang.

„Andreas, alles klar?"

Er wiederholte seine Geräusche.

„Verarscht du mich gerade? Dann lege ich auf."

Er machte so gut es ging einen verneinenden Laut.

Sie schien zu verstehen. „Was ist denn los? Kannst du nicht sprechen? Sie haben etwas Interessantes bei dem Unfall von deinem Großonkel entdeckt. Falsche Zeugin. Irgendetwas stimmt da nicht."

„Hmmmmmmmmm. Hm. Hmmmmmmmmmm."

„Lang – kurz – lang?" Pia verstand.

Er versuchte ein *Ja* zustande zu bringen, was ihm deutlich misslang.

„Wo bist du?"

Er brachte nur undeutliche Laute zustande.

„Okay. Bist du in Gefahr? Ist noch jemand in der Nähe?" Wieder konnte sie ihn nicht verstehen. „Andreas, wenn ich dich etwas frage und du bist ruhig, dann ist es ein JA. Sonst ein NEIN. Verstehst du?"

Er blieb stumm.

„Gut. Kann ich wissen, wo du bist? Kenne ich den Ort?"

Er gab ein Geräusch von sich.

„Ist es in der Stadt?"

Er blieb ruhig.

„Okay, klappt ja gut. Bedroht dich jemand?"

Er versuchte, ein verneinendes Geräusch zu machen.

„Ist noch jemand in der Nähe?"

Wieder ein Geräusch von ihm.

„Bist du verletzt?"

Er gab wieder ein Geräusch von sich. Sie sollte sich keine

Sorgen machen, so schlimm würde es bei ihm schon nicht sein. Nur langsam wurde die Position unerträglich, und er schwitzte stark im Gesicht.

„Ich hole Hilfe."

Vor Erleichterung entspannte Andreas sich. Das Handy entglitt ihm augenblicklich auf den Schrankboden.

Sie waren auf dem Weg in den Süden. Der Flieger war voll, aber sie konnten noch in der First Class zwei Plätze ergattern. Lars legte liebevoll den Arm um Petra. Sie hatten es geschafft. Der Plan war aufgegangen und der ganze Lug und Betrug hatte sich gelohnt. Die ganzen zwei erdrückend schweren Jahre in der öden Kanzlei von Nettelbeck. Was für ein Zufall, dass er bei den Angehörigentreffen der Morbus-Pick-Kranken einen Verwandten von Nettelbeck getroffen hatte, der ihm von der Kanzlei erzählt hatte. Und gut, dass Nettelbeck durch seine ungesellige und strenge Frau so wenig Kontakt zu seinen Verwandten pflegte. So wusste der selbst nichts von der Erbkrankheit in seiner Familie. Mehr durch Zufall hatte Lars kurz darauf gehört, dass Nettelbeck einen neuen Partner suchte. Er hatte sich ihm vorgestellt und sofort gemerkt, dass Nettelbeck auch krank sein könnte, ohne es zu ahnen. Ein Umstand, der Lars ungeahnte Möglichkeiten bot, seine beginnende Unachtsamkeit und seine Risikofreudigkeit zu nutzen, um ihm immer wieder neue Testamente unterzujubeln von Menschen, die Petra in ihrem Kundenstamm intensiv und hartnäckig zu einem Testament bearbeitet hatte. Der Vorteil lag klar auf der Hand. Jeder kannte Nettelbeck, und keiner würde in der Stadt die Echtheit eines Testaments anzweifeln, dessen Echtheit der Unterschrift der stadtbekannte Nettelbeck beglaubigt hatte. Nicht mal das Gericht.

„Du bist eine Wahnsinnsfrau! Auch wenn es plötzlich alles schnell gehen musste."

Sie lächelte ihn an und schmiegte sich an ihn. „Scheint sich gelohnt zu haben, der Aufwand."

„Auf jeden Fall." Anerkennend ließ er seinen Blick über ihre Sitze schweifen. Ihre beiden Liegesessel waren durch eine Wand vom Mittelgang getrennt, so dass sie sich ungestört unterhalten konnten.

„Unser neues Leben, mein Schatz."

„Und du meinst, sie können keinen Zusammenhang herstellen?"

Er schüttelte den Kopf. „Er denkt noch immer, ich wollte sein Partner werden, weil er einen tollen Ruf hat. Der hat keine Ahnung von seiner Krankheit. Ich habe es auch nur durch Zufall erfahren, dass es in seiner Familie liegt. Es waren ein paar Verwandte von ihm in den Gesprächskreisen für Betroffene, in die ich mit Lena gegangen bin. Aber zu denen hatte er keinen Kontakt."

„Und er weiß selber nichts davon?"

„Noch nicht, aber es hätte nicht mehr lange gedauert. Die Symptome wurden von Tag zu Tag deutlicher." Lars war sich sicher, dass Nettelbeck etwas geahnt haben musste. Warum sonst hatte er seinen Großneffen so plötzlich bei sich in der Kanzlei engagiert zur Prüfung der

Unterschriften? Zum Glück waren die alle echt. Wenn auch nicht immer ganz freiwillig abgegeben.

„Jemand geht morgen noch einmal ins Krankenhaus und verpasst ihm eine neue Dosis. Diesmal aber viel stärker. Er wird es nicht überleben, und alles sieht natürlich aus. Besonders, da er ja vor Kurzem schon etwas mit dem Herzen hatte."

„Und sein Großneffe?"

„Den finden die erst, wenn es zu spät ist. Der kann nichts mehr sagen."

Erleichtert lehnte sie sich zurück und entspannte sich.

„Und bei dir? Glaubst du, sie merken, dass die Leiche deine Nachbarin ist?"

Petra schüttelte den Kopf. „Garantiert nicht. Sie wurde ja nie vermisst. Ich habe ja die Tarnung aufrechterhalten. Bin ab und zu mit Perücke in der Stadt rumgelaufen und habe alle Geschäfte für sie erledigt. Und die Gründungsmitglieder sind zum Glück alle zu alt, naiv oder senil und haben nie auf die Sitzungen bestanden." Sie machte eine kleine Pause. „Hätte die dumme Kuh sich doch bloß damals auf meinen Vorschlag eingelassen und die Gelder angenommen und mit mir geteilt. Dann wäre es nie zu dem Streit gekommen und sie wäre noch am Leben. Aber vielleicht ist es auch besser so. Je weniger Bescheid wissen, desto besser. Dein Schwager mit der Medienagentur hält dicht?"

„Aber so etwas von. Der hat so viel Dreck am Stecken, der kann nichts sagen, selbst wenn ihm ein Verdacht kommt, dass Mord im Spiel ist."

Sie drückte auf den Serviceknopf, um die Stewardess zu rufen. Eine asiatische Frau steckte ihren Kopf in ihre Kabine.

„Sie wünschen, Frau Bell?"

„Champagner. Wir haben etwas zu feiern."

Epilog

„Du hattest recht, die Leiche im Beton war Susanne Schwarz." Pia saß an Andreas' Krankenhausbett und brachte ihn auf den neusten Stand. „Sie ermitteln nicht weiter, warum du in der Wohnung warst. Deine Aussage passt so."

Andreas lächelte sie dankbar an. Sie hatte dafür gesorgt, dass ihre Freunde von der Polizei sofort sein Handy orteten und sich um ihn kümmerten. Gleich im Krankenhaus, nachdem die Untersuchungen vorbei waren, hatte sie ihm seine Geschichte entlockt und ihm geraten zu sagen, dass er vor der Wohnungstür zusammengeschlagen worden war und sich an nichts mehr erinnern könne. Retrograde Amnesie.

Zum Glück gab es keine weiteren Fragen. Eine weitere Schlagzeile in der Zeitung mit seinem Namen konnte er nach dem Eklat in München vor zwei Jahren auch schlecht gebrauchen. Sonst würden die alten Geschichten aufgewärmt. Die Beamten hatten zu viel damit zu tun, den eigentlichen Skandal zu entwirren. Was ans Tageslicht kam, war unglaublich. Scheinbar hatte die Nachbarin von Susanne Schwarz deren Geschäfte nach ihrem Tod unter ihrem Namen weitergeführt und aus einem seriösen Verein eine betrügerische Gelddruckmaschine gemacht, in der sie als Anlageberaterin immer wieder aufs Neue alleinstehenden wohlhabenden Kunden riet, ihr Geld den Vereinen zu vererben.

„Und mein Großonkel? Meinst du, er hängt mit drin?" Andreas hatte Pia die ganze Geschichte erzählt.

„Ich glaube nicht. Nach dem, was du erzählt hast, wird er

gemerkt haben, dass etwas mit ihm nicht stimmt. Deswegen hat er sich die Notizen gemacht. Vielleicht hatte er sogar schon seinen Partner in Verdacht, ihn zu manipulieren. Sonst hätte er dich ja nicht bei sich arbeiten lassen, um alles noch einmal zu prüfen. Bloß hatte er den falschen Verdacht, dachte sicher, Schelderberg würde Unterschriften fälschen. Erst als du ihm gesagt hast, dass einer seiner Fälle nicht auf Fälschung, sondern auf eine echte Unterschrift hindeutet, die unter Druck entstanden ist, hat er recherchiert. Und das hätte ihm fast das Leben gekostet. Schelderberg hat wohl alles eingefädelt, denkt die Polizei. Auch das mit dem Unfall."

„Was ist eigentlich mit dem?"

„Wurde mit seiner Freundin in Empfang genommen. Bei der Landung des Fliegers in Thailand. Manchmal arbeiten die Behörden gut zusammen."

„Meinst du, die Polizei verhört Nettelbeck noch deswegen?"

„Vielleicht. Aber ich glaube, er hat nichts zu befürchten."

Andreas lehnte sich erleichtert zurück und schloss die Augen.

Pia ging erst, als die Besuchszeit vorbei war.

Im Eingangsbereich saß eine dunkelhaarige Frau und hielt die Hände vor den Augen. Sie weinte. Pia ging zu ihr und berührte sie am Arm.

„Kann ich Ihnen helfen?"

Die Frau guckte sie durch einen Tränenschleier an. „Nein.

Ich glaube nicht. Scheiß Männer." Dann weinte sie lauter.

„So schlimm?"

Pia setzte sich neben sie.

„Ja, sein Handy ist aus. Seit zwei Tagen. Er ist ohne mich weg."

„Na, dann war er es auch nicht wert."

Die Frau schniefte laut. „Und ich soll hier seine Drecksarbeit machen." Sie verschränkte die Arme vor dem Körper.

„Aber dann lassen Sie es doch einfach."

Die Frau schüttelte den Kopf. „Ich muss, sonst bin ich nachher die Dumme."

„Keiner muss. Kommen Sie, ich lade Sie auf einen Wein ein."

Die Frau zögerte kurz, dann stand sie auf und verließ mit Pia das Krankenhaus.